O dia depois do fora

LAURA CONRADO

O dia depois do fora

1ª edição

BERTRAND BRASIL

Rio de Janeiro | 2019

Copyright © Laura Conrado, 2019
Capa: Renata Vidal
Imagens de capa: Shutterstock

Texto revisado segundo o novo
Acordo Ortográfico da Língua Portuguesa

2019
Impresso no Brasil
Printed in Brazil

CIP-BRASIL. CATALOGAÇÃO NA PUBLICAÇÃO
SINDICATO NACIONAL DOS EDITORES DE LIVROS, RJ

Conrado, Laura
C764d   O dia depois do fora / Laura Conrado. – 1ª ed. – Rio de
Janeiro: Bertrand Brasil, 2019.
         266 p.

ISBN 978-85-286-2425-0

1. Romance brasileiro. I. Título.

CDD: 869.3085
19-58436   CDU: 82-31(81)

Meri Gleice Rodrigues de Souza – Bibliotecária CRB-7/6439

Direitos exclusivos de publicação adquiridos pela:
EDITORA BERTRAND BRASIL LTDA.
Rua Argentina, 171 – 3º andar – São Cristóvão
20921-380 – Rio de Janeiro – RJ
Tel.: (21) 2585-2000 – Fax: (21) 2585-2084

Atendimento e venda direta ao leitor:
sac@record.com.br

À Lulu, minha irmã.

"(...)
Compositor de destinos
Tambor de todos os ritmos
Tempo, tempo, tempo, tempo
Entro num acordo contigo
Tempo, tempo, tempo, tempo
(...)
De modo que o meu espírito
Ganhe um brilho definido
Tempo, tempo, tempo, tempo
E eu espalhe benefícios
Tempo, tempo, tempo, tempo"

— Trecho da música *Oração ao tempo*, de Caetano Veloso

O dia do fora

F o-ra! F-O-R-A!, repito mentalmente, letra por letra, para ver se a ficha cai. Pé na bunda, toco, bota, passa-fora, corte... Fora! Levei um fora do cara que eu jurava ser o amor da minha vida. Por quê, meu Deus, por quê?! Eu não merecia o lindo sonho de conhecer meu futuro marido na reta final da faculdade? Justo agora que sou uma quase dentista, a um semestre de me formar, pronta para viver minha vida e me casar?

Eu me lembro, como se fosse hoje, da festa organizada pelos cursos da área de saúde da universidade onde estudo, a fim de arrecadar fundos para a formatura. A primeira edição da festa *Hoje não uso branco* lotou a quadra com alunos de enfermagem, fisioterapia, medicina, odontologia, psicologia e terapia ocupacional.

Os amigos que fiz na faculdade não somam mais que os molares de uma arcada dentária adulta. Não sou festeira, mas me divirto com a companhia da minha turma, que também não é das mais ensandecidas por festas. Nós nos divertimos à nossa maneira: com uma das mãos, seguramos um copo de caipirinha que dura a festa inteira, com a outra, gesticulamos durante os papos sobre artigos, avanços das pesquisas e, claro, um bocadinho de informação de bastidores. Afinal, nem só de orientação vive um acadêmico, mas também de um pouco da desorientação dos professores e dos colegas. Artigo acusado de plágio, homéricas disputas de egos nas reuniões dos docentes, os seguidores de uma professora que não se dão com os partidários de outro professor, e por aí vai. As pessoas com quem mais convivo na universidade são as que eu conheci nas reuniões dos bolsistas da iniciação científica, o que mantém o grupo bem diversificado do ponto de vista teórico. Não sei se posso chamar de convivência encontros esporádicos algumas vezes no mês, mas, quando se trata da baixíssima cartela de amigos, me convenço de que essa turma é mesmo o mais próximo de uma amizade.

No dia da festa *Hoje não uso branco*, à qual, por razões óbvias, não podíamos ir de branco, saí de casa sem a menor expectativa de que algo maravilhoso pudesse me acontecer. Sabe quando a vida te surpreende com páginas incríveis e nunca antes pensadas?

Pois é. Foi lindo!

Com os ombros encolhidos, eu tentava me esquivar do empurra-empurra das pessoas que aproveitavam o intervalo entre uma banda e outra para circular. A gente se apertava num lugar conquistado com muito "pisão" no pé, o que nos garantia uma boa visão do palco e ainda nos brindava com um vento fresco que vinha do exaustor. Uma turma de rapazes passou pela gente, admirando as meninas do grupinho ao lado rebolarem até o chão, como se estivessem hipnotizados. De repente, meu olhar cruzou com o de um deles, o rapaz alto, bronzeado e com dentes alinhados, em perfeita harmonia com as características faciais. Ganhei a olhada mais intensa de toda a minha vida sem ter precisado causar numa festa. Só dei conta de abrir um sorriso e, timidamente, desviar o olhar.

— Odonto? — O cara cujo sorriso faria qualquer dentista feliz estava bem à minha frente e falando comigo.

— Faltam dois semestres para me formar e já estou com cara de dentista? — respondi.

— Acertei? — Ele sorri e dá um passo na minha direção. — Chutei qualquer curso que não fosse o meu para puxar assunto. Eu com certeza já teria notado você nos corredores da fisio.

Sentiu a força desse *com certeza*?

Morri cem vezes! Bem que a intuição me dizia que minha vida se resolveria na faculdade. Depois de passar anos com a sensação de ser uma estranha dentro da minha própria casa, eu parecia finalmente me encontrar. Naquele momento, minhas metas estavam claras: publicar artigos, me formar com boas notas, começar o mestrado, me casar com o futuro fisioterapeuta lindo que veio conversar comigo, lecionar em boas instituições, começar o doutorado, viajar com meu marido e depois ter filhos lindos e sorridentes.

— Estou no nono período de odonto — estendi o braço — e me chamo Melissa.

— Só podia ter nome de flor mesmo — ele apertou a minha mão.
— Oitavo e último período de fisio. Muito prazer, sou Frederico.

Prazer era a palavra do momento.

Estava claro como as águas do Caribe: eu iria me apaixonar. Aliás, já estava me apaixonando. Finalmente entendi por que comparam a paixão à dependência química. Aquele sentimento me deu onda, me entorpeceu e me fez flutuar, passar todo o semestre sem colocar o pé no chão enquanto curtia ser a namorada do Fred. Mas, agora, caí de uma vez com toda a força do corpo.

Interrompo meus saudosos pensamentos e subo, cabisbaixa, a escadaria de mármore do prédio como quem se esborrachou no chão segundos atrás. Fred sempre me espera passar pela portaria de vidro antes de arrancar com o carro. Ouso dar uma olhadinha para trás, e lá está o carro prata com vidro fumê. Por que ele ainda é gentil? E por que foi tão amável ao me dar um fora? Custava fazer como quase todos os homens que aprontam e não disfarçam, forçando as mulheres a descobrir suas mentiras e, num ataque de fúria, terminar tudo?

Seria melhor se ele acabasse com tudo mesmo: com a amizade, com a admiração, com o respeito e com o amor que ainda sinto por ele. Mas não. Ele está sendo ele mesmo, esperando a ex-namorada estar em segurança para ir embora de vez.

Passo pela portaria sem coragem de virar o rosto e vê-lo partir.

— Chegou cedo, filha — diz meu pai, debruçado sobre a mesa do interfone.

11

— Tem alguém no quartinho dos funcionários? — pergunto secamente.

— Ainda não. — Ele me responde com calma. Com certeza já viu minhas lágrimas. — Mas daqui a pouco chega o porteiro que vai me render.

Ele se levanta, tira umas notas de dinheiro do bolso e me entrega.

— Se você quiser ir antes, filha... Deve tá querendo ficar sozinha com seus pensamentos. — Ele mexe as mãos como quem perde as palavras. — Eu ainda tenho duas horas de expediente para cumprir.

— Valeu, pai. Não avisa pra mãe que vou chegar mais cedo, tá? Nem que chorei.

Ele sacode a cabeça, nos despedimos e saio do prédio rumo ao ponto de ônibus, que demorou, mas veio vazio. Também, quem pegaria um ônibus da zona sul para o bairro onde Judas perdeu a cueca, já que as botas ele perdeu antes, num sábado à noite? Eu. Aliás, quase todo sábado fazia isso com meu pai. Saía com o Fred, que, no fim da noite, me deixava no prédio onde meu pai trabalha. Mais tarde, meu pai e eu voltávamos de ônibus para casa. Pelo jeito, minha saga bairro distante do centro-realidade/zona sul-fantasia chegou ao fim.

Quando comecei a sair com Fred, não tinha intenção de mentir. Infelizmente, não posso dizer o mesmo quanto a omitir. Simplesmente não disse onde morava quando, depois do nosso primeiro encontro, ele avisou que me deixaria em casa. Como estou acostumada a andar pela cidade e depois me encontrar com meu pai no trabalho, acabei pedindo que ele me deixasse no prédio. E assim foi durante todo o namoro.

Como minha noite foi frustrada e ainda é cedo, não há problema em voltar sozinha. Encosto a cabeça na janela, coloco o fone e choro como quem volta de um enterro. Aliás, eu me senti no velório do meu sonho de ser feliz para sempre com o Fred. Que morte horrível! Imagino na minha lápide os dizeres "nunca encontrarei alguém como ele" em letra cursiva. Eu jamais teria outros sonhos tão sensacionais quanto os que arquitetei com ele. Não haveria mais ninguém para me ajudar a me alongar antes das horas de estudo, nem para me ensinar a maneira correta de sentar diante do computador. Ou para me dizer "oi, gatinha" no WhatsApp.

Joguem a pá de cal: acabou, me enterrem de uma vez.

Em meio aos pensamentos de covas e jazigos, me dou conta de que estou bem viva quando meu corpo é brutalmente jogado para o banco vazio à direita. O motorista faz uma curva fechada e não diminui a velocidade assim que segue em linha reta, cortando todos os carros que encontra na avenida.

— Ô, motorista! Eu quero chegar viva! — grito, tirando o fone do ouvido.

— A gente tá com pressa, menina!

— E o que eu tenho a ver com isso? Mais do que cumprir horário, sua obrigação é nos levar em segurança! E o trânsito tá ótimo, não tem por que correr!

O motorista reclama qualquer coisa e desacelera um pouco. Coloco meu fone de volta no ouvido e espero que a música me distraia do medo de um acidente e da dor de ter levado um pé na bunda.

Poucos minutos depois, me levanto e dou sinal para que o ônibus pare. O motorista corre ainda mais e freia bruscamente no ponto, em frente ao açougue QuiVaca, que nos fins de semana serve espetinho na porta. Seguro na alça para não cair e desço me equilibrando. Escuto, de longe, ele gritar algumas coisas como "bruaca folgada". Só porque fiz valer o meu direito, sou folgada? Se fosse um homem a ter a mesma reação que a minha, possivelmente diriam que ele foi firme. Como sou mulher, é frescura. Não suporto essa mentalidade que torna um homem seguro de si, e uma mulher, prepotente; um homem, sensível, e uma mulher, frágil. E quando dizem a uma mulher bem--sucedida que ela trabalhou "como homem" para chegar lá, como se dedicação e sucesso fossem atributos restritos ao universo masculino?

Assim que coloco os pés na rua, o ônibus arranca.

Moro num bairro distante da região central da cidade, mas que, com o passar dos anos, desenvolveu o próprio comércio, recebeu pequenos shoppings e centros médicos, e tem até uma pequena vida noturna — alguns bares e restaurantes na avenida principal.

Cumprimento uns conhecidos que estão comendo o churrasquinho do QuiVaca sem dar muita ideia. Para que passar recibo de que andei chorando? A rádio-vizinhança é mais rápida que velocidade cinco do Créu.

Resisto ao delicioso cheiro de carne assada e subo a rua da Caixa de Areia, batizada assim por ser mais habitada por gatos do que por gente. Dizem que os gatos começaram a aparecer espontaneamente há alguns anos. Já tentaram de tudo, mas a gataria não vai embora nem com cachorros nem com reza brava. Os moradores se afeiçoaram aos bichanos e acabaram cuidando de dezenas deles. Atravesso a rua da feirinha, pego a ruela da Serpente, que é toda sinuosa, e logo estou na Colônia, uma pequena vila que há dentro do bairro.

Quando minha família se mudou para cá, há anos, Raimundo, meu pai, reformou a casa que era da minha avó com a ajuda dos vizinhos. O ambiente de cooperação gerou muita proximidade entre as famílias, que se uniram ao redor da melhoria da casa, da partilha dos sonhos e das dificuldades da vida. Assim que nossa casa ficou pronta, o seu Balduíno, dono do bar da esquina, quis reformar a dele. Ele é um senhor muito simpático, casado, pai de três filhos, mas que insiste em usar bermudas e calças que expõem o seu cóccix. A conta do sujeito deve estar tão apertada que ele precisa de um sistema de ventilação na poupança. Depois de alguns fins de semana na casa do seu Cofrinho, digo, Balduíno, foi a vez de dona Rita, que jura que é viúva, mas acho que ainda é virgem, pedir ajuda com as calhas d'água. Então, o seu Tonico, que é viúvo de verdade e acho que faria um ótimo par com a dona Rita, se empolgou e quis reformar o quarto e sala. Logo, estava formada uma vila com casinhas do mesmo estilo — o que os próprios moradores davam conta de fazer. E há uma delicadeza imensa nisso, pois ninguém ostenta uma casa melhor do que a outra, causando constrangimento em quem está ao lado. O espaço comum é verdadeiramente igual aos vizinhos. Na nossa vila, a Colônia, as casas são improvisadas dentro do que o espaço permite, mas com reboco bem-feito e pintadinho. A minha casa ganhou a cor pêssego, com porta e janelas brancas, mas já foi verde e azul bem clarinho.

Abro o portão da vila e passo pelas outras casas o mais rápido que consigo para que ninguém me veja. Na Colônia, todos vivem como se fossem uma grande família, o que é lindo numa hora, e péssimo noutra. Quem acha que a casa do Big Brother é a mais vigiada do Brasil não conhece essa vila, onde uma parede é colada na outra. O vizinho espirra, e a gente escuta. O outro prega um quadro na porta, e a gente sabe. A cama bate sucessivas vezes na parede e... a gente também já sabe o que é.

Entro em casa e mal falo com a minha mãe, que assiste à televisão, escornada no sofá. Abro a porta do quarto e fico um pouquinho feliz por poder chorar em paz, já que minha irmã não está lá. Tiro as sandálias e me jogo na cama. Chorar no escuro é perfeito, especialmente quando você dorme em seguida, acorda com a cara inchada e todos pensam que é de sono.

Mal posso esperar para essa noite passar e chegar logo o dia seguinte.

O longo dia depois do fora (pela primeira vez)

Alguém não fechou a cortina.

Só pode ter sido a Michele, a irmã com quem divido o quarto.

— Que cheiro é esse? — Levanto a cabeça para identificar o que entope meu nariz. O perfume da Michele está jogado na cômoda. Ela deve tê-lo borrifado umas mil vezes.

Pego o celular e olho para o visor. São 10h23.

Ela deve estar na igreja. Eu me deito e penso em palavras fortes para xingá-la por ter deixado a cortina aberta e perfumado todo o quarto. Então sinto uma dor avassaladora na cabeça, como se um tijolo acertasse minha testa.

Fred terminou comigo.

A vontade de chorar vem outra vez.

"... e no ônibus, a caminho do estádio, o time vai embalado:

Lê lê lê lê lê lê lê lá em casa.

Lê lê lê lê lê lê lê na cama.

Lê lê lê lê lê lê lê tirando a roupa toda."

Piora quando vozes desafinadíssimas invadem o quarto cantando "A gente bota pra quebrar", do Exaltasamba. Deduzo que é uma reportagem do programa de esporte acompanhando algum time de futebol. O sujeito sabe que terá que correr por 90 minutos atrás de uma bola, mas antes gasta energia pensando em pegar alguém.

— Diminui a televisão! Que altura é essa? — berro, ainda deitada.

— Já são quase onze da manhã, Melzinha! Vem ajudar a mãe no almoço.

Minha mãe deve ter sido banhada em água com açúcar quando bebê. Aqui na vila todos já sabem que, se precisarem de ajuda para o bolo, de notícias do último capítulo da novela ou desabafar sobre a própria vida — e a dos outros —, podem procurar a Glenda. De fala mansa e jeito doce, minha mãe é incapaz de gritar, me arrancar da cama e me colocar para arrumar a casa. Aliás, a casa é o xodó dela. As paredes não possuem um buraquinho sequer, todos são espertamente tapados com pasta de dente até meu pai acertar a massa corrida.

— Vem me ajudar, filha! — Ela me chama de novo. —— O pessoal todo vai vir almoçar aqui.

Deixa que eu explico quem é o pessoal todo. Quando mais nova, precisei desenhar para que minha entrevistadora do programa de jovens aprendizes conseguisse compreender nossa estrutura familiar. Meu pai, Raimundo, se casou uma vez antes de conhecer minha mãe, e teve dois filhos: Josué Felipe e Pierre Leonardo. A ex-mulher ficou fula da vida quando descobriu um filho do meu pai fora do casamento, o Welington. Ela esculachou geral e o botou pra correr. A ex foi tão justa na divisão que mandou o colchão de casal para o marceneiro que havia por perto e mandou passar a serra. A metade desse colchão está devidamente costurada com uma linha laranja bem grossa, e já foi sofá aqui em casa, esteirinha para criança brincar e, agora, é caminha de cachorro.

Ter que dar de comer a três filhos aos 24 anos com o salário de porteiro não sossegou o meu pai: ele se apaixonou loucamente quando viu o sorriso da mocinha que trabalhava de babá no apê 303. Isso é o que ele gosta de contar quando coloca as músicas do Roberto Carlos para retumbar nas caixas de som. Dona Glenda nem vacilou, e foi a um show do Fundo de Quintal com ele, que tinha duas exs na cola, pedindo dinheiro para os filhos. Foi logo se jogando na portaria 24 horas. Em pouco tempo de namoro e mesmo sendo jovem, Glenda se casou com Raimundo de papel passado e, um ano depois, deu à luz duas filhas: Michele e, seis minutos depois, Melissa, euzinha.

Meus pais foram morar com minha avó Conceição, que já passou dessa para uma muito melhor, espero. A casa reformada ficou para minha mãe e a irmã mais nova, a Marlene, que tinha uns 10 anos na época. O tempo passou, e meus irmãos por parte de pai cresceram — e minha tia também. As visitas do Josué Felipe ficaram mais frequentes quando ele tinha cerca de 18 anos. Minha tia Marlene estava com 23 anos e louca para se casar. Mesmo contra a vontade do meu pai, eles ficaram juntos e abriram mais cômodos na casa — que chamamos de segundo andar; batizamos o terceiro de terraço, onde fazemos churrasco e estendemos a roupa. Não ao mesmo tempo, claro; ninguém quer roupa defumada.

Meu meio-irmão e tio Josué Felipe e minha tia Marlene têm duas filhas, a Emily Evelyna, de 5 anos, e a Esther Elizabeth, de 3. Ou seja, ganhei duas primas e duas sobrinhas de uma vez só. E olha que ainda estão planejando um terceiro filho, que, se for menina, vai se chamar Érica Evangelina, e, se for menino, vai ser Enzo Eduardo. Aliás, se você precisar de nomes com a letra E, pode consultar minha família. Josué Felipe e Marlene adoram dizer que todos os seus filhos terão nomes iniciados com a letra "E", de especial. Tá, pode ser um pouco brega, mas meus olhos sofrem de uma ligeira ardência quando me lembro disso, tanto que tenho que deixar escorrer algumas gotinhas pelo rosto. Eles se dão absurdamente bem. Claro, a vida não é perfeita, dão um duro danado para dar conta de tudo, mas se tratam tão bem e valorizam tanto a presença de um na vida do outro! Então a letra "E" do nome das filhas é de especialíssima, assim como toda a família.

Meu outro meio-irmão, o Pierre Leonardo, trabalha numa cidade do interior do Rio de Janeiro e demora a nos visitar. Casou, tem filhos que nunca vi, e fez a vida por lá. Welington, embora já seja homem feito, é muito apegado à própria mãe para ter laços conosco. Uma pena. Sempre achei que eu e ele poderíamos ser mais do que amigos de Facebook.

Mal saio da cama, escovo os dentes e dou um trato na cara. A entrada das minhas primas-sobrinhas em casa é facilmente percebida pelo barulho. Em seguida vem meu tio-meio-irmão e minha tia-cunhada. De repente, sinto aquele cheiro, o mesmo que me acordou mais cedo.

— Quantos litros de perfume você passa? — pergunto alto, sabendo que Michele está em casa.

— O tanto que eu quiser! Bom dia pra você também! Já ajudou a mãe no almoço?

— Por que não vai lá ver, Michele? Só sabe encher o saco!

— Eu não estava dormindo até essa hora, ô, à toa! Acha que pode folgar em casa só porque faz faculdade?

Só me falta essa: começar outra discussão inútil com minha irmã, que me acha metida só por eu vestir branco para ir à faculdade. De nada adianta eu incentivá-la, dizer que ela também pode voltar a estudar, passar numa universidade pública, como eu fiz, ou conseguir uma bolsa ou um financiamento. Michele quer ter tempo para cantar na igreja, arrumar por lá um marido e um empresário para bancar a gravação de seu disco. Enquanto os dias de líder de louvor casada não chegam, ela é manicure no Shiva's Studio de Beleza e também atende em domicílio. Ela faz unhas como ninguém, sem tirar um bife sequer, só é chata mesmo.

Michele azucrina minha cabeça com seu sermão, a televisão está numa altura infernal, as meninas brincam no corredor, a panela de pressão apita no fogo e meus parentes não param de falar. Isso numa casa com cerca de 40 metros quadrados. Só consigo pensar no quanto preciso me esforçar para me formar e ter grana para sumir daqui. Eu os amo, claro, mas tenha dó! Quero privacidade e meu próprio quarto. Por isso nunca trouxe Fred aqui. Sempre disse a ele que podíamos ir com calma, que acho antiquado conhecer família e que eu não dependia da aprovação dos meus pais, embora tudo que eu quisesse era me infiltrar na vida dele, ver suas fotos de criança, comer o bolo da avó e brincar com os cachorros.

— Cadê seu namorado, Mel? — Sou salva do falatório da minha irmã pela minha tia-cunhada Marlene. — É hoje que ele vem?

— Você já viu cabeça de bacalhau? Esse namorado aí é igual... — Meu tio-meio-irmão Josué Felipe entra na conversa.

— Não amola! É que... Fica ruim para ele vir aqui aos domingos, tem os lances com a família dele — invento.

— Num tô dizendo? Só pode ser o Lombardi do Silvio Santos, gente! A gente só conhecia a voz, nunca via o rosto. Cê num tá mentindo, não? — pergunta Josué Felipe.

Respondo com uma careta e um "é claro que não".

Sinto meu nariz crescer como o do Pinóquio. Não dou conta de falar que ele terminou comigo ontem, e estou lutando com todas as minhas forças para me manter de pé e respirar.

Almoço em família só serve para esfregarem na sua cara o fracasso da sua vida amorosa.

Eu lhe dou um chega pra lá e vou brincar com as meninas, até que escuto a voz da minha mãe.

— A Luane deu um toquinho no celular, avisando que tá na porta. Abre aí, Mel.

Ninguém merece encontrar a ex-melhor amiga disfarçada de ainda amiga da família depois de levar um pé do futuro marido. A criatura que mais me irrita está para entrar na minha casa, e vou ter que abrir a porta. Corro até o quarto e mudo a blusa, tentando amenizar meu estado lastimável. Chego à porta com a cara mais truqueira que consigo conjurar — aquela de quem só tem carta de valor baixo na mão, mas blefa como quem está com um ás escondido.

— Bom dia, flor! Sua mãe está aí? — pergunta a infiltrada, assim que abro a porta. Arrepio de ódio quando ela me chama de flor, sendo que, para ela, estou mais para cacto bem espinhento.

— Ela pediu para você entrar. — Sorrio e dou licença pra ela passar.

Luane mora na rua de trás da vila. Temos a mesma idade, o que me fez conviver com ela desde pequena. Tá, funcionou por muito tempo sermos amigas. Aliás, no mais profundo buraco da minha mente está bastante claro que nossa amizade é do que mais tenho saudade na vida! Poxa, Luane é pra cima, engraçada e a única com

20

quem me sentia à vontade para dividir meus segredos. Ela entra na minha casa como quem está num desfile. Não sei como ela consegue equilibrar tanta bunda e perna em cima de sandálias tão finas. Todas de péssimo gosto, mas sempre com muitos centímetros de salto. Calças apertadíssimas marcam o popozão e combinam com camisetas de alcinha, sempre sem sutiã. Luane tem sorte de ser farta nos lugares certos. E também tem sorte por ter um cabelo que bate na altura do enorme bumbum e responde bem ao Alisabel, um gel alisante cuja versão caseira muita gente compra na mão da dona Lana, que conseguiu a fórmula e faz litros no quintal de sua casa.

Nós vivíamos grudadas até os nossos 18 anos, quando as coisas mudaram. Os fofoqueiros de plantão especulam as razões que fizeram nossa amizade acabar, mas ninguém sabe que ela foi minguando por causa...

— Vim trazer os produtos da sua mãe. — Luane corta minha viagem ao passado. — Estou com uns óculos *ray-ban* aqui, não quer dar uma olhada? Estão em conta!

Pense em qualquer marca de roupa, acessório ou eletrônico: ela revende. Acho que, se alguém precisar de um creme de pata de dragão, ela tem para vender. A danada tem um contato não sei com quem nem de onde, e consegue qualquer produto importado. Perfumes, cosméticos, roupas, maquiagem e acessórios. As vendas a tornaram conhecida pelo bairro, e lhe rendem o dinheiro para investir em unhas de gel, sempre lindas e enormes, ao contrário dos meus cotocos de unha, sempre comidos.

— Ah, acabei de comprar umas coisas... Numa loja... Perto da faculdade... Sempre vou lá com as meninas — minto. Galinha que acompanha pato morre afogada! Meu cartão de crédito não é bancado pelos meus pais para fazer comprinhas por aí. Só fico esperta para pegar o nome das lojas e das marcas para ventilar por aqui.

— Saquei! Tá apertada... — retruca Luane.

Tá vendo por que é ex-amiga? Ela não deixa barato! Está sempre arrumando um jeito de me subestimar.

— Só estou focada em outras coisas, como os livros da faculdade de odonto. Invisto toda minha bolsa de pesquisa em materiais de estudo mesmo... — Faço de conta que sou muito inteligente e especial por estudar.

— Bom *mermo* é ter dinheiro no bolso! Conheço tanta gente formada que morre de fome. — Ela levanta a cabeça e me olha nos olhos. — Mas ó, se der ruim, me fala que te infiltro nas vendas de novo.

Uso todo o meu conhecimento em corpo humano para imaginar lesões no rosto daquela fingida. Alguém me segura que vou arrancar aquelas unhas postiças no dente!

— Luaninha... — Minha mãe aparece na sala e ameniza meu instinto assassino. — Conseguiu o que te pedi?

— Claro, dona Glenda! Cliente minha não fica na mão! — Ela retira de um saco uns 30 centímetros de cabelo preto anelado. — Aqui está uma parte... — ela fuça mais na sacola. — E aqui está a parte mais esperada!

Minha mãe pula como criança. Pega o chumaço de cabelo e o coloca em cima da testa. Clique. Escuto a presilha tic tac fechar e pronto: temos uma franja cheia e bem cortada.

— E aqui está o laquê e as outras coisas que pediu — diz Luane, sorridente. — A senhora acerta quando o mês virar, tá? Mas não espalha, que só penduro a conta para a senhora. Agora vou nessa. — Ela passa a mão no enorme cabelo.

— Fica! Almoça com a gente, daqui a pouco sai — convida minha mãe.

— O cheiro tá ótimo, mas vou fazer uma média com a mãe do Ramon. Tenho que ficar bem na fita com a sogrona, né? Ela anda dando umas crises de ciúme agora que vamos morar juntos.

— Sério? — Numa mancada sem igual, pergunto com um enorme sorriso no rosto. Desde que tínhamos uns 13 anos, Luane jura amor eterno ao Ramon. Foram várias idas e vindas até que, depois da nossa briga, algo aconteceu e eles grudaram um no outro.

— Muito! — conta ela, passando a mão no cabelo outra vez. — Estamos só comprando as coisinhas da casa para mudar. Você também tá namorando pesado, né, Melissa?

Ai, amiga, vem cá e me abraça! Ele terminou comigo ontem, estou péssima, morta por dentro, desolada e perdida na vida.

— Ah, não vem ficar me amarrando, hein? — A mentira que conto é tão feia que posso fazer uma carranca para espantar maus espíritos com ela. — Tô longe de querer me prender como você. Tenho minha vida, meus estudos, minhas amigas...

Ela me olha de um jeito sério. Por um segundo, tenho a impressão de que o assunto amizade também a incomoda. Será que dói nela da mesma forma que doeu em mim vê-la se afastar, seguir a vida, engrenar o namoro, se tornar uma vendedora popular e não dividir mais nada disso comigo? Será que é ruim para ela me ouvir falar de outras amigas do mesmo modo que é uma facada em meu peito ouvir que ela vive um grande amor enquanto sinto na alma uma rejeição?

— Sou fechada com minhas parças. Temos os caras, mas a gente está em primeiro lugar.

Não sei por que razão solto essa.

Talvez porque toda pessoa machucada viva de ferir as outras também.

Aliás, quem sempre me alfineta é ela, o que me lembra de que ela é uma ex-a-mi-ga!

— Mãe, será que o almoço demora? Hoje vamos ao samba do CocoBom — esnobo, citando o nome de um bar badalado.

Domingo é dia de samba de roda e a fila dá volta no quarteirão. É engraçado como o pessoal dos bairros mais abastados paga caro para entrar num lugar apertado e ouvir música que ouvimos de graça, com a mesma qualidade, no samba do QuiVaca. Aí você vem falar para mim que o esquema é outro, pois é mais refinado. Só sei de uma coisa: todos são iguais quando a música toca (e depois de umas cervejinhas), todos sobem e descem, e rebolam do mesmo jeito.

— Eu tô fechada com meu mozinho mesmo. — Ela me responde. — Preguiça dessa onda de ter que sair, pegar geral... Coisa boa é voltar para casa e ter alguém lá.

Ela se despede enquanto mantenho a pose de "adoro ser solta na vida". Penso em como seria almoçar com a família do Fred, ficar agarrada a ele numa tarde chuvosa, e passar uma noite de sábado assistindo a filmes em casa. A saudade me apunhala.

Corro para o quarto segurando as lágrimas. Perco o fôlego com a força do meu choro. Eu me sinto a menor pessoa da face da Terra. Mas como uma pessoa tão pequena pode carregar uma dor tão grande e um estoque de lágrimas desses? Levei um pé na bunda, mas dói o corpo todo.

Estou na pior. Caos total. Nem as fofocas que minha mãe, irmã e tia--cunhada tecem na cozinha desviam meu pensamento da dor lancinante que trago no peito. Não posso deixar a carência tomar conta de mim desse jeito. Fred pode não me querer mais, mas tem quem queira. Ô, se tem.

Pego o celular e vasculho a agenda, parando na letra J.

♥ ♥ ♥

Nem deu tempo de chorar tudo o que eu represava, ou de pensar na razão que tenho para chorar. Almocei com pressa e, sem dar trela para as conversas moles dos meus parentes, entrei no banho e me arrumei o máximo que pude. Coloquei meu vestido aberto nas laterais, um salto alto e muita maquiagem no rosto. E daí se são quatro da tarde? Olhão preto pode sempre, especialmente depois de dormir chorando.

Meu celular vibra. É ele avisando que chegou.

Apareço no portão como uma diva, fazendo a linha "tenho todos os homens aos meus pés". Acredito um pouco que sou essa mulher quando João Paulo abre um sorriso enorme ao me ver.

— Cada dia mais linda, hein?

— Ah, obrigada, eu nem me arrumei muito — respondo, enquanto dou a volta e entro no carro dele. Não tem ar-condicionado nem comando de som no volante, muito menos o meu Fred dirigindo, mas é um carro que me leva ao CocoBom.

Beijo João Paulo durante todo o trajeto. Aliás, nem me lembrava de querer beijá-lo tanto assim. Cada parada num sinal vermelho é uma cena de cinema. Quando o semáforo abre e ele arranca com o carro, eu aumento o som para cortar a conversa. Acho que ele quer falar sobre algo novo que está tentando, mas começo a cantar a música que toca no rádio.

João Paulo não é feio. Uma limpeza de pele lhe faria bem ao nariz, mas, tirando isso, ele não é de se jogar fora. Aliás, é de se cair dentro. De olhos ligeiramente puxados, que combinam com uma sobrancelha quase desenhada. Barriga sequinha e um pouco rasgadinha, na medida certa para meu gosto, sem dar impressão de que o sujeito toma suplemento e vive na academia. Seu *shape* é resultado do trabalho duro na oficina do tio, onde trabalha desde moleque. Ele tira um salário legal e não quis seguir com os estudos, mas, na nossa condição, quem é que liga para isso? Muitos são obrigados a se virar por volta dos 14 anos. Quando chegam aos 18, estão há anos no mesmo emprego; alguns não ganham muito nem possuem muita perspectiva, mas têm estabilidade e uma rotina já conhecida. Para que deixar um salário, fazer faculdade, mudar de área e ainda correr o risco de ficar desempregado?

Logo que chegamos ao bar, entramos na fila do samba. As mulheres estão todas de cabelos muito bem-arrumados e roupas de vitrine. Imagine ir ali com o Fred, competindo com todas aquelas mulheres? Claro que João Paulo poderia olhar para elas, mas nunca me senti insegura perto dele. Sem medo da concorrência, abraço João Paulo, que me retribui com uma sequência de beijos no rosto.

Entre caipirinhas de morango e algum remelexo, aproveito a companhia. Às vezes, até pareço sua namorada, de tão pendurada que estou nele, que pouco se mexe por não curtir muito a música e ser mais do rock; sei que ele está aqui por mim. Só desgrudo para ir ao banheiro.

Retoco meu batom na frente do espelho, já que não há mais nenhuma listrinha em meu lábio. Também, beijoqueira como estou... Parece até que descobri o beijo ontem, ou que estou com o grande amor da minha vida.

Visualizo um espelho se partindo em mil pedacinhos. Seria ótimo estar aos beijos com o cara por quem realmente estou apaixonada, mas não estou com quem eu quero. Quem estou enganando? Ok, João Paulo é legal, gostoso, beija bem e tem sido ótima companhia, mas nem um fragmento sequer do meu coração está aqui.

Saio do banheiro com pressa, evitando que meu pensamento me jogue num poço mais fundo do que aquele onde já me encontro.

Vou até João Paulo e o abraço, fazendo de conta que estou com meu Fred. Não, não é canalhice, é involuntário. Minha mente me transporta para perto do meu delírio queimado de sol, e é inútil lutar contra isso. É o que dou conta de ser e de fazer. Também, pudera... Tem apenas 24 horas que ele terminou comigo... Sinto um alívio.

— Vou pegar outra caipirinha de morango — aviso.

Não sei quantas mais foram, mas sei que repeti o trajeto até o balcão do bar mais de uma vez. Por volta das nove da noite, João Paulo me chama para ir embora. Não insisto em ficar. Aproveitamos a fila vazia do caixa, pagamos nossas comandas e seguimos para a portaria.

— Cortesias da casa para o casal. — Na saída, o segurança nos entrega convites para o samba da próxima semana.

Abro a bolsa e guardo os papéis. Encontro uma bala de hortelã que deixei ali há dias e a coloco na boca em um segundo.

Rapidamente estou em casa, jogada na cama e com a maquiagem ainda na cara. Meu celular apita.

> **João Paulo**
> Adorei sua cia. e beijo com gosto de morango.
> Sinto até agora.

> **Mel**
> Também curti o sambinha. E os beijinhos ;P

> **João Paulo**
> A gente se vê essa semana.

Ai, meu Deus! Onde fui amarrar minha égua? O cara nunca ouviu falar em *freelancer*, nota avulsa, saidinha, ficada, lance e derivados, não?

> **Mel**
> Vou dormir, tô morta. Bjos

Corto o assunto.

Será que criei falsas expectativas em Fred, assim como João Paulo fez comigo? Ah, claro que não! Namorei meu deus grego por seis meses, com convivência constante. Além do mais, foi Fred que puxou assunto, me chamou pra sair, me pediu em namoro... E também foi ele que me dispensou. Ai, que cruz!

No momento, não sou a melhor pessoa do mundo. Sei que João Paulo é parado na minha há anos. Ele sempre me atende, sempre cai nas minhas conversas e sempre sai comigo quando estou carente. Se fosse apenas um rolo para ele, como é para mim, eu estaria tranquila. O problema é que eu sei que ele gosta de mim. E como também gosto de alguém, sei a droga que é usar o outro de consolo.

A culpa se junta à dor do fora, e cá estou eu, deitada na cama, me sentindo a caca do cavalo do bandido.

Para piorar, me lembro que, no dia seguinte, tenho aula perto do prédio do Fred. Será que amanhã descobrirei que ele está com outra? Será que a nova namorada é da faculdade e eles se conheceram e se apaixonaram bem debaixo do meu nariz? Ou será que amanhã vou saber que ele passou o domingo num churrasco na casa de um amigo, que bebeu até cair e que está planejando uma viagem depois da formatura? Como vou dizer às pessoas que acabou? Eu poderia ficar na moita, fingir que nada rolou, mas vai que alguém descobre que ele está com um perfil no Tinder? O que é pior: levar um pé ou um projeto de chifre em aplicativo de pegação?

Deixo o celular cair no chão, fecho os olhos e levo as mãos à cabeça.

Quero que o hoje passe logo e leve essa dor, mas também tenho medo do amanhã.

— Se houvesse um jeito de amanhã não ser amanhã — digo em voz alta. — Sei que não sou de trocar ideia com a galera aí de cima, mas sempre soube que há uma força maior do que eu. Sério — suspiro e digo da forma mais sincera que consigo: — Eu preciso muito de ajuda! Muito!

Uma vertigem me assalta e abro os olhos.

Que onda é essa de a cama querer rodar agora? Deve ser a caipirinha. Ou melhor, as caipirinhas.

Fecho os olhos e continuo mentalmente a minha conversa com o plano superior. Mais uma vez, sinto tudo rodar. Desta vez, o mundo gira tão forte que não ouso abrir os olhos; apenas espero que passe logo. Deve ser minha tristeza, só pode. Perco as palavras, mas me encho de esperança. Sei que, de alguma forma, minha conversa foi ouvida.

O muito longo dia depois do fora (pela segunda vez)

Alguém não fechou a cortina. Saco! Só pode ter sido a Michele, a irmã com quem divido o quarto. Pego o celular e olho para o visor. São 10h23.

— Por que ninguém me acordou?

Levanto-me o mais rápido que posso, e separo uma roupa para ir à faculdade. Já não bastasse ter que ir bonita para não me mostrar abatida com o fora, ainda vou perder as últimas aulas de revisão para as provas de fim de semestre.

Nem me preocupo em acordar minha irmã, que sempre está dormindo quando saio cedo para ir à aula, mas hoje ela não está lá. Aonde será que ela foi... Solto o ar com força pelo nariz. Aonde será que ela foi depois de derramar litros de perfume?

Abro a porta do quarto, e, antes de pensar em esbravejar por terem me deixado dormir por tanto tempo, um som estridente vem ao meu encontro.

"... e no ônibus, a caminho do estádio, o time vai embalado:

Lê lê lê lê lê lê lê lá em casa.

Lê lê lê lê lê lê lê na cama.

Lê lê lê lê lê lê lê tirando a roupa toda."

É aquele repórter com cara de feliz, dentro do ônibus de um time de futebol, cujos jogadores podem até mandar bem com a bola, mas maltratam a música.

— Homem quando junta é tudo igual, mesmo — falo. — Vai correr por 90 minutos, mas antes tá gastando energia pensando em pegar mulher. Ô raça!

Por um segundo tenho uma sensação de déjà vu.

Déjà vu pode ser uma banda de forró tecnobrega ou aquela música bafo da Beyoncé com o Jay-Z. A diva Bey tá doidona no clipe e dança como louca, jogando areia para tudo quanto é lado. Déjà vu é uma expressão francesa que quer dizer já ter visto ou vivido alguma coisa. Tenho a clara sensação de que já assisti a essa reportagem, de que já ouvi esses idiotas cantando, e de que já pensei a mesmíssima coisa que acabei de falar.

— Diminui a televisão! Que altura é essa? — berro.

Esse programa não passa aos domingos? Por que estou vendo esse repórter numa manhã de segunda?

— Já são quase onze da manhã, Melzinha! Vem ajudar a mãe no almoço.

— Mãe, por que a senhora não me acordou? Perdi aula!

— Endoidou, filha? — Ela se aproxima da porta da cozinha com uma enorme concha na mão. — Hoje é domingo, deixei você dormir mais um pouquinho. Agora lava essa cara e estica a cama pra mãe, que o pessoal vai vir todo almoçar aqui.

Ahhhhh.

Hoje é domingo! Caraca, devo ter dormido horrores para ter sonhado tanto. Flashes vêm à minha mente, mas é melhor nem me concentrar no que vivi nos sonhos. Michele, cheirando a essência de gambá a quilômetros, surge na sala.

— Não tá ajudando a mãe com o almoço, não, por quê? Tá chegando gente aí!

— Vai catar bolinha na descida, Michele! Só sabe amolar e esguichar perfume fedido no quarto!

— Eu não estava dormindo até essa hora! Acha que pode folgar em casa só porque é universitária? — Ela faz uma careta quando diz a última palavra.

De novo, não! Por que ela não começa uma briga diferente comigo? Parece que é a mesma fala de ontem! Michele continua com o blá-blá-blá, e eu me calo para não dar pum-pum-pum na cara dela.

Meu tio-meio-irmão chega com minha tia-cunhada e com as minhas priminhas-sobrinhas, todos fazendo mais barulho que a panela de pressão no fogo.

Achei que seria salva do sermão de Michele quando minha tia-cunhada se aproxima, mas sou jogada num interrogatório tendo meu tio-meio-irmão como investigador. O crime? Estou sob suspeita de namorar um fantasma. No fundo, sei que é estranho namorar um cara há seis meses e nunca o ter apresentado à minha família.

— A Luane deu um toquinho no celular avisando que tá na porta. Abre aí, Mel.

— Lá vai a senhora comprar esses apliques fajutos pro cabelo na mão da ex!

— Estão de amizade outra vez?

— Claro que não, mãe! Ex é de ex-amiga, do passado!

— Ah, que besteira, Mel, ela é uma menina tão boa! Mas como foi que descobriu minhas compras? Ia fazer surpresa e aparecer de cabelão para você.

Alguém bate no portão. É ela, claro.

Sem tempo de trocar de roupa, caminho até a porta.

Onde será que eu ouvi minha mãe falando que iria comprar esse aplique?

— Bom dia, flor! Sua mãe está aí? — Ela fala assim que abro a porta.

— Ela pediu pra você entrar, fica à vontade. — Eu sorrio e me afasto pra ela entrar. Procuro não dar vazão aos mil pensamentos que correm pela minha cabeça.

— Vim trazer os produtos da sua mãe — avisa ela. — Estou com uns óculos top de linha aqui...

— Ai, acabei de comprar um modelo aviador da *ray-ban*... — minto.

— Que coincidência, menina! Era esse mesmo que eu ia te oferecer.

— Não que eu esteja apertada para ver outras coisas, mas é que tô focada nos estudos, sabe? Meu consumismo tá baixando mesmo.

Oi? Baixando? Piorou depois que passei a conviver com gente de condição muito melhor que a minha. Parece que as meninas da minha sala têm um aplicativo de celular que não as deixa repetir roupa! Imagine a pressão de namorar um cara que também vê esse tanto de mulher bem-vestida? Você não sabe a arte que eu faço para parecer igual, garimpando roupa em lojas populares e trocando umas blusas com a Sirlene, filha do Balduíno. Menina chata e sistemática que trabalha numa Secretaria Municipal e adora posar de enturmada com as autoridades. Aguento conversas pra lá de entediantes sobre o gabinete para manter nosso trato, que engloba blusas e jaquetas.

Logo minha mãe surge, saltitando. É a minha deixa para ir embora. Não quero vê-la colocar aquela peruca na cabeça, muito menos ouvir que minha ex-melhor-amiga está na melhor fase da vida dela. Ai, como ela conseguiu tão rápido crescer nas vendas e ir morar com o namorado? Por que tudo deu certo para ela?

Vou para o quarto brincar com minhas primas-sobrinhas, mas, minutos depois, toda a atenção delas está na minha mãe, que surge batendo cabelo.

— A Luane deixou um abraço, filha. Disse que se precisar de alguma coisa...

— Não vou precisar — respondo secamente. Fico um pouco sentida pela forma grosseira com a qual falei com minha mãe. — Mas obrigada por avisar. Quando vai estrear a cabeleira?

— Agora, ué?! Já tô pronta pro show, Melzinha! — Ela dá uns rodopios, como se fosse bailarina.

— Sua vendedora particular comentou que vai morar com o namorado? — pergunto. — Cismou que a sogra tá morrendo de ciúmes dela. Tem gente que se acha mesmo.

— Você tá fofoqueira hoje, hein? Como soube dessa?

Puxo na memória como foi que eu soube disso. Posso jurar que ouvi isso da boca da própria Luane. Como eu ia saber detalhes da vida dessa menina se mal nos falamos?

— Ah, alguém deve ter conversado fiado na rua — respondo.

Eu me deito na cama e me viro para a parede. Não quero que ninguém note minha vontade de chorar. Poxa, todas as pessoas têm alguém. Mas eu estou aqui, curtindo a maior fossa do universo. Agora sei por que chamam fora de pé na bunda: porque é um chute mesmo, num lugar bem indiscreto! E como dói!

Abro minha bolsa para pegar o celular. Tateio o fundo e encontro dois pequenos cartões: duas cortesias para o samba da CocoBom. Quando será que eu ganhei isso? Estava mesmo pensando em conhecer o lugar. Do nada, sinto um gosto de morango na boca. Por que associei morango ao CocoBom? Se eu já tivesse ido até lá, poderia jurar que havia me afogado em caipirinhas de morango. Mas como nunca fui, acabo me convencendo de que alguém deve ter me dado o par de convites e me contado detalhes do bar. Reviro a bolsa mais um pouco, procurando uma bala de hortelã que joguei ali. Mas não a encontro. Por fim, desisto e digo a mim mesma que devo ter largado em outro lugar.

Sinto que desço mais dez metros de um poço que parece sem fim. Antes que eu role poço abaixo, pego o celular e vou até a letra J dos contatos. Lá está o nome do João Paulo, um amigo da época da escola, que mantenho como ficante, rolo, *affair*, treta, segunda opção, *step* há uns anos. Ele optou por continuar por aqui, com a mesma turma e com o mesmo emprego, deixando os estudos de lado. Nós nos dávamos bem, íamos a algumas festas juntos, mas depois que ele me pediu em namoro, as coisas ficaram estranhas entre nós. Eu sempre quis um pouco mais, sabe? Mas a companhia de um cara que beija bem como ele é tudo de que preciso.

Melissa
Samba? Hoje? Eu e você?

Digito com a certeza de que ganharei uma resposta positiva.

Penso duas vezes antes de apertar enviar.

Eu mereço uma diversão nesta tarde. Mas e depois? Admita a verdade pra você mesma, Melissa! Vai querer estar com alguém que não seja o Fred? Só vai procurar o João Paulo para diminuir sua dor. Quando ficar boa de novo, vai dar uma de inocente e sair fora do cara mais gente boa que você conheceu na vida!

A culpa só vai me fazer cair mais nesse buraco. Sai dessa, Melissa! Nada de envolver os sentimentos do menino com a dor do fora que levou.

Subitamente, sinto outra vez uma tontura. Tenho a impressão de que pontinhos brilhantes estão bem à minha frente.

Sacudo a cabeça e me concentro na tela do celular.

Apago a mensagem e dou uma olhadinha no histórico de conversas. Há meses não nos falamos, mas tenho a sensação de que estive com ele há pouco tempo, como se tivesse sido... Ontem!

Esse fora me tirou do eixo, só pode! O dia de hoje está realmente estranho: acordei achando que era segunda-feira, como se já tivesse vivido o domingo, e por diversas vezes tive a sensação de "já ter visto isso antes". Como eu sabia que a Luane viria entregar um chumaço de cabelo para a minha mãe e que ela tentaria me vender um *ray-ban*?

— Aff, essa vida tá muito louca. E vai piorar se eu ficar em casa.

Ainda com o celular na mão, corro as conversas até o grupo "Bonde das Marvadas". Tá, sou uma futura dentista, me dediquei muito para obter uma nota digna no Enem, que me rendeu uma disputada vaga numa universidade federal. Sei o que quero, mas não tem problema em compor um bonde, né?

Deia, Cris, Tamires e Sara foram minhas colegas no cursinho preparatório para o Enem. Frequentamos um curso popular, com mensalidades acessíveis. Consegui uma bolsa integral em função das minhas notas, me matriculei e pude estudar com certa tranquilidade. Elas também moram por aqui, e acabamos fazendo amizade por sempre esperarmos o ônibus juntas. Deia foi aprovada no curso de publicidade de uma faculdade particular e conseguiu financiamento. Cristini e Tamires continuam, aos trancos e barrancos, no cursinho, e Sara desistiu de estudar "por enquanto".

> **Mel**
> Samba? Hoje? Eu e o bonde todo?

> **Sara**
> Saiu das cinzas, mulher? Sumiu pacas, como tá tu?

> **Mel**
> Sumi, nada! Só tô estudando muito. Mas estou com saudade do bonde da marvadeza!

Mentira. Malvadeza é tudo de que eu não preciso hoje, mas é que não tenho condições de pedir abraços e consolo às amigas. Colegas. Boas colegas. Amiga mesmo era a Luane, que me entendia antes de eu dizer qualquer coisa. Ai, eu não vou aguentar lamentar mais uma perda! Pelo amor de Deus, alguém diz que vai sair comigo hoje!

> **Cris**
> Demorô. Essa moleza de domingo tá por fora.

> **Tamires**
> Fala, marvadas! Beleza? Vou animar não. Tô com uma cólica monstro.

> **Mel**
> Que ruim! Melhoras, Tam.
> O samba da CocoBom tá bem falado!
> Anima, gente!

> **Sara**
> Vai ir naquela distância de ônibus no domingo?

Deia
Pow, não to com grana pra salvar samba fino.
Vamos pro QuiVaca mesmo, lá lota no fds.

Cris
Oie!
Fechou, gente! Estava louca para comer algo
por aqui mesmo, tenho que voltar cedo para
terminar um lance da facul.

Não fazia parte do meu plano de salvação passar a tarde do meu domingo pós-fora no açougue perto da minha casa, que vira bar nos fins de semana. Mas nem tive como argumentar, até a Tamires que estava morta na cama falou que iria dar uma passada para rever a turma. As meninas ficaram eufóricas com o tal samba que lota a rua e com os espetinhos QuiVaca, que realmente são muito bons. Sem falar da porçãozinha de espetos que vem com vinagrete e farofa, que me deixa com a boca cheia d'água só de pensar. Por fim, eu me animei em reunir o bonde e não gastar muito. Rapidamente, me veio a sensação de ter pagado uma conta cara na CocoBom, repleta de caipirinhas de morango.

— Parece até que estou com desejo de grávida, credo. Nem sou de beber, por que estou com essa caipirinha de morango nas ideias?

Pelo menos naquela noite, eu tinha certeza de que não teria que desembolsar muita grana e de que não brincaria com os sentimentos de outra pessoa.

♥ ♥ ♥

Dou a última conferida no espelho e penso numa pose para a foto. Escolhi uma blusa de renda branca com um pequeno top por baixo e um short jeans escuro.

Tudo bem que o lugar não é top e fica perto de casa, mas meus amigos de Face não precisam saber, né? Se me virem toda arrumada vão deduzir que fui a um lugar legal.

Ajeito uma pequena trança no lado esquerdo da cabeça, capricho na maquiagem e na foto em frente ao espelho — estrategicamente posicionado na parte mais bonita do meu quarto.

Dou uma empinadinha no bumbum e repito a foto.

— Não vou atiçar o João Paulo porque envolve sentimento — digo enquanto posto a foto. — Mas se você não me quer, Frederico, vou te mostrar que tem quem queira!

Jogo o celular na bolsa, dou a última olhada no espelho e saio pronta para atrair o máximo de atenção masculina que puder.

O muito longo mesmo dia depois do fora (pela terceira vez)

— Já não falei para passar essa porcaria de perfume fora do quarto, Michele? — disparo com a voz ainda rouca por ter acabado de acordar.

Viro a cabeça e ela não está na cama. O que será que deu nela para estar de pé na segunda-feira antes de eu ir para a aula?

Pego o celular e olho para o visor. São 10h23.

Solto um palavrão daqueles. Saco! Todos sabem que preciso acordar às seis da manhã e tomar dois ônibus para chegar à faculdade a tempo da primeira aula na segunda-feira! Por que ninguém me acordou?

Aliás, por que eu não programei o celular? Nunca me descuido da hora.

— Eu sonhei com isso — afirmo com certeza. — A cortina aberta, esse cheiro forte... e essa hora de novo! Foi exatamente assim.

Levanto da cama, caminho até a porta e um som surge alto.

"... e no ônibus, a caminho do estádio, o time vai embalado:

Lê lê lê lê lê lê lê lá em casa.
Lê lê lê lê lê lê lê na cama.
Lê lê lê lê lê lê lê tirando a roupa toda."

Corro para a frente da televisão.

De novo esses jogadores safados e desafinados? Eu já vi essa matéria umas... três vezes! É reprise do programa de domingo ou será que hoje é domingo *de novo*?

— Mãe? — berro. — Ô mãe, vai vir gente almoçar aqui em casa hoje?

— Oi, Melzinha. — Uma voz ressoa. — Que bom que já acordou, são quase onze horas. Vem aqui ajudar a mãe. Daqui a pouco a Marlene chega com as meninas.

Não pode ser! Não pode ter sido só um sonho! Há muitos detalhes, muitas coincidências...

Eu já vi isso, tenho certeza.

Volto ao meu quarto, me sento na cama e coloco a cabeça entre as mãos. A gente sonha com cheiro também? Tento me acalmar e deixo as lembranças virem... Fred terminou comigo, passei a noite chorando... Acordei batendo boca com a Michelle... A Luane esteve aqui. Com certeza, a ex-amiga tão recorrente quanto eu nesse looping passou por aqui. Fecho os olhos com ainda mais força. Fui ao CocoBom com o João Paulo. Fui? Ah, não... Ia, mas não fui, embora eu até tenha sentido o gosto das caipirinhas de morango. Acabei saindo com o bonde.

— A foto! — exclamo, com a mesma empolgação do Greene Vardiman Black, famoso odontólogo, quando criou as brocas que giram acionadas pelos pés nos motores, já meio ultrapassados, de dentista. — Postei uma foto de ontem! — Pego o celular e abro a página do Facebook. Será que há algum problema com a internet? Por que minha última postagem é de sexta-feira? Por que essa linha do tempo não atualiza?

Sinto minhas mãos tremerem. Com esforço, abro a janela de conversas do WhatsApp. A última é dele... do meu Fred. Eu avisei que já estava pronta e que o esperava na portaria do prédio onde nunca morei, mas sempre frequentei por causa do trabalho do meu pai.

Num *flashback* absurdamente real, a voz séria do Fred me invade. Em poucas palavras, ele me disse que gostava muito de mim, mas que não dava mais e que era melhor terminar.

Sacudo a cabeça querendo me livrar daquela lembrança desastrosa e me concentro no celular. Fecho os aplicativos e abro a galeria de imagens. Nenhuma foto de ontem, nenhuma prova de que fui ao CocoBom com o João Paulo ou da saída com as meninas do bonde. Mas eu arrebitei o bumbum para impressionar na foto, tenho certeza! Fiz uma trança e joguei para o lado esquerdo, meu lado mais fotogênico, eu sei. Sem falar que flertei com vários caras, sem ficar com nenhum, claro. Eu precisava apenas que eles levantassem minha bola com algumas cantadinhas. Nada que consertasse a fenda estrutural da minha autoestima, mas que pelo menos tapasse o sol com a peneira.

— A blusa de renda branca! — Dou um salto até o armário. — Ela deve estar suja, sei que a usei ontem e joguei por aqui...

Levanto-me com tanta rapidez que uma moleza acomete meu corpo, minha cabeça pesa e o mundo gira. Tenho a impressão de que um enorme pacote de purpurina prateada é jogado sobre mim. Busco um lugar para me apoiar em meio aos rodopios, até que...

♥ ♥ ♥

Movo meus olhos para a direita e para a esquerda sem mexer um centímetro do corpo. Que lugar é esse, meu Deus, e como eu vim parar aqui?

Estou cercada por uma espécie de névoa branca. Não sinto os meus pés tocarem o chão, mas, ao mesmo tempo, tenho certeza de que não estou voando. Arrisco uns tímidos passos e, para minha surpresa, não estou congelada.

Com certeza é um sonho!

"Não é não. Você está bem acordada."

Como sabe o que estou pensando e como consegue me responder dentro da minha própria cabeça?

40

"Porque eu estou em seus pensamentos."

Viu? É um sonho! Essa voz é da minha própria consciência!

"Tudo bem, muitos me chamam assim."

Então sou eu mesma que estou perguntando e respondendo. Ótimo. Agora é só me manter calma e agendar um psiquiatra. Deve ser estresse pós-pé na bunda.

— Acho que não vamos precisar de ajuda médica, Melissa. — Uma voz feminina ressoa bem ao meu lado.

Ok. Não é minha própria consciência, pois essa coisa tem corpo próprio e está se movimentando em minha direção.

— Quem é você? — Tremo dos pés à cabeça. — Ou o que é você?

— Sou o que você vê.

— Não veja nada além de luz.

— É um ótimo começo! Tem gente que nem consegue abrir os olhos. Sinto que nosso trabalho será promissor!

Então é isso. Estou morta e vi a luz. Talvez alguma veia do meu sistema cardiovascular tenha entupido com coágulos jamais diagnosticados, ou pode ser que eu tenha sofrido um aneurisma cerebral aos 23 anos de idade. Em breve, um filme da minha vida vai passar na minha frente, vou compreender tudo e logo saber para onde ir.

— Isso não é um julgamento, querida, é apenas um auxílio. Ajuda que muitos gostariam de receber, garanto. E sua saúde está perfeita, não se preocupe. Tem tudo para viver por muito tempo.

Tum-tum. Tum-tum. Tum-tum

Um estrondoso som enche o lugar onde estou.

— São os meus batimentos cardíacos? — Os ecos estão cada vez mais rápidos, e percebo o quanto estou desesperada.

— Sim, para te mostrar que está bem viva.

— ...e para provar que pode ler mesmo os meus pensamentos — concluo em voz alta. — Você é um anjo?

— Alguns dizem que sim.

— Mas o que você é, afinal? Me diz, tenho o direito de saber! Aliás, só pra te avisar, se você for lá de baixo, pode passar fora. Não quero treta com o tinhoso! Pra trás de mim, Satanás! Sai morte que eu sou forte! Tá repreendido e amarrado. Valei-me, Nosso Senhor! — recito todas as preces que me vêm à mente.

— Eu sei — diz a voz com um leve tom de sorriso. — Se fosse afeita a energias baixas, eu não estaria aqui.

— Você é terapeuta! De uma linha totalmente nova e surreal, só pode. Aliás... — ando de um lado para o outro —, você deve ser meu subconsciente. Ou parte dele! Deve ser alguma amiga imaginária que tive quando criança e que agora envelheceu.

Viro meu rosto rapidamente buscando alguma reação. Por mais que eu não saiba o que seja esse ser, não é bom dizer a ninguém que parece ser velho. Contudo, a luz se mantém estática. Não consigo ver um semblante.

— Olha... Tem uma moça aqui na vila que vê espírito. Se você é um espírito de luz, uma entidade que guia as pessoas ou qualquer outra coisa do tipo, posso procurar um médium para ajudar. E ainda arrumo a mesa branca.

— Já estamos nos comunicando bem.

Nunca vi vulto nem ouvi vozes. A brincadeira do copo nunca nem funcionou comigo. Meus amigos juram que diversos espíritos vinham conversar movimentando o copo em direção às letras, mas o máximo que consegui, quando tentei, foi dor no braço e perda de tempo. Eu não devo estar vendo espíritos agora, de uma hora para outra.

— Será que você é tipo uma enviada especial do Céu? Gente, será que eu pequei tanto assim? Ah, já sei, você pode ser uma santa. Clara de Assis, Rita de Cássia, Teresinha... Mas você não tá com jeito de quem fica em altar.

— Sou aquilo em que as pessoas acreditam, Melissa. Sou o auxílio que suplicaram.

— Hum. Tipo uma guru? Uma sábia? Ou um oráculo?

Silêncio total. Devo estar longe da resposta certa.

— Talvez você seja uma mulher invisível, tipo aquela que o Selton Mello inventou num filme? Não? Ou uma cigana! Bruxa? Fada? Uma deusa, uma louca, uma feiticeira?

Meu Deus, já estou apelando para as paradas de sucessos dos anos 2000, de quando eu mal sabia falar, tirando Rick e Renner do baú.

— Pode demorar o quanto quiser, Melissa! O tempo não existe aqui. Pode ser segunda-feira ou apenas um domingo, mais um domingo — ela repete calmamente —, um dia depois do fora.

Certo. Essa coisa tem a ver com a eterna roda-gigante em que estou.

— Talvez você seja um delírio meu, assim como meus últimos dias — digo, com tristeza. — Algo que criei para suportar uma realidade insuportável.

De repente, a luz diminui e fica com um tamanho semelhante ao meu. Aos poucos, dedos são delineados nas mãos que se abrem e se aproximam do meu rosto. Uma energia que nunca senti na vida toca minha bochecha. A mão feita de calor e luz está tocando minha face nesse momento. Minhas pernas bambeiam e sinto que posso ter uma crise de pânico a qualquer minuto.

— Só porque nunca ouviu falar, não quer dizer que não exista. Não precisa ter medo. Não tenho outro interesse a não ser ajudar. — Ela retira a mão de mim e se afasta.

Respiro fundo, tentando acalmar as batidas do meu alucinado coração. Não faço ideia de como isso está acontecendo, mas não tenho como fugir. Não é como acordar de um sonho. É real! Além do mais, misteriosamente, essa luz me faz bem. Sempre imaginei o sobrenatural de forma fria, mas aqui é acolhedor e caloroso.

— Bem, você disse que veio me auxiliar, então... vou chamá-la de Auxiliadora.

— Soa muito bem, cara Melissa! Assim será. Por que acha que precisa de auxílio?

— Para começar, para entender onde estou. Hoje é domingo ou segunda? Fico em casa ou vou à aula? E como essa luz entrou no meu quarto, como ninguém abriu a porta ainda, mesmo com meus batimentos cardíacos soando naquela altura?

— O espaço e o tempo possuem variáveis infinitas. Parece que a física sempre foi um tanto quanto trabalhosa para você. — Ela me olha com uma cara de "sim, eu conheço seu histórico escolar" e continua: — Então vou me fazer entender de forma simples. Estamos numa dimensão só nossa, com tempo e espaço perfeitamente sincronizados a favor do nosso encontro e fora do alcance de outras pessoas. E hoje é domingo pela terceira vez apenas para você.

— E para as pessoas que encontro? Como não muda nada para elas?

— Nenhuma outra vida sofre interferência além da sua. Para todos os envolvidos, hoje é um domingo comum, apenas você retém a memória dos dias acumulados.

— Então você é a pessoa que rebobina a fita... — suspiro. — Parece que estou num filme de ficção científica. Por que isso está acontecendo comigo?

— Para simplificar a resposta: porque você pediu. Agora, peço que pense no seu primeiro domingo. E no que aprendeu com ele.

— Que não importa o quanto eu seja legal, simplesmente nasci para me ferrar no amor! — Abro os braços como quem está numa peça de teatro.

Essa Auxiliadora deve ter um contador de palavras com um número já programado. Nunca vi ficar tanto em silêncio.

— No meu primeiro domingo, eu me joguei no João Paulo — confesso. — Não queria curtir a dor de cotovelo e saí com quem sei que gosta de mim. Aí eu percebi o quanto fui egoísta. Usei uma pessoa para descontar minha carência. Errei feio.

— E não seria ótimo ter um novo dia para recomeçar e colocar em prática o que aprendeu? Sem magoar ninguém?

— Claro! E foi o que eu fiz! Saí com as meninas do bonde, a senhora deve ter visto. Não enrolei o João Paulo.

— Colocar-se no lugar do outro é tarefa nobre. Respeitar o sentimento alheio é realmente algo muito bom.

— Então por que não pulei para segunda-feira?

— Você respeitou o sentimento de uma pessoa, mas e o das outras?

— Ah, está falando dos caras com quem flertei no sambão? Bobagem, ninguém se apega a ninguém ali não.

— O desapego é uma palavra muito usada por vocês ultimamente. Pena que nem sempre da forma correta. Mas me parece que

44

você não respeitou os sentimentos de uma pessoa, digamos... bem importante neste processo.

— Mentira! Fiquei de boa, juro.

— Tudo bem! Então, vamos lá ver o que acontece!

Sou engolida por um pequeno tornado repleto de luz. Antes que eu pudesse gritar, surjo deitada na minha cama e com a sensação de ter comido potes de purpurina.

Cá estou, de novo, na minha vida normal. Será que é normal mesmo? Acabo de me encontrar com um extraterrestre estilo fada com perguntas de esfinge, e estou vivendo num looping há três dias.

— Filha, vem almoçar! — Minha mãe grita do lado de fora do quarto.

Confiro a hora no celular. 12h50. Eu me levanto com rapidez e vou até a sala. Estão todos sentados ao redor da mesa: meu pai, meu tio-meio-irmão, minha tia-cunhada e as minhas duas priminhas-sobrinhas. Minha irmã coloca o frango assado sobre a mesa da sala, que na verdade são três mesinhas de bar soldadas, e minha mãe vem em seguida com um refrigerante.

— Ainda é domingo? — pergunto, sem esconder o tom de aflição.

— Dormiu tanto que já podia ser segunda, né? — Michele não perde tempo em me provocar.

Abro a boca para responder algo à altura, mas sou agraciada com uma bendita ideia que sai justamente da boca da minha irmã. Claro! Dormir até ser segunda-feira, como não pensei nisso antes? Ai, aquela Auxiliadora deve ser mesmo boa de trabalho para conseguir inspirar a chata e cabeça-dura da minha irmã.

— Não tô muito bem, mãe! Parece que vou gripar... — Solto o corpo e faço uma expressão caída para começar meu plano.

Sento-me para almoçar e encho o prato só para sentir aquele cansaço que bate depois de uma boa refeição. Com a desculpa do corpo fraco, aviso que vou me deitar.

— Não pega bem postar foto provocante depois de um término — digo em voz baixa quando já estou deitada no quarto. — Não preciso ficar desesperada para sair, posso encarar isso de um jeito maduro.

— Balanço a cabeça como se eu falasse com alguém. — Não sei como isso aconteceu, mas todo esse vaivém no tempo foi bom para eu aprender. Acho que estou pronta para seguir a vida.

Coloco uma toalha sobre meu rosto para evitar que a claridade me atrapalhe. Relaxo meu corpo e me entrego ao sono lentamente. "Espero que funcione" é a última coisa que penso antes de dormir.

O longuíssimo dia depois do fora (pela quarta vez)

Espreguiço o máximo que posso. Abro os olhos assim que minha boca se fecha após o enorme bocejo. Rolo para a beirada da cama e tateio o chão em busca do meu celular. São 6h48.

Inspiro fundo.

Se hoje for segunda-feira, tenho pouco tempo para me arrumar, mas pelo menos será um novo dia! Eu não me lembro de ter esperado tanto por uma segunda-feira em nenhuma época da vida.

Abaixo o olhar para a data completa que está no visor do celular. Fecho os olhos para não chorar: ainda é domingo! Puxo meus cabelos e abafo um grito na boca semicerrada.

— Mas o que foi que eu fiiiiiiiiiz?

No outro lado do quarto, apenas a três passos da minha cama, está Michele, completamente desmaiada de sono. Na cabeceira de sua cama há um vidro de perfume junto a umas bijuterias. Lá está ele: o causador de todas as rinites do mundo. Se ódio fosse líquido, ele estaria naquele vidrinho redondo que chamam de perfume. Juntou o término, as perguntas sem respostas, a loucura desse looping, minha raiva por ter um quarto minúsculo e ainda ter que o dividi-lo com a acomodada da minha irmã que quase bebe perfume. Meu nível de raiva alcançou o topo!

Eu me levanto e pego o pote que entope minhas narinas. Com a essência de gambá artesanalmente feita pelos autônomos (leia-se, falsificação) em mãos, corro para o terceiro andar da minha casa. Como uma panela de pressão prestes a explodir, vou o mais longe que posso para que ninguém me ouça — o que é um pouco difícil, visto que moram duas famílias aqui e a parede da nossa casa é a mesma do vizinho. Mas que se dane! É melhor a Auxiliadora dar um jeito de aparecer ou ela terá que me visitar num sanatório.

— Estão querendo me deixar louca? — berro. — Ganharam, porque já me sinto uma! E nem desabafar com alguém eu posso! Quem vai acreditar que eu estou vivendo o domingo pela quarta vez, e que uma mulher vestida de fada, com voz de anjo, textura de espírito, jeito de guru, perguntas de mestre, poder de mágica e luz de santa é a minha auxiliadora neste caos? Alguém me tira desse dia de merd...

— Bastava ter chamado pelo nome que me deu que eu viria, Melissa. — Ela se aproxima de mim como se estivesse ali há muito tempo. — Bom dia. Dormiu bem? Por que muito sono nem sempre é sinônimo de qualidade.

— Eu não sacaneei ninguém ontem, a senhora viu? Fui dormir sem desrespeitar o sentimento alheio.

— Ainda acha que eu me referia aos sentimentos de terceiros, querida?

Suspiro.

Óbvio: ela falava do meu, que foi evitado, despistado e recolhido ao máximo.

— Você parece ter um plano traçado, mas é sério. Me-tira-daqui — peço com os olhos fechados e com os punhos cerrados. — Quero minha vida de volta.

— Mesmo? Como estava sua vida antes de nos conhecermos?

Eu a olho fixamente, tentando ganhar tempo com as palavras. Por onde começo? Por acaso os seres iguais a ela pegam ônibus lotado para chegar a uma universidade aonde a maioria vai de carro dado pelo pai, um presente pela aprovação no vestibular? E para quem estuda a vida inteira em escola pública, com professores ausentes e desestimulados, com livros desatualizados, quando há material didático, e não existe transporte com ar-condicionado para ir à aula nem prêmio? Cadê a viagem de presente para celebrar a filha dentista da família? Por acaso as futuras odontólogas da minha sala sabem o que é se esforçar para se sentir linda nas aulas, mesmo com pouca grana para roupas novas, e, ao mesmo tempo, com medo de vestir algo melhor e ser hostilizada por transitar em regiões mais simples? As meninas da minha sala que posam de biquíni durante as férias numa barraca de bebidas lá em Porto Seguro, digitando legendas como "descanso merecido", sabem o que é ter que dar conta dos estudos e ter que se virar para ganhar dinheiro para pagar os livros e tudo mais?

Não tento limpar as lágrimas que escorrem dos meus olhos. No fundo, sei que estou só começando.

Auxiliadora, que parece ter lido meus pensamentos, se aproxima ainda mais e toca minhas mãos.

— É impressão minha ou você queria dar um banho de perfume na casa do vizinho?

A pergunta interrompe meu raciocínio triste e muda o tom da conversa.

— Quero sumir com esse troço! Não suporto mais a Michele e essa vidinha dela!

— Você pode quebrar o vidro, mas ainda vai restar o cheiro. Sabe que não pode simplesmente se desvencilhar de uma irmã.

— Até a barriga da minha mãe eu tive que dividir com uma pessoa que, às vezes, parece ser uma estranha para mim. Já viu o tamanho dela, o espaço que ela ocupa? Ela monopoliza nossos pais, os cachorros que tivemos, o quarto... Na verdade, ela se encaixa tão bem nesse contexto que sinto que sobro.

Eu me escoro no parapeito da laje e observo as casas ao redor da nossa.

— Está vendo aqueles prédios ali? — Aponto para um condomínio na linha do horizonte. — Quando éramos pequenas e aqueles arranha-céus estavam sendo construídos, eu dizia que ia morar lá. Mas a Michele não topava a brincadeira e dizia que queria ser dona de padaria aqui no bairro. Aquela danadinha sempre incluía comida nas brincadeiras.

Ouço uma risada discreta. Fico, então, um pouco curiosa sobre a natureza da Auxiliadora. Talvez ela seja um pouco humana, ou já tenha sido uma, ou pode ser que seja um ser sobrenatural bem-acostumado com a gente. Será que sempre tive um auxílio e nunca reconheci? Será que todos no universo também passam por essa experiência?

— Passar nove meses juntas e ainda dividirem o quarto parece não ter trazido intimidade a vocês duas. — Auxiliadora faz com que eu retome meus pensamentos.

— Eu me sinto completamente desconectada, enquanto ela tem todo o jeito da nossa família, vive como a maioria das meninas do bairro, tem amigos, frequenta uma igreja na vizinhança, quer se casar e morar aqui... E quer saber a verdade? Eu odeio, odeio tudo isso, e por isso acabo odiando também a minha irmã.

Um jato de purpurina acerta os meus olhos, e meu corpo começa a rodopiar. Um clarão se abre, e, quando ele se fecha, estou no meu quarto, deitada na minha cama. Olho para o lado e lá está ela: uma pessoa idêntica a mim, mas com trinta quilos a mais e gostos completamente diferentes.

Suspiro.

Se Auxiliadora fosse analista, seria lacaniana, aposto. Tempo lógico ou sem lógica alguma?

♥ ♥ ♥

Eu sou Melissa Melody da Conceição Silva. Diz pra mim, o que dá para abreviar desse nome? Posso colocar no meu cartão de visita de dentista Melissa M. da C. S.? Quem vai tratar um canal com a Dra. Melissa Melody? Já viu alguma Melissa da Conceição restaurar dente?

Uma das razões pelas quais a gravidez na adolescência deve ser prevenida é essa: minha mãe escolheu nossos nomes baseada nos filmes de princesas. E nem os cachorros escaparam. Os dois poodles que tivemos se chamavam Jasmim e Aladdin, e, agora, ela torce para achar uma cadelinha para chamá-la de Elsa e cantar "você quer brincar na neve?", mesmo morando numa cidade que tem praia e faz calor o ano todo.

Na época em que minha mãe engravidou de mim e da Michele, ela cuidava das filhas de um casal de médicos que ainda moram no mesmo prédio, lá onde meu pai continua trabalhando. Ela conta que assistia à Pequena Sereia compulsivamente com as meninas. Talvez as meninas nem quisessem mais ver o filme, mas lá estava ela, a jovem Glenda, louca para ter um topete ruivo e cantar debaixo d'água. Achava Melody, o nome da filha da sereia Ariel, o mais lindo do universo terrestre e marinho, e jurou a ela mesma que, se tivesse uma filha, batizaria com esse nome.

Mas aí vieram duas meninas, e em vez de ela mudar de ideia e escolher nomes mais convencionais, cismou de colocar o mesmo nome nas duas. Aí saiu Michele Melody da Conceição Silva e Melissa Melody da Conceição Silva. O segundo nome funcionou para Michele, que realmente canta. Mas para mim fica um tanto quanto estranho. Meus irmãos até me chamavam de Mel-Mel quando mais nova, por causa das três primeiras letras de Melissa e Melody.

Lembro-me de quando eu ainda era bem pequena, minha mãe vestia um rabo de peixe na gente para brincarmos de fundo do mar. Passávamos tardes e mais tardes como três loucas, nadando no tapete. Até a porcaria daquele topete ela quis fazer na Michele, que sempre teve mais cabelo do que eu. Ela socou tanta gelatina no cabelo da menina que o topete quase virou aba de boné. Pior foi deixar minha irmã ir à creche com aquele troço duro na cabeça. Eu morria de vergonha pela minha irmã, que já era gordinha e ainda era embarangada pela mãe. Essa palavra existe? E-m-b-a-r-a-n-g-a-d-a. Acho que não. Como dizia minha professora do cursinho comunitário pré-Enem, isso é neologismo. Ou seja, uma palavra inventada. Voltando, minha mãe encontrou na própria filha a amiga da vida! Michele adorava entrar nas viagens dela e só descobriu que não era sereia quando foi chamada de peixe-boi por um menino na escola. Tentei preparar a minha irmã para a vida real, juro. Mesmo sendo a mais nova, eu tenho a melhor noção de realidade em nossa casa, mas, infelizmente, eu nunca fui ouvida: as canções dos filmes sempre estavam altas demais.

— Acordou cedo, hein? — comenta minha irmã, com a voz de quem acabou de despertar. — O que deu em você?

Eu me dou conta de que a Auxiliadora me mandou de volta para a minha cama. Olho para a cômoda e lá está o vidro de perfume. Nem para sumir com aquilo ela me ajuda.

— Ah, se você soubesse o quanto já dormi... Quero dizer... Perdi o sono. Só isso.

— Bom que ajuda em casa em vez de se esconder nos livros.

Cadê a Auxiliadora para ver isso? O dia mal começou, não fiz nada, e lá vem a Michele com ferroadas para cima de mim. Posso imaginar minha vida num eterno domingo. Do jeito que as coisas estão, não vou sair nunca desse maldito dia.

Michele fala sem parar, e decido sair do quarto.

Deve haver algum propósito para eu ter sido enviada de volta ao domingo num horário ainda mais cedo. Sofrer mais deve ser um deles.

Vou até a cozinha, onde encontro o cesto com pães fresquinhos. Logo, deduzo que meu pai já acordou, passou na padaria e já foi para a rua novamente. Minha mãe está sentada à mesa enquanto mexe no celular, como um adolescente que joga um *game* compulsivamente. Michele, claro, está desfilando pela casa com seu perfume malcheiroso enquanto se arruma para ir à igreja e coloca um biscoito papa ovo na boca.

Não sei qual é a intenção da Auxiliadora ao me fazer repetir esse dia, mas o fato é que está piorando: meu limiar de ódio está mais alto que a caixa de som do samba do QuiVaca.

♥ ♥ ♥

Michele é mais enfeitada que criança quando descobre maquiagem da mãe.

— Você consome todo estoque de pano de uma loja. Enche a blusa de retalho para tirar o decote e usa short debaixo da saia para morrer de calor?

— Fala o que quiser... Meu esposo terá onde pegar, ô filé de borboleta. Se acha top, mas é uma tripinha.

— Não sou eu que vou à praia e tenho vergonha de usar biquíni.

— Porque seu problema é justamente tirar o sutiã cheio de enchimento! Parece aquelas meninas que nem têm peito para usar sutiã de adulta.

Cutuca, cutuca mesmo a ferida! Só Deus sabe o que eu passo por ter que comprar sutiã na sessão menina-moça das lojas de departamento. Aliás, grande parte das minhas roupas são ajustadas ou encontradas nas araras para adolescentes.

Lamento interiormente.

Michele pega a bolsa, a Bíblia tamanho família e caminha para a porta.

— Você comeu uma coxa de frango? Sua boca tá toda engordurada com a porcaria desse *gloss* barato. — Eu me levanto e limpo sua boca com minha mão. — Vai que Deus te manda um *boy* todo trabalhado na Bíblia, do jeito que você sonha, e você surge com a boca lambrecada com esse óleo?

Ela não reage à minha crítica ou ao fato de eu limpar sua boca. Fica petrificada, me olhando enquanto faço isso. Vou até minha bolsa, pego um batom e passo em seus lábios.

— Nude combina com nosso tom de pele. — Passo o batom nela. — Pronto! Ficou mais elegante fazendo o estilo *naked lips*. E acho que pode deixar sua sobrancelha engrossar mais um pouco, parece falhada quando você tira muito. Valoriza o olhar.

— Você acha mesmo que isso vai acontecer? Eu encontrar alguém? — Michele parece pouco se importar com as dicas. Sua mente ficou estacionada na primeira parte da conversa. É uma das raras vezes que me reconheço na minha irmã gêmea. Posso sentir o mesmo tom de desejo e de medo em sua pergunta. Finalmente, somos parecidas em algo.

Essa ânsia de estar com alguém eu conheço. Sempre me esforcei em parecer boa o suficiente para merecer um príncipe na minha vida. Alguém que desse um pouco mais de sentido aos meus dias monótonos. Nos meus sonhos, essa pessoa me salvaria desse mundo ingrato onde carrego a sensação de ter de mudar a mim mesma para atrair um amor. Nunca são as roupas que devem ser ajustadas, mas os nossos corpos. As revistas não mostram cabelos reais no dia a dia, nós que temos que fazer mágica para ter nosso fio parecido com o cabelo da mulher na capa da revista.

Essa minha luta ficou pior quando comecei a namorar. O Fred é naturalmente sexy e lindo. Como não querer ficar à altura? A verdade é que não vejo razões em mim para que ele tenha me escolhido. Sou absurdamente magra, não tenho porte alto nem atlético, meus cabelos são grossos e bem escuros e, além de rebeldes, me dão a sensação de que não combinam com meu tom de pele, um bege sem graça. O que um cara como ele viu numa menina como eu, tão sem sal e sem açúcar e com poucos amigos?

Talvez eu passe repetitivos domingos descobrindo isso.

— Você tem tanta fé, Michele — respondo. — Acho que ela vai te trazer alguém, sim.

— Deus te ouça! — Ela ergue as mãos.

— Mas esse *gloss* está fora de moda e não te valoriza. Não adianta só clamar aos céus, você tem que fazer a sua parte. Sair um pouco mais, conversar com as pessoas...

— Você se vira bem, né? Sempre foi pegadora e agora tá namorando um gatinho. Quero dizer, as fotos mostram isso, né?

— Ele terminou comigo ontem. Do nada, de repente, sem dar aviso... Estou no chão. Parece que... Parece que o tempo não anda, sabe? — Estou sendo o mais sincera possível.

Sou envolvida num abraço de urso. Sinto um enorme volume e uma pele quente e macia me envolver e apertar forte. Será que era assim que eu me sentia quando estava na barriga da minha mãe? Eu sentia esse mesmo calor quando tinha medo do desconhecido? Será que éramos tão próximas que eu acreditava que éramos uma só pessoa?

Eu deveria ter contado com o abraço da Michele mais vezes na vida. Não sei como, mas em segundos, estamos sentadas na minha cama e estou contando os últimos dias do nosso namoro.

— Menina do céu, tô boba...

— Por quê? — pergunto. — Achou que eu não levava fora?

— Tá se achando musa, maluca? Minha filha, todo mundo leva toco. Seja magra, gorda, velha, nova, pobre, bonita... Tem essa não! — Ela faz uma pausa antes de recomeçar com seriedade: — Nunca, mas nunquinha mesmo, eu achei que você me contaria que foi dispensada. Você mal fala das coisas que ganha, imagina das que perde.

As palavras somem. Enquanto tento encontrar expressões que rendam uma boa resposta, Michele passa a mão em meu cabelo.

— Preciso sair. Vou colocar seu nome nas orações. Na volta a gente conversa mais.

É a primeira vez que sinto uma pontadinha no coração de ficar sozinha no quarto. Como é possível sentir saudade de uma menina com quem dividi uma barriga e o mesmo quarto pequeno a vida inteira? Desde que nasci, dividi o espaço com ela, mas nunca compartilhei minha vida. E a danada começou a melhorar: não me xingou, não veio com discursos moralistas nem me encheu a cabeça com convites para ir à igreja. Ela simplesmente me acolheu. Será que é assim que todas as irmãs agem?

Levanto da cama e tomo um banho. Penso em me deitar de novo, mas passar mais tempo dormindo, como fiz no dia anterior, não me rendeu nada. Já que continuo presa nessa espiral maluca, resolvo fazer algo diferente.

Já vestida, vou à cozinha tentar ajudar minha mãe. Logo entendo por que ela começa a cozinhar tão cedo: ela canta a música que está tocando no rádio, a música acaba, ela lava a mão e mexe no radinho até encontrar outra música. Aí lava a mão outra vez e volta a temperar o frango. O celular apita, ela lava a mão de novo, pega no aparelho, ri, digita, espera a resposta, ri mais um pouquinho, deixa o celular na mesa, mexe na comida e canta mais um pouco. Quando a música acaba, ela recomeça os movimentos.

— Que horas a Michele volta, hein? — pergunto, enquanto ela descasca as batatas.

— Ah, Mel, acho que depende do tamanho das músicas lá da igreja. Tem dias que ela sobe num instantinho, em outros, ela fica até a hora do almoço.

Será que hoje é dia de músicas equivalentes a "Faroeste Caboclo"? Aproximo meu corpo da pia, lavo alguns talheres, enxugo e os coloco de volta na gaveta. Desligo-me completamente da música que está no rádio e, mentalmente, começo "não tinha medo o tal João do Santo Cristo era o que todos diziam quando ele se perdeu...".

Pego uma vassoura e vou até a sala. "Ele queria sair para ver o mar e as coisas que ele via na televisão..." canto enquanto varro. Ô música boa para agarrar na memória! Não sei se é a história de João de Santo Cristo ou se é apenas a ânsia de conferir se a letra continua na memória. Deu para varrer a sala, sacudir os tapetes, recolher os sapatos espalhados, passar pano e voltar à minha cama.

— "E se lembrou de quando era uma criança e de tudo que vivera até ali. E decidiu entrar de vez naquela dançaaaa" — canto a plenos pulmões. Num só fôlego continuo a entoar o desfecho trágico de João, Maria Lúcia e Jeremias. — "Ele queria era falar pro presidente pra ajudar toda essa gente que só faz" — respiro fundo — "soofrêêêêêê".

Termino a canção aliviada.

Quantas vezes poderei cantar "Faroeste Caboclo" até que chegue segunda? Aliás, eu poderia arrumar o armário, pintar o quarto... Dá até para fazer uma escultura. Posso até usar esse looping para estudar mais do que os folgados da minha classe, que não precisam trabalhar nem ajudar em casa. Quem sabe assim eu não disputo em pé de igualdade a Láurea Acadêmica? A faculdade de odontologia premia o melhor aluno do curso durante a colação de grau. Pelas minhas vasculhações à nota alheia, acredito que a Láurea fique entre mim e a Anne qualquer-sobrenome-alemão-com-sufixo-mann. Tá, ela é inteligente e manda bem nas provas, mas eu também! E sei que me esforço muito mais que ela, que não faz nada na vida além de estudar.

Minha raiva me agita. Tanto que começo a sentir tontura e a en-xergar pequenos pontinhos cintilantes no teto. Tenho a sensação de já ter visto esses pontinhos... Ah, claro. Essa é a sensação mais co-mum dos últimos (conto nos dedos) quatros dias. Esses pontinhos são obra da Auxiliadora. Sempre que ela surge vem cheia de purpurina, se achando rainha de bateria na Sapucaí.

Será que ela samba?

Nenhum sinal dela. Apenas a minha consciência pisca em alerta à falta de foco e de maturidade. Reler todos os meus cadernos e livros não valerá de nada se o dia da prova não chegar nunca. A prova com a qual eu preciso me preocupar é a de hoje.

Eu me levanto da cama pronta para agir.

— Como se resolve uma prova sem perguntas?

E lá estava eu, num rigoroso método pedagógico empregado por orientadores acadêmicos. Nada de responder a questões já ela-boradas; eu devo ler o contexto e encontrar as perguntas. E ainda respondê-las por minha própria conta.

— Estou há quatro dias estacionada no domingo — digo em voz alta, sem me preocupar em parecer louca. — Tentei sair com um cara, flertar aleatoriamente, dormir para fugir e ainda estou aqui, acordando às 10h23, com cheiro de perfume barato e com...

É isso!

Pulo no meio do quarto como quem ganhou na loteria.

— Eu surtei, peguei o perfume e fui até a laje, onde encontrei a Auxiliadora. Depois disso, fui fazendo escolhas e o dia ficou um pouco diferente — paro. — Se bem que ficou muito diferente, eu desabafei com a minha irmã, nos abraçamos...

Clique.

Um bocadinho de purpurina rosa cai sobre mim.

— Valeu! — Ergo meus olhos.

A chave do dia é a minha irmã! Eu comecei os dias reclamando da Michele, e hoje tive a oportunidade de transformar meu jeito de agir com ela.

É quase meio-dia. Se eu correr, consigo encontrá-la na igreja. Ah, me bate uma preguiça! Será que não é melhor esperá-la em casa? O que são uns minutos para quem está emparedada há quatro dias?

Aperto os dedos enquanto perambulo pelo quarto. E lá está ele: o vidro de perfume "essência de gambá".

Rio sozinha.

Já que meu caminho para sair dessa é ela, não vejo outra opção a não ser me misturar. Lá vamos nós vestir algo adequado para uma igreja.

♥ ♥ ♥

Desço a rua da padaria e logo estou na igreja que Michele frequenta. O local está cheio, mas me espremo no meio das cadeiras ocupadas e encosto na parede, debaixo da janela.

Presto atenção no que está acontecendo e não consigo evitar as lágrimas que brotam como as chuvas de janeiro quando escuto o que está tocando.

— Isso mesmo, irmã. A emoção do encontro é forte mesmo... — Um rapaz que está ao meu lado toca meu ombro. — Entrega sem medo seu coração...

— Shiiiii! — Eu falo. — Estou ouvindo minha irmã cantar, não me atrapalhe.

Ele solta um "ah" e tenta sorrir.

— Tá vendo aquela de blusa rosa e saia roxa de babado? — pergunto baixinho, pensando que o figurino é algo que preciso trabalhar na próxima.

— A balofinha que canta é a sua irmã? Caraca, nem parece!

— Somos gêmeas e nos parecemos sim! Olha só como nosso cabelo é idêntico! E não chama ela de balofa! Se a tia da evangelização não te ensinou a ter modos com os outros, vou lá fora e te ensino. Moleque!

Viro minha cabeça e me concentro nela. Minha irmã mais velha está arrasando com a boca nude no microfone. Gente, que voz! Como ela ainda não arrumou um empresário? Um arrependimento de nunca a ter ouvido cantar me bate.

Ando um pouco mais encostada na parede, chego o mais perto que posso da banda, tiro o celular do bolso e gravo minha irmã soltando o gogó.

Passados alguns minutos, o culto é encerrado. Mal espero o local esvaziar para procurá-la.

— É um milagre! Uma obra maravilhosa Daquele que tudo pode! — diz ela assim que me vê sem o menor constrangimento diante de várias pessoas. — Gente, essa aqui é minha irmã seis minutos mais nova.

E cá estou eu cumprimentando dezenas de pessoas, todos amigos de Michele que eu nunca tinha visto. Comentam alguma coisa sobre eu ser a "irmã dentista", e eu me lembro de que comento muito pouco ou quase nada sobre minha irmã.

A gente se despede e combina de se encontrar em casa, já que ela ainda vai guardar alguns equipamentos e, claro, ficar de papo com os amigos. Com meus sinceros, e também vergonhosos, pensamentos pela péssima irmã que tenho sido, saio da igreja.

Em pouco tempo, estou em casa e, sem nenhuma surpresa, a sala está cheia de gente, com cheiro de frango assado e barulho de crianças brincando. A campainha toca e já sei que é Luane. Entro no quarto e fecho a porta. Procuro no celular uma música e coloco para tocar bem alto a fim de abafar a voz dela. Pensar no que aconteceu quando éramos amigas me deixa com mais raiva da vida e prefiro me esquecer de tudo com um samba. Coloco para tocar uma playlist com músicas da Roberta Sá e Mart'nália. Depois de alguns sambinhas que me fizeram sacolejar mesmo deitada, a porta do quarto se abre.

— Você está ocupada? — Michele surge diante da minha cama.

Querida, estou há quatro dias na mesma data, o que eu tinha para fazer domingo, eu já fiz.

— Tô de boa, por quê? — pergunto.

— Queria te contar uma coisa.

Para quem sabe ler, pingo é letra. Eu sabia que o fato de minha irmã seis minutos mais velha não ter revidado o ataque à boca engordurada de gloss mostra que tem boy na mira. Ela quis ficar mais atraente. Que ótimo! Falar da vida sentimental de outra pessoa será perfeito para me esquecer do meu fora.

— Gostou de ir à igreja hoje?

— Gostei de te ver cantando.

— Sério? Eu mando bem?

— Muito! De verdade...

— E assim... Eu fico bonita lá debaixo?

— Eu sabia, sua danada! Está de olho em alguém, aposto. Quero o nome, a idade e o perfil.

— Não, Mel! Não tem ninguém! Ainda... Ele morava por aqui e frequentava a nossa igreja, mas foi morar com o pai ano passado. Mas agora ele vai voltar a morar com a mãe para trabalhar no serviço de entrega da pizzaria que ela está abrindo — explica ela, mexendo no celular. — Pronto. É esse aqui ó. Rubinho.

— Oba, já quero pizza de graça. A minha é de lombo canadense.

— Não zoa, Mel, o negócio ainda nem abriu e nem estou com o cara. Mas uma portuguesa seguida da sua de lombinho cairia bem...

Ela me entrega o celular com uma imagem dele na tela. Não é feio nem bonito. Nem magro nem gordo. Não parece ser baixinho nem altão. Rubinho tem um semblante simpático, como daquelas pessoas que são as mais queridas da turma.

— Nas próximas semanas ele já deve estar por aqui.

Um calafrio atravessa meu corpo.

Será que a semana que vem chegará para mim?

— Você precisa estar linda para recebê-lo — respondo.

— Mas o problema é esse, menina! Eu achei que estava arrasando com o gloss hoje, e você furou meu balãozinho! Pior que eu fiquei mais bonita mesmo com o batom que você me indicou.

— Só precisamos ajustar os detalhes. Regime você não vai fazer, né? — Arrisco.

— Claro que não! Quem quiser, terá que gostar de mim do jeito que eu sou! Eu, hein? — Ela toma o celular da minha mão. — Ele não tem cara de que será um bom pai? Parece aquele carinha fofo, gente boa e bonzinho.

— Você não liga de te chamarem de gordinha? — Insisto no assunto.

— Gente, mas eu não sou? Vou tapar o sol com a peneira? Mentir para todo mundo e pagar de magra? Eu não quero comer pouco, ficar mastigando folha. Gosto das coisas de sustância, aí eu fico assim... corpulenta. Só não aceito esculacho. Quem vier folgar comigo ou me dar apelido grosseiro vai ouvir, com certeza.

— Não te magoa nem um pouquinho mesmo?

— Quando era pequena, eu me odiava. Achava que ser gorda era um defeito, depois percebi que haviam colocado uma ideia errada na minha cabeça. E comecei a me achar bonita, sabe? Aí vi que meu peso não é um problema, apenas faz parte da minha natureza, entende?

— É como se fosse uma característica sua. Você não trata isso como um atributo ou uma falha que precisa ser corrigida. É apenas você!

— Você explica numas palavras diferentes, mas é isso. Mas ó... Vou te dizer uma coisa, na boa... Se a gente não gostar da gente como a gente é... Fica ruim aguentar a vida.

— Você deveria subir no púlpito da sua igreja, pegar o microfone e dizer isso.

Minha irmã não tem muita noção de estilo, mas autoestima... Que força interior ela mostra ao se aceitar num mundo onde a magreza é aclamada. Uma mulher trinta quilos acima do peso me dando uma lição daquelas de autoaceitação. Justo eu, que sempre me achei mais preparada que a Michele para a vida pelo simples fato de cursar uma faculdade. Acabei de ganhar meu diploma de ridícula.

— Você está certa — admito. — E se algum cara te evitar por ser gordinha é porque é um trouxa que não conhece mulher na vida real. Ele que arrume uma revista bem trabalhada no photoshop para namorar!

— Isso mesmo! E estar acima do peso não quer dizer que a pessoa não se cuida. Olha só como sou vaidosa. — Michele acena para si mesma. — Estou sempre com as unhas feitas, sobrancelha desenhada, cabelo arrumado, cheirosa...

Ai, para. Meu estômago embrulha só de pensar no cheiro daquele vidro de perfume fedido.

— A gente pode ver suas referências... — solto.

— Como assim?

— Vamos ver em quem e no que você se inspira para se arrumar. E escolher outro perfume...

— Esse é muito fraco, né? Custa a dar cheiro. Qualquer ventinho na rua tira ele...

Uma vontade de me contorcer de raiva me assalta. Lembro-me das vezes que fui acordada com aquele cheiro horrível e da petulância da minha irmã, que sempre agiu como se o quarto fosse dela.

Mas, de repente, também me recordo de tudo o que vivi hoje ao seu lado. Um rompante de raiva colocaria tudo a perder, sem falar na chance de ficar nesse looping para sempre. Seria bom trocar o alívio imediato pelo remorso de ofender alguém e destruir a frágil relação que tenho com a minha irmã?

— Michele — respiro fundo —, eu não acho seu perfume fraco. Ele é até forte. — Paro em busca de palavras. — Você não deve sentir o cheiro dele porque nosso olfato se acostuma, portanto, a gente nunca sente nosso cheiro.

— Ahhhh... — Ela sorri e a covinha de seu rosto é facilmente notada. — Então é por isso que eu sempre acho os outros cheirosos e não sinto um só cheirinho saindo de mim!

— Isso! — respondo aliviada. — Mas também podemos procurar outro cheiro, para variar, né? Assim como umas peças de roupas novas. Para valorizar mais seu corpo... Umas peças menos infantis, talvez. Não precisa usar blusa rosa com saia roxa.

— Menina — ela bate a mão na coxa —, não é que eu tive essa intuição hoje? Eu sou muito intuitiva, você sabe, né? Quase coloquei a saia rosa de babado. Seria melhor ficar tudo na mesma cor. Mas acabei indo com a roxa mesmo.

É pouco pano pra tanto babado. Sinto que será uma longa tarde para desfazer tanta dobra costurada. Mas, tudo bem, tempo é o que não me falta.

Pela pequena janela da cozinha, vejo a noite cair. As casas deixam de ser iluminadas pelo sol, que dá espaço à lua minguante. Será que eu a verei cheia de novo? Ou será que estou fadada a vê-la minguar num céu escuro pelo resto dos meus dias? Uma pontada de tristeza me atinge.

Como será que o Fred está? Pensando em mim, com um pouco de saudade ou já entrei no rol das ex-namoradas? Corta mais que bisturi a ideia de ser apenas uma garota que ele namorou.

— Já posso colocar esses doces aqui na geladeira?

A voz da Michele me faz voltar à realidade.

— Pode, sim! E pegue um pão de mel para você — aviso, sem parar de mexer na cocada que está no fogo.

— Ai, Melzinha, até que enfim, achei que não ia me dar nem unzinho!

— Não ia te chamar para me ajudar e deixar você sair sem nada. Aliás, acho que vou até deixar umas cocadas para as meninas do Josué Felipe.

— Seus docinhos são bons demais! Se você vendesse na faculdade ia agarrar o bofe de volta.

Sei que vendê-los por lá, sem intermediários, me daria mais lucro. Mas sair de casa cedo com a mochila pesada e ainda com uma vasilha cheia de doce num ônibus lotado não é um bom plano. Além do mais, quanto mais invisível eu estiver para meus colegas da minha sala, melhor. Eu faço e vendo doces desde os meus 11 anos. A margem de lucro não é tão alta, já que tem a porcentagem do lugar que revende, mas me garante algum trocado, que me ajuda com as passagens e a alimentação. Quando eu era adolescente, tinha gente que batia na minha casa tarde da noite para comprar doce. Meu pai precisou até colocar uma placa na porta, estipulando o horário de venda. Nessa época, a Luane ainda era minha melhor amiga e, às vezes, me ajudava na compra dos ingredientes, pesquisando nos supermercados os preços mais baratos. Deixei a venda direta dos doces para me dedicar aos estudos. Não dá para atender as pessoas e passar o dia no fogão quando se tem um mundo de matérias para estudar e ainda se equiparar a quem frequentou boas escolas a vida toda. Luane costumava passar a tarde aqui em casa, então ficávamos ouvindo música, conversando e embalando os doces. Porém, depois que foquei e precisei ficar mais tempo sozinha para estudar, descobri que ela queria me limitar, debochando das tardes em que eu me preparava para realizar meu sonho de ser dentista.

Esse cenário só complicou a briga que tivemos.

As lembranças do nosso rompimento são tão amargas que as afasto para que não deem mau gosto ao doce.

— Você está mais legal hoje — comenta Michele, depois da primeira mordida no pão de mel.

— Porque ainda não está na hora de te mandar escovar os dentes.

Rimos.

— Vou te dizer uma coisa, mas não vá pirar: você ficou mais legal com esse fora!

Não tive o que responder.

— Se fosse um domingo normal, você ficaria estudando na laje, sem dar papo pra gente — continua Michele. — E se fizesse doce, não iria deixar nem a rapa da panela.

De fato, não é um domingo normal.

Embora seja dolorido assumir, realmente estou uma pessoa melhor. Ou estou a caminho de me tornar uma. A tristeza, às vezes, faz a gente largar a capa e se mostrar mais às outras pessoas.

O fora é democrático. Não escolhe fé, gênero ou raça. Não se importa com seu grau de instrução, se você anda a pé ou tem o carro do ano. Ele chega e te sacode. O pé na bunda te faz a mulher mais normal do mundo, quando não a pior. Sou igual a todas de um bairro periférico. E também igual a todas que moram num dúplex da zona sul. Todas já levamos um fora — e sobrevivemos a ele.

Em resumo, como dizem aqui os mais novos, fora também serve para baixar a nossa bola.

Passei todos os outros domingos sendo diferente da minha gêmea. Hoje, me reconheço idêntica a ela.

— Quase me esqueci. — Desligo o fogo. — Pega o meu celular aí para mim.

Ela busca o aparelho e me entrega. Segundos depois, ela recebe um vídeo via WhatsApp.

— Você gravou quando eu estava cantando? Meu Deus, sempre quis que alguém fizesse isso por mim! Olha só, mandei bem à beça no agudo!

Michele grita por nossos pais, que surgem na cozinha. Também, nossa casa é tão pequena, que em seis passos já mudamos de cômodo. Estamos nós quatro vendo e revendo o vídeo da nossa cantora favorita. Sinto, então, que a cozinha tem o tamanho perfeito para nós: estamos todos nos tocando fisicamente e, sobretudo, alcançando o coração um do outro.

Termino as cocadas e separo algumas para as minhas primas--sobrinhas.

Depois do banho, me deito na cama e dou uma olhada na *time-line*, mesmo correndo o risco de ser machucada pelo que posso ver postado ali.

Nada do Fred.

Recebo uma solicitação de marcação. Michele postou o vídeo me citando nos comentários. "O louvor de hoje gravado pela irmã caçula. Te amo, irmã. Obrigada."

Aceitar ou remover a marcação.

Aceitar ou ocultar na minha linha do tempo.

Aceitar?

Aceitar.

Aceito!

Nunca me conformei com a minha vida e convivo com alguém que esbanja alegria por ser o que é. Michele sabe que não é perfeita, mas gosta de si assim mesmo e demonstra força em sua vulnerabilidade: ela se abre para ser amada nas limitações.

E eu precisei repetir centenas de minutos desse maldito dia depois do fora para aceitar, conformar, assentir, acolher, aquiescer e acatar a minha realidade. E tive que aprender isso com quem veio ao mundo ao meu lado.

Movimento meu dedo e aceito, pela primeira vez, a marcação da minha irmã. Que o Fred, o pessoal da minha sala e quem mais exista no meu perfil escute minha irmã gêmea cantando na igreja!

Michele entra no quarto com sorriso de propaganda de clareamento dental no quarto.

— Já escovou os dentes? — pergunto.

— Passei até o fio dental em respeito à minha irmã dentista!

— A irmã cantora tem que estar com os dentes em ordem para abrir a boca na frente do povo. E para sorrir para o Rubinho.

— Só penso nisso, estou ansiosa! Faltam só uns dias! — Ela se deita na cama e se vira para mim.

Ai, meu Pai, permita que eu esteja lá, nos próximos dias.

— Acha que eu tenho chance? — pergunta ela, enquanto se deita.

— Claro que tem! Até a gente saber se ele está com alguém, todas têm chance. Mas, Mi... — Eu viro meu corpo de frente para Michele. — Se não for ele, será outra pessoa que combinará ainda mais com você. Uma hora vai dar certo.

— Ai, melhor pensar assim para não me afogar em ilusão. Se as coisas não saírem como eu quero, vou ter que rapar o resto de brigadeiro da panela pra não deprimir. Pelo resto do ano.

— Até parece que precisa de motivo para pedir a rapa! Acho que você pode conhecer alguém legal fora da igreja também. Você pode descobrir que há pessoas boas no resto do mundo.

— Tem razão...

— Só precisa parar de achar que é dona da verdade e que sua opinião é melhor do que a dos outros.

— Mas é que a igreja é tão boa para mim que quero levar isso a todo mundo, entende?

— Eu sei da sua empolgação, mas precisa entender que as pessoas são...

— ...diferentes! É, eu sei. Vou me vigiar. — Ela fica calada por um tempo. — Posso apagar a luz?

— Deve! Amanhã acordo cedo. — Tudo o que eu mais quero é realmente ter que acordar cedo amanhã. Meu Deus, leve logo esse dia!

Clique.

O quarto fica escuro.

— Mi, eu adorei passar o dia ao seu lado. Espero que a gente possa ficar mais próxima, sem perder tempo brigando. Aprendi muita coisa com você hoje.

— É porque eu tenho seis minutos de vida a mais do que você!

— Há muito tempo não tinha um domingo como esse. Tô falando sério. — Meus olhos se enchem de água.

— Também curti. Boa noite, magrela — diz ela, com a voz trôpega de sono.

— Boa noite, gordinha.

O mais que longo dia depois do fora (pela quinta vez)

Alguém não fechou a janela.

Abro meus olhos com calma para não estranhar a forte luz que me rodeia. Percebo que não estou no meu quarto.

— É um upgrade acordar já de cara com você? — pergunto, me levantando e andando em direção à Auxiliadora. Ela está sempre envolta em uma camada de gás luminoso, parecido com gelo seco. Nunca consigo ver seu rosto, mas noto o formato de seu corpo refletido na luz quando ela se move.

— Tivemos uma boa evolução, Melissa. Fico feliz por você.

— Obrigada! Sabe, reconheço que precisava me acertar com a minha irmã. — Observo a misteriosa sala onde fui parar. — Que negócio bonito esse aqui, hein?

Viro meu rosto para uma ampulheta de suporte dourado e de areia branquíssima, brilhante, que está sobre um aparador de cor vinho. Um enorme feixe de luz está sobre o objeto.

— Essa é a ampulheta que faz a marcação do seu tempo. Mas acredito que seja melhor não se atentar para o objeto agora.

Ela movimenta os braços com rapidez e a luz se apaga, ocultando o objeto. Tenho a impressão de que ela fez isso para desviar minha curiosidade e, assim, evitar a minha necessidade de controle sobre o tempo.

— Você e sua irmã ficaram bem próximas, pelo que pude perceber.

— Quando vi de perto, ficou mais fácil entender o jeito que ela leva a vida.

— É um grande progresso! Será que dá para estender esse entendimento à sua relação com outras pessoas?

— Acho que sou muito de boa, Auxiliadora. Sempre fico na minha, respeito os outros... Era mais a Michele que me irritava mesmo. E pode acreditar: estou pronta para voltar e seguir em frente na semana!

— Gosto do entusiasmo. Mas por que está tão convencida de que está apta a voltar à segunda-feira?

— Auxiliadora, se você me conhece bem, sabe que eu não fujo da luta! Estudo muito, quero me formar logo, passar no mestrado... Tenho muita coisa para fazer. Acho que há outras pessoas que precisam mais desse seu tratamento do que eu.

— Não diga...

— Digo! Não gosto muito de gente lerda, sabe? Meio parada. Tipo a minha mãe. — Solto a língua. — Ela é doce e boazinha com todo mundo. Não dá para entender como ela foi se apaixonar por um cara que já tinha três filhos e se casou tão nova. Ela já tem duas filhas criadas, ainda é jovem, mas só fica em casa, conversando com as vizinhas o dia todo, nunca estudou ou trabalhou. Sabe? Às vezes dá vontade de entrar na cabeça dela para ver como ela consegue ser assim...

Ops.

Levo a mão à boca numa tentativa inútil de conter as palavras já ditas.

Acabo de cometer a maior burrice dos meus domingos.

Aquela espiral repleta de purpurina me envolve, e eu rodo, rodo, rodo até que... Puft!

Cá estou na minha cama agora, realmente fechando os olhos por causa da cortina que ninguém fechou. Movo a cabeça e assisto ao exato instante em que a Michele solta jatos de perfume sobre cada perímetro de seu grande corpo.

— Michele...

— Quê que foi, magrela? — devolve ela, de forma ríspida.

É fato: ninguém se lembra do dia anterior. Mas eu me lembro, o que faz toda diferença.

— Pega o batom nude na minha bolsa. Combina mais com você e ficará melhor que esse monte de *gloss*. Parece que está com a boca grudada.

Seu corpo se ergue num salto, como quem leva um susto. Ela permanece imóvel por alguns segundos e, finalmente, caminha até o armário e abre a porta.

— É o de embalagem vermelha — aviso.

— Você deve ter sonhado com um castelo e com o seu príncipe Fred para estar nesse bom humor. — Ela remove o *gloss* com as costas da mão e passa o batom nos lábios.

— Sonhei com várias coisas, menos com um príncipe. — Eu me sento na cama. — O Fred terminou comigo ontem.

— Sério? — Ela leva a mão ao peito. — Meu Deus, você estava louca por ele.

Sinto uma leve inclinação no colchão quando ela se senta ao meu lado, mas eu nem ligo. Seu braço pesado me envolve, e o cheiro do perfume invade meu cérebro. Tenho vontade de mandá-la se lavar, mas sou acometida pela lembrança de ontem.

— Deita aqui um pouquinho. — Peço.

Estamos nós duas abraçadas e quentinhas na minha cama. Será que era assim que ficávamos na barriga da nossa mãe? Fico me perguntando se ela estendia seu corpo farto para o meu, tão minguado, e me defendia das sensações que ainda não compreendíamos. Aposto que eu dormi em seus braços muito antes de cochilar no colo da minha própria mãe.

— Vamos lá na igreja hoje, tenho certeza de que Ele terá uma palavra para você.

— Não força, Michele!

— Tá bom, só vou colocar seu nome na cestinha de oração.

Dizem que grossura a gente mata com doçura. E talvez por isso a gente deva sempre dar o primeiro passo, mesmo depois de patadas gratuitas, ou não tão de graça assim, no caso da minha relação com Michele. Sei que já a importunei várias vezes, e, pior, eu a excluí de diversos momentos da minha vida. Antes que o peso da culpa me atinja por inteiro, digo a mim mesma, mentalmente, que não dá para mudar o passado, mas dá para fazer um futuro diferente. Para isso, tenho que focar no que estou vivendo agora.

Valeu a pena começar o dia colocando em prática o que aprendi ontem. Será que um pequeno gesto de amor pode me abrir as portas de outros corações?

Michele avisa que precisa sair, me dá um beijo na bochecha e se levanta. Nessa hora, eu juro, vejo um pouco do brilho que acompanha meus encontros com Auxiliadora. Talvez isso seja um sinal de que ela curtiu a cena, como um botão de *like* do Facebook. Ou talvez seja apenas um indício de que estou me aproximando da luz.

♥ ♥ ♥

Eu já não estou tão ignorante assim nesse lance de repeteco.

Se a charada de ontem era a minha irmã, a de hoje é a minha mãe, já que bem na hora que eu reclamava dela, tudo rodou e eu... Rodei. Literalmente: eu rodei.

Levanto-me da cama e faço minha higiene bucal com gosto. Céus, como gosto da minha profissão! Sempre penso em como posso motivar as pessoas a cuidar da boca sem que achem chato escovar os dentes. Ninguém sabe, mas nutro secretamente, bem lá dentro da minha cachola, o sonho de dar palestras. Pode ser para crianças, adultos e até velhos que usam dentadura, já que toda prótese deve ser higienizada, prevenindo o mau hálito e as inflamações na gengiva. Eu me imagino toda de branco, ensinando a usar o fio dental corretamente numa boca cenográfica do tamanho de uma mesa,

72

com dentes enormes e esmaltados. No dia que eu tiver essa boca, vou até dormir com ela. Ah, também precisarei de uma escova de dentes gigante para o teatro e de um fio dental GG. Onde será que conseguirei isso?

Meu pensamento voa enquanto me olho no espelho.

"Mas eu, eu, eu... Prefiro estar aqui. Te perturbando, domingo de manhã."

Não, não, não.

Cuspo a pasta dental, enxáguo a boca e me sento na privada para chorar.

O radinho da minha mãe está no volume máximo, esgoelando meu drama. Tudo o que eu *não* quero é estar aqui, nesse eterno domingo de manhã. Chega! Troca a música, cara da rádio, por favor, nunca te pedi nada! As lágrimas caem com a voz do Marcos e Belutti no hit "Domingo de Manhã". Assim que a música termina, saio do banheiro para chorar na cama, e dou de cara com a minha mãe.

— Já ia te chamar! Estou sozinha aqui em casa e queria ajuda para... Ô Melzinha — ela repara a minha cara de choro —, o que é que minha filhinha tem?

Eu me jogo em seu abraço e digo aos berros que levei um pé na bunda. Ela me leva até a mesa e me coloca sentada na cadeira.

— Para de chorar feito carpideira, Melissa. Se acalme!

— Carpideira? Que é isso? Uma espécie de galinha barulhenta?

— Mas nem parece que estuda! Carpideiras são mulheres que ganham dinheiro para chorar no velório dos outros. Fazem um drama que só.

— Poxa, mãe... Eu gosto do Fred!

— Eu sei, minha filha, mas isso não é fatal. Chore, mas chore com calma. E dê logo um jeito de enfiar em sua cabeça que quem perdeu foi ele.

Nesses cinco repetitivos dias pós-fora, tenho contabilizado *apenas* em minha conta os danos e as tristezas do término. Vi minha autoestima descer tão rapidamente quanto os meninos de bicicleta nas ladeiras do bairro. Então, surge dona Glenda, a quem sempre julguei plácida e um pouco sonsa, assumo, e me chacoalha. Disposta a frear a queda da minha autovalorização, resolvo passar o dia com minha mãe. Além de distrair a cabeça, já sei que ela é a chave do novo dia de repetição. Logo, trato de ajudar no almoço. Sabendo que a Luane viria até minha casa para entregar os apliques que minha mãe comprou, dou um jeito de me manter bastante ocupada com as panelas. Já estou suficientemente esfolada para dar de cara com uma ex-amiga. Já basta um ex-namorado perturbando a mente.

Minutos depois, minha mãe volta à cozinha e confere o frango no forno. Depois é a vez de Emily Evelyna e Esther Elizabeth adentrarem a cozinha. A primeira pessoa que elas vão abraçar, claro, é a minha mãe, que retribui o afeto agachando e acariciando as duas. Em seguida, surgem Josué Felipe e Marlene na cozinha.

— Bateu a cabeça, Mel? O que te deu para estar agarrada às panelas? — pergunta meu irmão Josué Felipe.

— Só estou ajudando a mãe...

— Vem gente importante almoçar aqui hoje?

— Vocês!

— A gente não conta, somos da família. Quero saber se vem gente de fora.

— O cara que eu namorava terminou comigo ontem.

Respondo sem tirar os olhos da panela; afinal, já sabia aonde Josué Felipe queria chegar com aquele monte de pergunta e já estou farta das mentiras.

— Já tava achando o mané frouxo de não ter vindo conhecer a família da namorada. Agora, então...

Ele me surpreende com a resposta e com o tom sério. Viro meu rosto para ver seu semblante, e noto seu rosto corado esboçando uma certa raiva em sua pele clara.

— Você arruma outro para te chamar de dentista. — Ele encerra o assunto.

É a primeira coisa naquele dia que me faz sorrir. Até que ter um irmão que se acha piadista é bom. E talvez eu nunca tenha dito ao Josué Felipe o quanto a companhia dele me faz bem.

74

Michele chega da igreja, meu pai volta da rua com as bebidas, e a casa se enche com o som de vozes e gargalhadas. Meu pai é um sujeito de poucas palavras, mas sempre tem casos engraçados para contar dos infindáveis anos que trabalha de porteiro.

Quando nos sentamos à mesa, noto que quase não consigo mexer minhas pernas. Somos uma família grande para uma mesa tão pequena. Como nunca reparei nisso antes? Mas, também, quase sempre eu estava com o Fred em algum shopping ou comendo no meu quarto. Talvez repetir os dias seja uma chance de reviver os bons momentos em família que perdi. Ficamos todos quase em cima uns dos outros, com os pratos batendo, mas rimos e falamos a mesma língua.

Ao final, Marlene e Michele tiram a louça da mesa e a levam para a pia. Todos se levantam da mesa, procurando um lugar para tirar um cochilo. Eu continuo sentada, pensando no que fazer com esse domingo.

— Melzinha... — Lá vem dona Glenda batendo cabelo com um rabo de cavalo que vai até a cintura e um aplique na franja.

Não ficou ruim. Dou o braço a torcer e me mantenho calada. O cacho do cabelo artificial é bem parecido com o de minha mãe. Realmente, foi bem escolhido. Mas admitir isso seria o mesmo que concordar que os materiais que minha ex-amiga vende são bons.

— Fica dando dinheiro para a folgada da Luane...

— Não acho ela folgada, não. Carrega sacola pra baixo e pra cima, conversa com os clientes, entrega as mercadorias nas casas...

— É um absurdo eu ter que recebê-la aqui em casa! Por que os raios não caem em cima das pessoas certas em vez de nas árvores?

— Ô Mel, para com essa bobagem de ter ex-não sei o quê! Esse ódio vai te fazer mal!

Respondo a minha mãe com tanta raiva que por pouco o frango do almoço não volta. Em meio aos xingamentos, acuso minha mãe de nunca ficar do meu lado, num acesso de ciúme brutalmente infantil. Ela ouve tudo, sem rebater.

— Você vai estudar ou sair agora? — Minha mãe finalmente fala algo.

— Não, por quê?

— Vou sair um pouco, quer ir comigo?

Puxo o ar com força. Em pouco tempo ao lado de minha mãe, já senti emoções que nada me alegram, pelo contrário, me matam de vergonha. Contudo, não tenho escapatória, devo acompanhá-la para sair dessa espiral de loucura.

♥ ♥ ♥

A vasta agenda dominical da minha mãe mostra sua popularidade. Nunca vi ter tantos compromissos depois do almoço. Já saí de casa com raiva; agora, caminhando sob o sol forte, então, chego a bufar enquanto seco o suor que marca minha blusa, na altura das axilas. Mas tudo bem. Espero que a dona Auxiliadora esteja vendo e anotando meus pontos no caderninho mágico. Por falar em coisas mágicas, e aquela ampulheta brilhante? Puxo pela memória, mas não consigo me lembrar da quantidade de areia que ainda estava por cair. Será que há algo que eu possa fazer aqui que acelere ou atrase esse período?

— Faz tanto tempo que não batemos perna juntas... — comenta ela, enquanto alisa a franja fake.

— A vida vai acontecendo e a gente deixa os compromissos nos atropelarem. Mas, me conta, o que a senhora costuma fazer quando estou na faculdade?

— As mesmas coisas de sempre.

— Costuma ter uns cursos profissionalizantes no centro comunitário. São bons e de graça, posso passar lá e pegar um panfleto...

Meu raciocínio é cortado quando vejo minha mãe fazer um caminho que não faço ideia de onde vai dar.

— Aonde estamos indo?

— Vou dar uma palavrinha com a filha da Mariinha, lá da rua do Coqueiro.

O que será que minha mãe quer com uma menina de 12 anos?

Andamos poucos metros na rua do Coqueiro e avistamos a Camila sentada no portão de casa com outras duas meninas e um menino, todos aparentardo a mesma idade.

— Ô Camila, dê um pulinho aqui...

A menina faz uma cara feia, resmunga qualquer coisa que não consigo escutar, se levanta e caminha até nós.

— A bênção, tia Glenda.

— Deus te põe a bênção! Já viu minha moça, a Melzinha?

— A que é dentista?

— Serei! No fim do ano — respondo feliz como criança diante de um doce. — Tudo bem, Camila?

Ela balança a cabeça.

— Fiquei sabendo que você e a Bruna estão de briga armada na escola. Vocês eram amigas desde pequenas, fico triste demais com uma coisa dessas.

— Ela é uma galinha! Já ficou com dois meninos da sala. E ainda deixou um deles passar a mão nela! Todo mundo da escola viu.

— Isso não é da sua conta. Quando as meninas estão virando moças, o que elas fazem é problema delas.

Minha mãe faz uma pausa e ajeita o cabelo na cara.

— O que eu quero dizer é que a gente escolhe uma amiga pelo que ela é com a gente. A Bruninha é mentirosa? Ela é falsa? Fala mentira pra você?

— Ela fala tudo na cara, não é falsiane, não.

— E fazer ruindade com os outros, ela faz?

— Faz, não. Mas fica de tititi com os meninos!

Entendendo e concordando cem por cento com a mensagem da minha mãe, me intrometo no assunto.

— O que ela quer dizer é que o comportamento sexual de uma mulher não desabona em nada seu caráter. A intimidade das pessoas não é da nossa conta, entende?

A menina me olha com uma cara de "o que você acabou de falar?".

— Ninguém tem que dar um pio sobre com quem ela fica ou sobre as outras escolhas dela. Você não precisa deixar de ser amiga dela por conta disso, há outras coisas que importam mais numa amiza-de. Tipo, a mana ser fechada contigo, não vazar seus segredos, dar risada junto...

Assumo que, vez ou outra, gosto de conversar como adolescente. As frases são fluidas, boas de pronunciar e explicam tudo.

— Aaah — responde ela.

— Camila, a menina já tá sendo malfalada por aí, as coisas na vida não vão ser fáceis para ela, mas não seja você, uma outra mulher, a falar mal dela também — aconselha minha mãe. — Vamos combinar assim: no dia que ela aprontar com você, aí você conversa com ela. Mas nunca mais vai falar nada sobre com quem ela anda ou deixa de andar.

— É, eu mesma não entendo. Os moleques podem passar o rodo nas meninas, que todo mundo fala que eles são top. Quando é com mulher, a escola inteira esculacha.

— Para começar a mudar, a gente pode parar de acusar umas às outras — digo. — E você, como amiga, poderia perguntar se ela está feliz.

— De boa, vou aplicar essa parada aí.

Ergo a mão aberta para a Camila, que toca na minha, e depois faço o mesmo toque com a minha mãe, que retribui como se fosse da galera.

Minha mãe faz a Camila tomar bênção mais uma vez, se despede e me chama para irmos embora. No caminho, não consigo parar de falar sobre o que aconteceu.

— Estou surpresa, mãe! O que você falou com ela foi... Incrível! A senhora é uma grande feminista!

— Nem sei o que isso quer dizer, filha. Eu só me coloco no lugar da outra pessoa e faço o que acho justo. E se feminismo é isso, é igualdade pra todo mundo, acho que quer dizer que quero também.

Sabe quando dá aquela comichão e a gente vai se enchendo de admiração e vontade de abraçar uma pessoa? Então, é assim que me sinto! O momento com a minha mãe valeu mais que um simpósio com palestrante internacional.

Dona Glenda é esperta. Muito esperta. Espertíssima! É impossível não comparar a situação das meninas ao que vivi com Luane. Não brigamos pelo mesmo motivo, mas ver uma amizade de longo tempo acabar é realmente triste. E eu ainda me presto ao papel de falar mal dela. Confesso que já fiz isso algumas vezes, com algumas das pessoas que moram na Colônia. Aproveitava os momentos que ela passava para falar o quanto ela se achava, rebolando o quadril pra lá e pra cá. Sempre torci contra ela, esperando que a qualquer minuto surgisse algum babado destruidor, que acabasse com sua reputação a ponto de eu poder levantar minha plaquinha de "eu já sabia". Tudo para justificar a mim mesma que eu fiz bem em cortar vínculo com ela, que nossa amizade só me fazia mal e que a vida é melhor sem ela. Mas essa notícia nunca chegou e, por anos, eu carrego a dúvida de ter agido certo ou não, junto à saudade da melhor amizade que já tive.

Mas os anos se passaram e não há mais clima para voltarmos a ser o que éramos antes. Não depois do que aconteceu.

— Quando eu era mais nova, uma pessoa me disse que eu teria que escolher entre ser a mulher de quem os homens gostavam, ou a mulher de quem as outras mulheres gostavam. Como se duas mulheres bonitas e interessantes não pudessem ser amigas por disputarem a mesma coisa.

— Isso é uma besteira sem tamanho! Quem disse uma bobagem dessa a uma filha minha?

— Ah, nem me lembro. Mas, mesmo não concordando, sei que é assim. Não importa se estamos malhadas, arrumadas ou bem--empregadas, ouvimos críticas e nos tornamos inseguras.

— É porque escolhem alvos cada vez mais altos. Em vez de cada uma descobrir o que quer e ir atrás disso, fica todo mundo querendo seguir uma fila.

Minha mãe, que nunca leu um livro adulto na vida, talvez esteja querendo dizer aquilo que sabe intuitivamente: o caminho para a felicidade é único, deve ser trilhado pela própria pessoa. Talvez o mesmo valha para se tornar uma mulher.

Percebo que minha mãe não está fazendo o trajeto para nossa casa. Sinto que teremos outra intervenção.

— Agora é só um pulinho aqui. Ô Rosário... — grita ela —, tô aqui na porta.

79

Campainha para quê, minha gente? E uma mensagem no WhatsApp ou uma ligação? Vamos na garganta mesmo!

Logo uma mulher com o corpo esquálido abre a porta. Seus olhos não mostram muito brilho, mas é possível encontrar um pouco de alegria em seu semblante ao ver minha mãe.

— Oh, Glenda! Entra. — Elas se abraçam.

— Hoje eu trouxe minha filha, a Mel.

Os braços de Rosário demoram a me envolver. Seus movimentos são lentos e leves, como se ela não tivesse forças.

Converso um pouco com ela e sugiro nos sentarmos. Pela conversa que ela e minha mãe travam, noto que Rosário perdeu o marido e o filho há pouco: o primeiro sofreu um infarto, o segundo, um acidente de moto dias depois.

O quadro parece de depressão. Rosário já está medicada, mas continua a não ter muita vontade de lutar. Quem não compreende a doença, acha que é só falta de fibra ou preguiça. Mas imagino o que é ter que lidar com a dor da perda com o peso da doença que parece te derrubar e puxar para baixo.

— Este tom de azul ficou ótimo em você, Rosário. Pode usar essa mesma blusa na festinha da filha da Glória.

— Ah, não sei se vou, Glenda. Vai depender da minha condição no dia.

— Ah, tô tão sem companhia! Se você fosse seria bom! A gente fica na mesma mesa, conversando, comendo os rissoles que ela faz! Tão gostosos...

Minha mãe sem companhia? Oi? Se a quantidade de pessoas que essa mulher conhece equivalesse a votos, ela seria eleita vereadora. Com quem minha mãe ainda não puxou papo nesse bairro? Fala sério!

Começo, então, a entender a manobra da minha mãe. Ela diz que vai passar um café pra gente e dá aquela arrumada na cozinha, emprestando uma sensação de bem-estar à pequena casa onde Rosário mora sozinha. Além disso, é só elogios à amiga. Até que reparo que o couro cabeludo da senhora está repleto de falhas, disfarçadas por um aplique tic tac no topo da cabeça. Decerto, sua condição provocou uma queda de cabelo e ela, como pode, ameniza os buracos na cabeça. Numa estratégia de muita sensibilidade, minha mãe colocou o tic tac para ficar igual a ela. É a única razão em que posso pensar para que ela, que tem os cabelos cheios, use isso. Há pessoas que raspam a cabeça em solidariedade às que estão passando por sessões de quimioterapia e perdem os cabelos. Minha mãe se faz igual à vizinha que atravessa um período delicado com um tic tac. Que mulher, meu Deus, e essa mulher é quem me colocou no mundo!

A visita dura o tempo de mais duas xícaras de café com sequilhos. Logo, a gente se despede e a Rosário fica na porta, olhando a gente se distanciar.

Durante a nossa caminhada de volta, passo meu braço pelos ombros de minha mãe, trazendo-a para perto.

— Não sabia que você era amiga dela.

— Num sou muito chegada, não. Conheço só há uns dias.

— Sério? Parecia que eram amigas há séculos! Por que veio visitá-la, então?

Ela toca minha mão sobre seu ombro e fixa seu olhar no meu.

— Porque nós, mulheres, sempre nos ajudamos.

Seguimos um pedaço do caminho em silêncio, apenas abraçadas.

— Acho que vou tirar essa franja, Melzinha. Tá esquentando minha cabeça.

— Eu guardo no meu bolso. Enrolo direitinho, não vai embolar.

— Assim faço.

— Mas a franja ficou boa, né?

— Vai completar seu visual no dia que fizer um coque — respondo, sem ter a menor noção do que digo.

— Coque deixa a gente classuda. Vou usar num dia importante.

Eu sorrio em concordância.

— A senhora é danadinha. Inteligente... Só se finge de boba!

— Ô filha, não tem nada de fingir! Eu sou o que sou mesmo, sem fazer de conta. Só que eu tenho meu jeito de ser... — diz ela, com seriedade. — Por exemplo, sempre achei você mais boba do que eu por me achar boba. Só porque gosto de cantar, ver filme de amor e ter minhas colegas? Mas eu nunca te falei que te achava bobinha para não te causar mágoa. Deixa os outros serem o que eles são...

Isso é que dá acreditar que todos são idiotas: você acaba sendo a maior idiota da história.

Sempre me achei libertária, mas me aprisionei em modelos de mulheres que julgo serem bem-sucedidas. O que é bom para mim pode ser péssimo para outra pessoa. Quem sou eu para achar que meu jeito de viver é melhor que o dos outros?

Minha mãe só parece ser uma menina, na verdade, aquele jeito doce e sonhador abriga uma mulher com M maiúsculo. Dona Glenda, à sua maneira, é engajada, tem compromisso com a comunidade e com as mulheres de seu grupo. Eu sempre tive uma mãe. Agora tenho um exemplo.

Preparo meus doces enquanto vejo uma pequena lua surgir no céu. Daqui a uns dias, ela deverá estar totalmente minguante, deixando o céu escuro. Nunca achei que fosse prestar atenção em fenômenos da natureza que são tão corriqueiros. Porém, nada tem sido ordinário nesses dias. Prometo a mim mesma ficar atenta aos detalhes do cotidiano e viver cada dia como se fosse único.

Tomo meu banho e converso um pouco com minha irmã no quarto. Por eu estar mais aberta, ela me conta sobre Rubinho, um amigo por quem ela tem uma queda. Eu, pacientemente, escuto tudo outra vez. Aliás, escutaria por outras dez, só para ver seus olhos brilharem.

— Estou ouvindo risos das minhas filhotas?

— Mãe, a Michele tá apaixonada. Mostra a foto aí.

— Epa, deixa eu ver... Gostei da carinha dele! — Ela espreme os olhos diante da tela do celular. — A Mi vai namorar esse, e logo a Melzinha vai estar de namorado novo.

Será que não dá para ter o mesmo namorado *de novo*?

O efeito looping tem me distraído, me dando muito em que pensar — incluindo uma auxiliar mágica, mas sempre sou surpreendida por esse sentimento que me aperta o peito e faz meus olhos lacrimejarem. Respiro fundo e espero que a dor saia com o ar que solto. Algumas lágrimas caem, mas as enxugo com rapidez.

— Agora vou deixar minhas sereias dormirem...

— O que a senhora vê de tão especial nessa história, mãe? — pergunto. — Uma sereia que se apaixona por um homem e faz um acordo com uma bruxa para ter pernas?

— Nunca achei que era sobre uma menina que escolhe ter pernas para viver um amor. É sobre uma mulher que pede pernas para fazer o que quer. Fez besteira ao cair na conversa da medonha da Úrsula? Fez! Mas foi atrás do que ela queria. É como você, que cismou que ia ser dentista: abriu seu caminho e chegou lá sozinha. Nem sua inscrição me chamou pra fazer. Foi com suas próprias pernas.

— Nunca imaginei a história dessa forma — respondo, segurando as lágrimas.

— É porque cada um vê um pouco de si nas histórias.

Ah, mãe, se você soubesse como eu demorei para chegar aqui, neste dia, para aprender essas coisas com você! Não importa a data, prometo aproveitar mais a sua companhia.

De que adianta esse tanto de conhecimento acumulado em horas de estudo se não sei nada sobre mim? E sobre histórias? Nada sei sobre elas! Talvez eu tenha que me melhorar internamente para compreendê-las em todas as suas nuances. De repente, começo a achar que Melody nem é um nome tão horrível assim.

Conversamos amenidades, rimos de uma coisa ou outra, e minha mãe diz que vai se deitar. Ela nos dá um beijo de boa-noite, apaga a luz do quarto e vai embora.

Lá no fundo, mas bem no fundinho mesmo de meus pensamentos, fico um pouquinho agradecida por estar vivendo esse looping. Acho que nunca teria um dia assim se essa mágica brilhante do tempo não me acertasse.

♥ ♥ ♥

— É um sonho?

— É o fim de um. Já está perto da hora de acordar. — Aquela voz já-familiar me responde.

— Já estou de pé ou estamos no nosso lugar mágico?

— Estamos na sua mente, onde todas as mágicas acontecem.

— Então me deixe dormir mais um pouco. Quando eu acordar de verdade, você aparece.

— Já dormiu o suficiente, Melissa. Deveria estar louca para acordar e viver mais um dia.

— Será domingo ou segunda? — pergunto.

— Primeiro me conte como foi o dia anterior.

— Foi incrível! — Sou tomada por uma empolgação. — Minha mãe agita demais! É consciente, altruísta e uma grande mulher. Notei que me pareço com ela. Sou uma filha da mãe mesmo — brinco.

— É uma ótima constatação para quem estava tão apática e isolada da própria família.

— Sim. Somos uma família de mulheres especiais.

— Só mulheres?

— Nada... Dois meios-irmãos e um meio-irmão-cunhado. Ah, e meu pai, claro.

Compreendo, então, a capciosa pergunta de Auxiliadora.

Suspiro.

— Acho que já é a nossa sexta vez, né? E depois de tanto tempo dá para descobrirmos as perguntas sozinhas.

— E buscar com mais fé as respostas — argumenta ela.

— Já são cinco da manhã?

— Falta um minuto.

— Com purpurina ou sem purpurina?

— Sempre com purpurina! Você pode escolher a cor.

— Hum... Verde! Não sei explicar, mas é a cor que me lembra o meu pai.

84

Delicadamente, um monte de pozinho verde cintilante cai sobre mim. Sinto um hálito fresco me rodear.

Abro os olhos com morosidade. O quarto ainda parece escuro, e a Michele está derrubada na cama. Eu me espreguiço e pego o celular, cujo relógio acaba de marcar cinco da manhã. É a hora que meu pai acorda todos os dias — e hoje é dia de ficar com ele.

O mais longo dia que já existiu depois do fora (pela sexta vez)

A pessoa acorda todos os dias às cinco da manhã para fazer o quê, meu Deus?, me explica! Até na folga meu pai acorda nesse horário.

Cá estou eu, feito zumbi, na porta do banheiro, esperando o meu pai desocupá-lo.

— Dor de barriga, Mel? Podia ter batido na porta.

— Que nada, pai! Perdi o sono... Escovou os dentes direitinho?

— Do jeito que a minha dentista particular ensinou...

Ele vem ao meu encontro e me dá um abraço apertado.

Não é sempre que nos abraçamos dessa forma aqui em casa. Acho um pouco estranho no começo, mas me lembro de que, no sábado anterior ao looping (céus, parece que faz uma eternidade!), eu estive no trabalho do meu pai, chorando. Ele percebeu que eu não estava bem.

Queria contar a ele sobre o término mas, de alguma forma, senti que ele já sabia.

— Vou ficar calada para não te matar com meu bafo matinal — brinco, com a mão na boca.

— Vai se arrumar no banheiro, vou sair para buscar o pão.

— Posso ir junto? — pergunto, quando já fechei a porta do banheiro. — Se estiver com pressa, não tem problema...

— Não é nada disso. É que sempre pensei que você gostasse de ficar sozinha. Vou te esperar lá na sala.

É como se uma caneta de alta rotação, aquelas que todos chamam de motorzinho de dentista, adentrasse meu peito. Sempre fui eu que busquei o isolamento. Tudo bem que conviver não é fácil, e, às vezes, meus familiares não facilitam, mas reconheço que meu esforço para me relacionar é perto de zero. Atualmente, sou a pessoa mais idiota que conheço.

Termino de me arrumar e encontro meu pai já no portão. Passamos pelas casas da vila e caminhamos pelas ruas do bairro com o sol ainda fraco. Faz tanto tempo que não presto atenção em onde moro que quase tudo soa como novidade: uma nova construção, um muro pintado e um novo negócio aberto. Meu pai segue dando bom-dia a todos que vê, e trocando algumas palavras com os conhecidos. Quase todas as pessoas comentam que fazia muito tempo que não me viam e querem ter notícias de quando eu me formo.

Compramos os pães e voltamos pelo mesmo caminho até nossa casa. Minha mãe já está acordada, e tomamos café juntos, como há muitos anos não acontecia. Antes que viessem insinuações ou perguntas estilo interrogatório, confesso que estou solteira de novo. Perco as contas de quantas vezes tive que contar que levei um fora nesse vaivém de dias que não passam. O sentimento parece desgastado, e nem sinto mais tanta vontade de chorar. Pior é saber que há chance de eu ter que contar tudo de novo amanhã.

— Vou com o senhor ao bar do Balduíno hoje. Quero comer um pastel.

— Mas que apetite! Não acabou de comer?

— Mas o pai só vai para lá mais tarde, no meio da manhã. Para quem comeu a esta hora, é perfeito uma boquinha lá pelas dez horas... — respondo.

Ah, mãe, se eu pudesse dizer que eu tenho que estar perto do meu pai como eu colei em você ontem... Dá uma sensação de solidão tão grande passar por tudo isso sozinha, sem poder comentar nada com alguém! E é mais triste ainda saber que não se lembram dos momentos que vivemos. Tem sido um peso conviver com essas lembranças e saber que, na realidade, nada mudou.

Se eu der sequência a esses pensamentos vou me afundar em desânimo. O melhor é saber que as experiências de amor mudam a mim mesma e que sou capaz de transformar meu dia.

Meu pai ouve um pouco de rádio com as notícias da nossa região até o momento da oração que ele faz todos os dias. Coincide com o horário em que chega ao trabalho e assim, acredito, ele se sente abençoado para o dia.

Eu me sento ao lado dele. Fico caladinha, prestando atenção no que dizem, como se tudo fosse revelar algo do meu pai, o segredo de mais esse domingão de looping.

— Se vai participar, coloca um copo de água pra você também.

Eu me levanto, encho um pequeno copo e me sento novamente.

No rádio, uma voz forte proclama uma oração a Nossa Senhora Aparecida. Meu pai acompanha tudo de olhos fechados, segurando sua medalha, que está numa correntinha prateada. Assim que a reza termina, ele faz o sinal da cruz, beija a medalhinha e a guarda dentro da camisa. E quando ele bebe seu copo de água benta, também bebo o meu.

Acompanhar meu pai em seu momento de oração me deixou estranhamente venturosa. Não tenho nada que me ligue a uma crença, mesmo tendo fé. Percebo que nos últimos meses fiz do meu relacionamento minha religião, em que rezei a cartilha das incondicionais devotas ao namorado. Ele nunca me impôs nada, mas, de alguma forma, me sentia uma discípula. Eu o coloquei num pedestal, onde lhe ofertava meus planos de um futuro perfeito. A mulher que eu entreguei a ele não era eu, era a personagem que fiz de mim mesma. O homem para o qual me confiei não era ele, era um namorado que eu criei para consolar a minha existência.

Será que sou a única mulher da face da Terra a fazer o namoro de religião?

♥ ♥ ♥

Mais tarde, ouço meu pai se despedir da minha mãe, que está vendo TV. Calço meus chinelos e me levanto, mostrando que estou pronta para sair.

Eu o acompanho até o pequeno bar do Balduíno, onde encontramos o seu Tonico sentado, tomando caldo de cana.

— Doutora Melissa no meu estabelecimento! — Seu Balduíno pronuncia quase sílaba por sílaba a última palavra. — Só te vejo de branco descendo a rua...

Dona Rita, a virgem que se faz de viúva, segundo minha confabulação, também está no bar. Ela faz salgados e deixa alguns fresquinhos na estufa para vender.

— Seus salgados estão tão bonitos, dona Rita — elogio.

Ela agradece e comenta qualquer coisa sobre avisar a minha mãe que vai passar lá em casa amanhã. Como eu sei que talvez essas memórias sejam todas desfeitas em 24 horas, nem presto muita atenção no recado.

— Seu Tonico não tira os olhos de você, nunca reparou? — pergunto bem baixinho, entrando em um assunto mais interessante.

— De mim? — Suas bochechas ficam coradas. — Que isso, menina!

— Estou falando sério! E olha... Ele é tão boa pessoa, todo mundo da vila gosta dele. E nem tem ex para aporrinhar, hein? Que Deus a tenha em bom lugar! — Elevo minhas mãos e meu olhar para o alto.

— Sua cabeça tá vendo coisas! Imagina, eu procurar companheiro depois de tanto tempo!

Ela fecha a estufa, se despede e vai embora do bar com passos firmes.

Torço para ela ter mordido a isca. Quem nunca começou a prestar atenção em uma pessoa quando sabemos que ela está interessada?

Mesmo que não dê em nada, eu a fiz pensar no assunto. Dona Rita nunca foi de conversar com os homens, preferindo a companhia das mulheres. Sempre senti nela um medo de se abrir, de se deixar envolver... E como alguém vai puxar assunto com ela sem o mínimo de abertura?

Volto ao banco onde estava sentada, e tento me inteirar dos assuntos.

— Sabe duma coisa, Mel... — começa seu Balduíno do cofrinho descoberto. — Está na minha cabeça a memória de uma vez que você veio aqui com seu pai, há anos, quando ele te ofereceu um pastel, e você respondeu "não, obrigada, já escovei os dentes". Mas eu vi tanta graça aquele dia... Uma menina pequena já falando de dente. Estava claro seu caminho.

— Nossa, não me lembrava disso! Mas agora que falou... A Michele estava junto, né?

— Ah, estava. E comeu o pastel dela e o seu.

É a minha irmã seis minutos mais velha do que eu!

— Como é bom me lembrar disso... É quase um sinal do meu caminho.

— Agora dá pra ver que era mesmo! Quando o Raimundo veio contar que a filha dele tinha sido danada e passado na Federal para ser dentista... Ah, mas nós comemoramos muito! Colocamos a jukebox aqui pra fora, ó — ele me mostrava o espaço —, e escutamos muita música boa.

— Sério? Não soube disso!

— Aquele dia foi bom. — Meu pai entra no assunto. — O Carlinhos da rua de baixo também veio. O que nós cantamos de Zé Rico e Milionário, Pena Branca e Xavantinho... Isso é que é música!

— E a dobradinha da Rita? Tava divina! Ela nunca mais fez dobradinha aqui pro bar, não, Balduíno? — pergunta seu Tonico, com entusiasmo.

— Se você pedir, aposto que ela faz, seu Tonico — intrometo-me no assunto. — Ela sempre presta tanta atenção em tudo que você diz, não reparou?

Ele se alonga na cadeira e estufa o peito. Não emite uma só palavra, mas fala tudo por meio do corpo. Posso sentir uma vaidade gostosa inflando seus ombros e chegando até seu rosto, que agora ostenta um semblante mais feliz.

— Pai, vou deixar o senhor à vontade com seus amigos. Depois o senhor leva um pastel para mim?

— Pode deixar que o pai leva o pastel de queijo mais gordinho que tiver.

Ele mostra que se lembra dos meus pedidos de infância. Até hoje sou louca por pastel de queijo, com o máximo de recheio possível.

— Ô Mel, aproveita que está subindo na frente e entrega esse tempero para sua mãe — diz seu Balduíno.

Ele se abaixa e lá está o cofrinho mais popular da vila. Não muda: Balduíno gosta da mesma bermuda jeans apertada e das camisetas de malha que ficam curtas. Qualquer movimento é suficiente para colocar a beirada do cofrinho para fora.

— Eu bati ontem à noite, está fresquinho. Ela gosta para refogar o feijão — explica ele, me entregando uma embalagem. — Ela já pode tá precisando pro almoço.

Agradeço e me despeço de todos com um abraço, especialmente em seu Balduíno, que mostrou guardar muita coisa sobre mim. E eu, o que sabia da vida dele? Será que as amizades que eu tentei cultivar ao longo desse tempo me querem tão bem como o pessoal da vila Colônia? Na minha fantasia, eu convidaria pessoas ligadas aos meus estudos, os colegas da iniciação científica da universidade e a família do Fred para minha formatura. Mas será que sentiriam tanta admiração por mim quanto o seu Balduíno, dono do boteco da esquina que vive com o cofrinho exposto?

Esse looping tem girado os dias e os meus pensamentos. Como em tão pouco tempo posso ter meus valores tão mudados?

Chego em casa e encontro Michele se arrumando. Vamos a mais uma sessão de pancadas leves, mas neutralizadas com amor. Eu me jogo em seus braços, aproveitando que ela ainda não passou o perfume, e conto que levei um toco. Ela me abraça, e conto a história pela... Tento enumerar, mas já perdi a conta.

Ela sai para o culto, eu ajudo minha mãe na cozinha e, quando as panelas estão sob controle, vou correndo até a igreja e consigo vê-la cantando. Bom que o horário, dessa vez, evitou que eu me encontrasse com a Luane. Eu me espremo entre um banco e a parede e faço um pequeno filme dela. De lá mesmo coloquei o vídeo na minha *timeline* e marquei minha irmã. A legenda foi fofa, cheia de elogios e *emoticons*.

Mais tarde, estamos todos almoçando ao redor da nossa pequena mesa. Antes que meu irmão Josué Felipe chegue com perguntas que mais debocham do que questionam, conto que levei um pé na bunda. Depois do almoço, brinco um pouco com minhas primas e começo a fazer os doces da semana — que eu espero que realmente venha.

No meio da tarde, meu pai surge com uma lata de tinta na mão, subindo as escadas. Vou atrás e o vejo pintando as grades do nosso terraço.

— Caprichando aí, pai? — Eu me sento perto dele.

— A vida corrói, mas a gente arruma outra vez — responde ele, com simplicidade. — Tudo na vida requer manutenção. Até os prédios mais chiques.

— E disso o senhor entende, né?

— Porteiro entende mais de gente do que de prédio, filha. Lidamos com pessoas que moram num prédio. E sabe? Dentro dos apartamentos ou das casas, a vida de todo mundo é muito parecida. Não tem ninguém melhor ou pior.

— Você sabia que não ia durar, né? — pergunto com a voz embargada.

Ele coloca o pincel na lata de tinta e me olha.

— Ninguém sabe dessas coisas não, filha. Eu só achava esquisito a gente nunca ter visto o rapaz.

— Não deu tempo de apresentá-los — minto com vergonha. Será que meu pai desconfia que eu mentia sobre o lugar onde eu morava?

— Mel, eu trabalhava naquela mesma portaria quando vi sua mãe passar ainda moça por lá. Minha cabeça queimava com duas ex-mulheres mais três meninos para sustentar, mas fiquei apaixonado quando vi minha Glenda passar. Então, eu me enchi de coragem e fui lá falar com ela. Não escondi nadinha: nem os meus erros, muito menos o meu amor.

— É porque o senhor não era só um sedutor, tinha boas intenções.

— Não é só por isso, filha. É porque mesmo com meus deslizes nas costas e com a vida atrapalhada, eu me achei merecedor do amor dela. Se você não se acha digno do amor, vai se contentar com qualquer outra coisa que encontra por aí.

É como se uma represa contida em meu peito tivesse se rompido.

O amor do meu pai me constrangeu. Sem uma palavra de acusação, aquele homem me ensinou mais do que qualquer professor vestido de branco e repleto de títulos. A inteligência que não é feita no banco de escola, mas na janela da vida, me deu uma sábia correção sem jogar na minha cara meus meses de artimanha.

Choro querendo esconder o rosto. Tenho vontade de pedir desculpas a meu pai, mas sinto que devo pedir perdão a mim primeiro. Fui eu que acabei perdendo a convivência com meus pais e o orgulho das minhas origens. Fui eu que me reduzi à margem, eu que me envergonhei. Fui eu que nunca me amei e precisei inventar outra pessoa para merecer amor — ou o que eu acreditava que era amor.

— Eu me sinto uma idiota, pai. — Eu me levanto e me jogo em seu abraço escondendo o rosto.

— Sabe, filha... Coisa boa na vida é fazer as pazes com o tempo. Entender que ele tá acima da cabeça da gente e que não tem um só relógio neste mundo capaz de controlá-lo. O tempo faz a gente entender umas coisas, e se esquecer de outras. Cura o que dói, faz crescer o que já foi semeado, acalma o que está aflito. Quando somos novos, queremos apressá-lo, depois agradecemos por ele seguir seu próprio curso.

Aos poucos, com a cabeça firmada no ombro do meu pai, a vergonha passa e já consigo mostrar meu rosto a ele.

O homem inventou a hora para dar lógica ao tempo ilógico. Descubro, então, que preciso parar de ficar presa ao tempo e simplesmente me lançar nele. Abandono a ansiedade do dia que não sei se há de vir. Olho com distanciamento para o que passou e me entrego ao aqui e ao agora.

Tudo o que eu tenho é esse fim de domingo, na minha casa simples, onde moro com minha família, que dá nó na árvore genealógica — e em qualquer tristeza.

♥ ♥ ♥

Meu corpo dá os primeiros sinais de despertamento. Lembro-me de ter ido dormir cedo, já que acordei às cinco da manhã no dia anterior. Movo meus pés e aos poucos viro meu corpo. Abro os olhos e dou de cara com ela. Sim, ela! Sua luz está ali, mas agora consigo ver seu rosto e seu corpo. Dois grandes olhos pretos como jabuticaba me fitam com serenidade. Seus cachos ouriçados caem sobre o rosto negro que me apresenta um sorriso terno.

— Auxiliadora, é você?

— Já te disse que adoro esse nome?

— Meu Deus, é você mesma? — Olho ao redor e vejo o mesmo quarto luminoso de sempre. Lá está a mesma ampulheta sob uma luz forte e, agora, uma cadeira dourada onde ela está sentada, tal como uma diva. — Fico feliz que tenha se mostrado a mim!

— Sempre me mostrei, Melissa! Mas a mágoa que carregava criou uma névoa tão densa que não conseguia ver as coisas como elas são.

— Então as coisas mudaram, ainda bem! Na verdade, descobri que sou bem míope em relação a mim. Talvez porque eu não acredite em mim como mulher, como filha, como irmã... que dirá como dentista!

— Suas pesquisas são boas, mas acredito que suas mãos também.

É como se uma faquinha fincasse em meu peito. Meu sonho de infância é ser dentista. Embora eu goste do que faço e julgue meus artigos como relevantes, não me sinto cem por cento feliz, mesmo estando a um semestre da formatura. Tenho poucas horas de prática clínica no currículo, e, sempre que penso nisso, uma onda de intenso desespero me aflige e me faz suar.

— Vamos deixar que cada dia se baste, não? Para tudo há tempo, até para correr atrás dos sonhos que parecem distantes de se realizar. — Ela se levanta e se mostra mais ou menos da minha altura. Achei que ela estivesse numa bata estilo anjo ou coroinha de igreja, mas ela veste um macacão bege, nem muito justo nem solto demais.

— Cici, você não sabe o quanto me sinto revigorada...

— Cici?

— Gata, nós temos intimidade. — Movimento o dedo, apontando para nós duas. — Ninguém sabe mais da minha vida do que você. Se isso não for amizade, não sei o que é, e é assim que eu trato as minhas amigas, com apelidos. E agora estou te achando tão fofa que, analisando o nome Auxiliadora, só posso te apelidar de Cici.

Ela arqueia a sobrancelha.

— Estou gostando disso. Continue.

— Bem, eu esperneei, chorei, evitei, mas não teve jeito, Cici! Entrei na dança do tempo. E sério, foi a melhor coisa que me aconteceu! Foi como retornar aos primeiros momentos da minha vida e refazer o vínculo com aquelas pessoas que me conheceram primeiro. Passei um dia com a minha irmã, a primeira pessoa que conheci nesta vida, ainda na barriga da minha mãe. Com ela aprendi sobre aceitação. Depois... — ergo um dedo e depois o outro, fazendo sinal de dois.

— Muito bem, vou me sentar de novo... — Ela se senta.

— Depois fiquei com a minha mãe, que me gerou boas reflexões sobre ser mulher e sobre se colocar no lugar de uma. Então, ontem, quero dizer, ontem pela sexta vez, eu pude andar com o meu pai, que me ensinou muito sobre a fé e sobre o amor. Sinto que estou me acertando com as pessoas.

— Querida, é fantástico ver seu entusiasmo e as reconciliações que tem vivido.

— Nunca se tratou de algo entre mim e o mundo, né? A maior luta é a que travo comigo mesma. Aqui dentro. — Aponto para meu coração.

— Sinto que está pronta para o amanhã. O que acha?

— Acho que já sei do que vou precisar.

— Ah é? Do quê?

— De amor — respondo de pronto.

E lá está aquele sorriso mais uma vez. Não só aquele sorriso que encanta dentista, mas aquele que faz qualquer solitário entender que tem um amigo.

Fecho os olhos, já esperando a purpurina.

Um alucinante redemoinho me envolve, e sinto meu corpo ser arremessado numa viagem para um lugar longínquo. De repente, tudo para, como se eu estivesse em sono profundo.

Péin, péin, péin.

O despertador ressoa, e abro meus olhos rapidamente. Estou no meu quarto, deitada na cama. Movo meu corpo rapidamente e alcanço o celular, que vibra com o som. Desligo o despertador e abro um sorriso do tamanho dos meus longos domingos ao checar a tela inicial.

São seis horas da manhã de segunda-feira.

O segundo dia depois do fora

— S e eu fosse você, pegava logo um pão de mel — aviso ao balconista que coloca meus doces para vender todas as segundas-feiras. Desde que cheguei, não paro de falar. Cumprimentei a todos, contei casos e falei até da medida extra de doce de leite que coloquei nos pães de mel. — Estão caprichados. Vão vender rapidinho, você vai ver!

— Menina, o que você fez neste fim de semana para estar tão animada a essa hora numa segunda?

— Mágica! — Eu rio. — É que meu fim de semana rendeu, consegui resolver as pendências. Bem, agora vou correr para pegar o ônibus.

Desço com passos largos a rua que finda perto do ponto de ônibus. Em pouco tempo, o ônibus passa, lotado como sempre. O trânsito flui, e logo estou na central, onde faço a baldeação. A condução que tomo até a universidade não está tão cheia, e consigo um lugar para sentar. Parece que estive de férias depois de tantos dias repetidos.

Ouso colocar uma das músicas que me faz lembrar do Fred. Não que já tenha passado, mas a dor da sua ausência já não me assusta tanto. Falta ainda gastar um pouco mais dessa saudade e deixar que o tempo, ah, o tempo, trate de curar tudo. Em meio às lembranças dos beijos, das trocas de mensagens e dos momentos apaixonados que vivemos, chego ao campus. Logo começarão as provas finais e preciso ficar atenta às revisões que os professores farão nas aulas. Desço no ponto mais próximo ao prédio de odontologia e vou até a coordenação.

Estou com medo, não nego. Mas sigo adiante. Uma das minhas palavras favoritas é coragem, que quer dizer coração que age. E é assim que me sinto neste momento: guiada pelo meu coração. Deixo-o bombear ânimo para todas as partes do meu corpo, oxigenando cada célula com o desejo de ser feliz. Sou tomada por uma confiança que não é minha, como se um mágico sentimento viesse de longe para me acompanhar. Procuro pela Ingrid, a secretária acadêmica que sempre é bem gentil comigo e quer saber detalhes de como está o curso, como tenho passado e as novidades. Realmente custo a me situar, visto que vivi quase uma semana em um dia; então falo qualquer coisa e vou direto ao assunto.

— Preciso de poucos créditos estudantis para me formar. Com as disciplinas deste semestre e a apresentação do trabalho de conclusão de curso, eu já consigo...

— Também, com tanta pesquisa e congresso... — interrompe ela, como se quisesse me elogiar.

— Mas preciso de prática clínica. Além da que tivemos nas aulas e dos estágios obrigatórios. Sabe de algo?

— A essa altura? Acho difícil! Só se passasse o semestre em algum internato rural. Em cidades do interior, você atenderia com bastante frequência. Os alunos já estão sendo designados, podemos te encaixar para o próximo semestre.

— Eu não penso em ficar tanto tempo longe, sabe? Quero me candidatar ao mestrado e já tenho alguns compromissos. Não tem nenhuma oportunidade aqui?

— Melissa, devia ter vindo no começo do ano, sabe disso! As vagas para nossa região são as mais disputadas. Mas ficarei ligada, se souber de alguma desistência...

Eu agradeço e saio sem esconder a tristeza. Não por ela não conseguir me ajudar, mas porque, só depois de um longo vai e volta, descobri que quero a prática clínica. As lembranças das cenas horríveis do quarto período me mantiveram distante disso, me fazendo direcionar toda minha atenção aos artigos — de que também gosto, mas que não me obrigam a excluir a vivência de dentista. Aliás, foi pensando nisso que entrei na universidade, até que cometi aquele terrível erro. Bem, agora não dá para me punir. Não posso mudar o que passou, mas posso me empenhar em mudar o presente. É nisso que tenho que focar.

♥ ♥ ♥

Assim que entro em casa, tiro o sapato e me lanço na cama. Fiz um enorme esforço para me concentrar na aula, já que minha cabeça ainda está sob o impacto da magia que me aconteceu neste fim de semana.

— Michele, vem ver isso — grito. — Tô pensando em mudar meu cabelo.

— Caraca! — Ela está atrás de mim, bem diante da tela do notebook. — Mas quer mudar mesmo, hein?

— Cabelos curtos não são lindos? Acha que meu rosto combina com os fios nessa altura? — Aponto para uma foto.

— Bem que dizem que mulher depois que separa entra na fase "agora eu vou mudar". Lá no salão toda semana surge uma assim.

— Antes eu estava era separada de mim. O pé que o Fred me deu só está me empurrando para quem eu sou.

Suspiro como alguém com graves problemas respiratórios. Por mais terapêutica que essa situação seja, dói. Lembrar que entreguei carinho a alguém que simplesmente não me quer mais é a pior das realidades que tenho que aceitar.

Então minha irmã olha fixamente para mim, mexendo em meus longos cabelos, como se analisasse o formato do meu rosto feito uma profissional especializada em simetria e estética.

— Ah, quer saber? Você escreve textos publicados em revistas muito intelectuais antes mesmo de se formar. E seu rosto é lindo!

Igual ao meu, claro! — Ela faz uma cara de obviedade. — Você vai ficar bonita de qualquer jeito, com cabelo ou sem cabelo.

Eu me levanto e me jogo em seus braços. Abraço mais do que nossa consciência, nossa herança e nossa familiaridade. Eu acolho nossa amizade e toda a importância que ela tem para mim.

♥ ♥ ♥

Pouco depois do banho, estou sentada diante da cômoda, revirando as apostilas e os cadernos dos semestres anteriores. Parece que me perco no tempo diante de tanto Post-it e frase grifada com caneta marca-texto. Dá uma vontade louca de sair restaurando dente! Na teoria, nada me falta. Sei falar até sobre artigos publicados recentemente, mas na prática... Penso em estratégias para recuperar o tempo perdido e me aventurar na clínica.

De repente, o celular apita.

O chão parece sumir quando olho a tela.

> **Fred**
> Ei, Mel! Tudo beleza?

O que respondo? A verdade? Mas, tipo, a verdade toda, incluindo as cenas de filme de ficção científica que vivi? Ou dou aquela esnobada dizendo que tô óóótima, feliz da vida?

E se ele estiver me sondando porque está com saudade? Afinal, eu signifiquei algo para ele nesses seis meses! Vai que desperdiço uma chance de reconciliação por orgulho ridículo?

Cadê minha Auxiliadora brilhante? Preciso que ela me dite as palavras certas.

Por fim, pego o celular e digito enquanto ele ainda está on-line.

> **Mel**
> Oi! Tudo joia, e com você?

> **Fred**
> Tudo bem também! Minhas aulas já acabaram, a monografia está ok... Agora é só esperar a formatura!

> **Mel**
> Ah, legal!
> Ansioso?

Eu tento esticar o assunto com outra pergunta.

> **Fred**
> Um bocado.
> Muita mudança, né?

> **Mel**
> Muita.

Busco outra pergunta para fazer, mas as ideias somem como papéis ao vento.

> **Fred**
> Quero saber se passou bem o fim de semana, como ficou depois da nossa conversa...

> **Mel**
> Estou...

Sorumbática. Péssima. Chorosa. Morta. Nervosa. Triste. Sôfrega. Irritada. Tresloucada. Infeliz. Melancólica. Carrancuda. Desesperada. Solitária. Tonta. Delirante. Louca.

> **Mel**
> Estou levando.

Respondo escolhendo um verbo que não entra em detalhes.

> **Fred**
> Eu também.
> Gosto muito de você, Mel. Embora as coisas tenham mudado, sempre vou ter muita consideração por você.

> **Mel**
> Eu também.

> **Fred**
> Ficam as boas lembranças, né?

As lágrimas começam a cair. É o fim que se apresenta cada vez mais real. Minhas esperanças são abruptamente aniquiladas com "sim, ficam as boas lembranças".

Por que os beijos foram tão bons? Por que Fred sempre foi tão carinhoso e bom de papo? Por um segundo, chego a sentir sua mão em meus ombros de novo, e sua boca em meu ouvido, dizendo coisas num tom de voz tão baixinho, que só eu era capaz de ouvir.

Ele encerra a conversa e, pouco tempo depois, sou surpreendida com a alteração de status dele no Facebook e, consequentemente, do meu. Melissa Silva está solteira.

Guardo meus cadernos na cômoda e me deito na cama, desejando estar bêbada de sono para esquecer essa dor nos sonhos. Mas sei que de nada vai adiantar fugir. O que vai me fazer sentir melhor hoje é chorar. Deixo as lágrimas de desamor caírem sem recriminação. Surge, lentamente, um pequeno agradecimento por estar vivendo o presente. Sem me culpar por erros nem me machucar buscando falhas que mataram meu namoro. E sem me desesperar com os dias que virão sem ele, mesmo que ainda goste do Fred. Hoje sou só eu e minhas lágrimas. E amanhã... bem, eu já aprendi que não sei nada sobre ele.

O nono dia depois do fora

Levar um fora dias antes da semana de provas tem suas vantagens: os estudos e a aflição dos testes ocuparam minha mente nesses dias. Tudo bem que eu reservo cerca de trinta minutos a cada quatro horas para chorar mais um pouco, mas sobrevivi à primeira semana depois do fora.

E cá estou eu, voltando para casa nesta segunda-feira, depois da minha última prova. No próximo semestre, terei só matérias práticas e a monografia, para meu deleite.

Abro uma cocada estrategicamente guardada na mochila, coloco o fone no ouvido e sorrio. Finalmente: férias! Enquanto estou no ônibus, penso na lista de séries que quero ver, e na possibilidade de acordar um pouco mais tarde.

Chego ao terminal, onde várias pessoas fazem baldeação. Por sorte, hoje estou no próprio ônibus que passa pela rua principal da Colônia. Um bocado de gente desce, e, enquanto os outros que estão na fila sobem, eu me sento numa cadeira que fica bem atrás daqueles bancos mais altos, onde tenho a impressão de ficar mais escondida. Abro o livro que tem me entretido desde quarta-feira, e me concentro na leitura. Não passo uma página e as frases começam a embaralhar. Só falta eu descobrir que preciso usar óculos! Pequenos pontos brilhantes se mexem na página do livro, e eu fico aliviada de saber que não se trata de uma súbita hipermetropia.

— E lá vamos nós! — sorrio, enquanto fecho o livro, esperando que Cici me leve para algum lugar luminoso.

Continuo sorrindo. Cadê, gente? Onde está minha Auxiliadora com um novo ensinamento? Tamborilo os dedos na minha perna, esperando outra vertigem, um estouro de purpurina e uma viagem a outra dimensão. Nada. Será que a Cici ficou ocupada ou foi atender outra pessoa?

— Segura aí, motorista! — Alguém grita quando o ônibus já está quase cheio e pronto para arrancar.

Opa! Eu conheço essa voz! Ergo minha cabeça em busca de algum rosto familiar, mas tudo que vejo são duas enormes sacolas no meio do corredor.

— Obrigada! Estamos na luta, né? Não podemos parar. — A mesma voz continua.

Então escuto o barulho da roleta e de passos, como se um salto alto batesse com força no assoalho do ônibus.

Logo, tudo faz sentido. A senhora Auxiliadora nem deu as caras por saber que eu ia chiar. Luane surge procurando lugar entre os bancos e empurrando as sacolas com pequenos chutes.

— Que coincidência! — Ela acena para mim, mostrando as enormes unhas que hoje estão pintadas de preto. — Bem, como o único lugar livre é ao seu lado, vou encostar minhas mercadorias aqui mesmo.

Ela ajeita o enorme popozão ao meu lado e traz as sacolas para perto, ao lado do banco.

Eu tenho que admitir: ela está incrível. Usa uma sandália altíssima e um vestido liso, com um cinto fininho. Ela abana o rosto com as mãos, fazendo as pulseiras balançarem, e levanta um pouco dos cabelos pretos, como quem toma um ar. Abro a janela do ônibus um pouco mais.

— Obrigada. Tá voltando pra casa?

— Sim. E agora de férias.

— Você fica bem de branco! — Ela me olha de cima a baixo. — Vai ser uma dentista bem gata.

— Obrigada! Mas haja roupa, suja à toa.

Aposto todas as pratinhas do meu bolso que ela vai soltar um "consigo umas peças brancas lindas pra você arrasar na faculdade e no consultório", ou "tem um sabão em pó novo que deixa as roupas limpas por mais tempo", ou "tô com uma máquina de lavar só pra roupa de estudante de odonto". Luane vende até avião caindo, e não iria perder a chance de me empurrar suas coisas.

— Sabe, eu tinha vontade de estudar — confessa. — Mas você sempre foi a inteligente da dupla.

Sou surpreendida duplamente: ela fala algo que nunca imaginei ouvir e ainda se refere a nós como dupla. Talvez a Cici tenha passado na casa dela na noite anterior e a preparado para essa conversa.

— Mas isso é sua vida, e essa aqui é a minha: vender as coisas.

— Sou esforçada, apenas isso. E saber vender é um tipo de inteligência que não tenho. Espero que os pacientes brotem na minha porta, pois não sei fazer marketing.

— Ah, deixa uns cartões comigo que espalho por aí.

— Não acho que o pessoal do bairro vá querer investir nos dentes, mas...

— Você ficou uma enjoada mesmo! Acorda, Melissa! Tem gente ali que gasta mais de mil reais comigo. Sabia que o dono da QuiVaca comprou um sítio que é uma mansão? E todo mundo acha que açougue é coisa simples!

— Ah, é? Quantos tratamentos dentários você já fez? Cada dia tá com uma roupa diferente, usa coisas importadas, mas vai ao dentista? Investe nos seus dentes? O valor de que estou falando é a importância que dão, não a soma em dinheiro.

Ela bufa e não retruca, talvez pela falta de argumentos.

— Só tive cárie quando pequena. Eu faço limpeza uma vez por ano, escovo os dentes e passo fio dental depois de comer. Nunca tive problema porque uma amiga pegava no meu pé para cuidar dos meus dentes. Dizia que o sorriso é nosso melhor cartão de visita.

Não consigo evitar o enorme sorriso que quer se abrir na minha boca. Sério que ela se lembra disso? Consegui conscientizar pelo menos uma pessoa sobre o cuidado com os dentes. Ai, como estou me sentindo dentista!

— Pelo menos para isso servi, né?

— Para outras coisas também. Foi minha amiga por muito tempo.

— É... — Eu balanço a cabeça. Pela minha Cicizinha purpurinada, o que é que vou falar agora? Para que mexer num assunto dolorido que está morto e sepultado? — E o Ramon, como está?

— Bem. Trabalhando muito para conseguirmos nos mudar logo.

— Legal.

— Muito.

Que profundidade.

Melhor abrir meu livro.

— E você? Como tá com o namorado?

— Terminamos.

— Sabia! Acha que essa história de ficar grudada nas amigas cola? Pra cima de mim? Te conheço! E conheço papo de mulher separada.

— Mas é muito prepotente! Acha que sabe tudo do mundo, de relacionamento e ainda por cima de mim? Vá te catar, Luane! Acha que tudo no mundo é descartável como essas porcarias que você vende?

— Opa, meu material é sério, não queimo meu filme! Achei que essa porcaria de faculdade ia te fazer bem, mas você está a mesma pessoa.

— Continuo decente, falo a verdade e não corro quando as coisas apertam! Falsa, duas caras! Acha que eu me esqueci do que aconteceu?

— Shiiiii!

Alguém nos repreende dentro do ônibus lotado.

— Deixa elas, sô. Tá maneiro! — A voz de um moleque parece vir do fundo.

— Vai tomar conta da sua vida, palhaço — grita ela.

— Então vai conversar num lugar vazio. Aproveita e tira essas muambas do meio do caminho, ô bunduda.

— Ooooopa!

Pronto. Agora não volta, o barraco está armado. Fui amiga dela por anos, conheço bem sua característica de não levar desaforo para casa. Uma onda de vergonha cai antecipadamente sobre mim.

— Quem falou isso, hein? Ninguém usa o meu corpo para me esculachar! Ninguém devia estar reparando nele! Anda, aparece!

Luane se levanta e tenta andar no ônibus lotado, querendo encontrar o garoto que, a essa altura, deve ter se escondido debaixo do banco. Desgovernada, ela levanta o dedo em riste na cara das pessoas, bate palma, atraindo atenção, e berra que é uma mulher que faz seu próprio dinheiro e que não vai engolir asneira.

Ok. Além de vergonha, sinto uma enorme admiração. Se eu tivesse um pouco daquela coragem, não teria feito tanto papel de trouxa na vida.

— Trocador, para o ônibus! — A voz da Luane ecoa. — Para o ônibus que fui ofendida e vamos todos para a delegacia a-go-ra! — berra. — Não vou aceitar isso.

Mil vozes ecoam em protesto. "Folgada, tenho horário", "não tô com a vida ganha", "cala a boca, barraqueira" foram algumas das coisas que deu para ouvir.

O ônibus freia.

As vozes, que pareciam ser de mil pessoas, agora dão impressão de ser de um milhão. O trocador surge e tenta acalmar os ânimos, pedindo silêncio. Aproveito que o ônibus está parado, me levanto do banco e me posiciono perto da porta, como quem está pronta para fugir.

— Pede para o motorista abrir a porta — falo baixinho com o trocador, para que Luane não escute.

— Está se achando muito fina para andar comigo de ônibus? — berra, mostrando que me ouviu.

— Eu tenho horário para chegar ao ponto final — grita o motorista, lá da frente. — Ou todo mundo vai calado daqui em diante ou as duas descem!

A porta do ônibus se abre num convite quase compulsório.

Aperto a mão na alça da mochila e desço as escadas sem olhar para trás, com o rosto em chamas.

Escuto tamancos batendo numa lataria. Deduzo que Luane está descendo do ônibus.

— Não joga minha mercadoria com força, vou atrás de vocês se algo quebrar. E me espera aí, Melissa. — Entendo que agora ela está falando comigo. Tudo o que eu quero é andar pela avenida e fingir que isso não está acontecendo.

Arrisco olhar para trás e a vejo equilibrar a bolsa, duas sacolas e um senhor popozão no salto. Tenho vontade de rir por ela ainda conseguir ter fôlego para me xingar. Trabalhar a pé garante mesmo um condicionamento físico de dar inveja a qualquer *fitness*.

— Você nunca mais vai me deixar falando sozinha.

— Pode só falar mais baixo? — peço.

— Vou falar como eu quero! Tá na hora de tirar tudo que tá engasgado aqui. — Ela aponta para a garganta, e a sacola a acerta. Ela balança, mas não cai. A menina sabe se equilibrar mesmo berrando no meio de uma avenida movimentada, no horário do almoço, sob um sol forte. Várias pessoas diminuem o passo para tentar ouvir a discussão.

— Por que você mudou tanto comigo? — pergunta. — Desde quando trabalhamos juntas, as coisas mudaram.

— Sério que eu vou ter que te lembrar?

— A única coisa de que me lembro é que eu tinha que ajudar a senhorita a todo instante. Eu sabia que não levava jeito para vendas e te ajudava com os clientes.

— Você me usava para se exibir para o patrão, isso, sim! Aquele porco do Ruy!

— Exibir? Você é que corrigia meu português na frente dos outros.

— Você escrevia tudo errado! E quem disse que você ligava para o que os outros pensavam? Vivia dando ceninha na loja, chorando e querendo atenção!

— Eu estava sofrendo por causa do Ramon, e você só queria falar de outros assuntos.

— Porque eu não aguentava mais sua ladainha apaixonada todo dia pelo mesmo homem! Queria que todos passassem a mão em sua cabeça e até manipulava os meninos da loja a comprarem bombons para você!

— Eu era sua melhor amiga, e você me cobrava pelos bombons que fazia, ô unha-de-fome!

— Eu vivia do dinheiro que os doces me rendiam! E justamente porque a grana era curta eu topei entrar naquela porcaria de loja! E nos dias de fossa eu deixava você pegar bombons de graça! Disso você não se lembra, né?

— Eu me lembro disso toda vez que estou triste, Melissa! — grita.

— A cada lágrima eu me lembro que não tenho mais aquela porcaria de doce para me animar. E nem tenho mais ninguém pra escutar as loucuras da minha cabeça. Ou acha que eu arrumei outra amiga? Acha que é mole achar outra pessoa com tanta afinidade, que dê para confiar e que me jogue pra cima quando a deprê bate?

As grandes unhas de Luane riscam seu rosto ao limpar as lágrimas.

— Mel, o que deu em você pra sumir daquele jeito? Por que parou de conversar comigo?

— Eu parei de conversar com você? Você não fez nada quando o dono da loja me demitiu! Ficou com medo de manchar sua boa reputação com o chefe... Eu me lembro do medo que você tinha de perder a confiança do Ruy, de ele te tirar da função de fechar o caixa, que te rendia uma grana extra.

— Eu precisava do trabalho como qualquer uma de nós! E eu já queria trabalhar com venda, precisava dos contatos! Mas, peraí... Que porcaria é essa aqui de que você tá me acusando? Que eu saiba, você pediu pra sair!

— Tá me achando com cara de zero-dois, que pede pra sair quando aperta? — respondo com tanta fúria que pareço o capitão Nascimento do filme *Tropa de Elite*. — Passou o dia inteiro estranha comigo e sumiu no fim do expediente, quando ele me demitiu.

— Eu não fazia ideia de que o Ruy ia te mandar embora! Aliás, por que eu saberia? Patrão nunca conta nada pra funcionário.

— Ele teve a audácia de pedir que eu abrisse minha bolsa depois de ser demitida! Se eu quisesse algumas daquelas quinquilharias, eu compraria com o dinheiro do meu trabalho!

Nunca falei para ninguém sobre como me senti no dia em que fui demitida. Também, quase nunca falo sobre as coisas que sinto.

Permaneci pouco tempo na loja do Ruy, um velho ridículo, que não se importava em fazer caras obscenas para as mulheres que passavam na rua. Luane trabalhava lá há um ano quando conseguiu um emprego para mim. Eu vibrei por ficar perto da minha amiga e, de quebra, conseguir uma grana. Ela sempre se deu muito bem no comércio: sabe conversar com cliente, não faz corpo mole para procurar mercadoria no estoque e oferece, de forma muito natural, outros produtos. Como sou mais tímida, esperava o cliente se aproximar para ajudar. Assim, assumi as funções no depósito e na arrumação das prateleiras. Durante o período em que fiquei na loja, o Ruy nunca me chamou pelo nome. Fui obrigada a entender que "psiu, vem cá" era comigo. Bom dia ou bom descanso, então... Esquece! Nunca fui nem cumprimentada. A situação piorava à medida que ele me conhecia, ainda que pouco. No dia do meu primeiro pagamento, ele reclamou que eu era a única a receber o salário completo, já que meus colegas compravam muita coisa na loja e pediam para descontar no pagamento. Como não se organizavam e compravam sem pensar, todos se assustavam com o que restava do salário.

Até que algumas muambas eram bem sedutoras: artigos de papelaria, estojos de maquiagem, bijuterias... Contudo, meu objetivo era claro: juntar o máximo de dinheiro possível para me sustentar enquanto eu estudasse. Meu sonho me manteve protegida da entorpecente onda de prazer que sentimos depois de comprar algo.

Ele debochou quando eu contei que o meu plano era estudar. Ruy parou de rir quando passou a me ver, nos horários de almoço, fazendo exercícios das apostilas de cursinhos preparatórios. Pode soar ridícula minha interpretação das atitudes de um comerciante trinta anos mais velho que eu, mas eu sempre acreditei que Ruy, e grande parte das pessoas, sente inveja de quem tem um sonho e a disposição de lutar por ele. Parece ser mais fácil se acomodar em reclamações e torcer para que tudo dê errado também para os outros, como se o sucesso alheio colocasse uma lente de aumento sobre a própria frustração. Estando todos no mesmo estado de desgosto, fica mais fácil esperar a vida passar.

Eu era nova, mas já sabia que era movida a sonhos. E foi isso que me fez sair da cama mais cedo e ir à luta. Passaria por tudo outra vez, porque a sensação de me aproximar do que me alegra me dá a incrível certeza de estar viva.

Luane joga o peso do corpo para a perna esquerda, equilibrando-se no salto.

— No fundo, você concordava com ele, já que ficou lá por mais de um ano — argumento.

— Era o meu emprego, Melissa! E você nunca me contou o que aconteceu! É obvio que você nunca pegaria nada! Não era a melhor das vendedoras, mas, duvidar de você... Jamais faria isso! Você brigou comigo por uma coisa que eu não fiz, e nem me deu chance de saber! Eu passava na sua casa e sua mãe só me dizia que você estava ocupada, nem me chamava para entrar. Até que topei com você na rua e você foi fria, dizendo que não tinha tempo porque precisava estudar e fazer suas coisas.

Ela afina a voz e sacode as mãos cheias de pulseiras para me imitar e tenho vontade de gargalhar. Porém, digo a mim mesma que isso é um acerto de contas e que rir agora vai estragar todo o clima.

— Você me cortando quando eu ligava, arrumando outras amigas e parando de falar comigo — continua Luane. — Entendi que não queria minha amizade e me matei de trabalhar mesmo, pra esquecer a trairagem que tinha feito comigo.

— Traíra? Eu? Por que você saiu mais cedo naquele dia? Aposto que era para dizer que não tinha nada a ver com isso. Aquele velho confiava em você, deve ter tido alguma informação privilegiada...

— Piriri gangorra por acaso é privilégio? É castigo! Estava te dando um gelo naquele dia porque estava com ódio de você amarrar bombons! Aí comprei uns pirulitos de chocolate na mão da Daiane...

— O quê? Você... Você comprou doce na mão da minha maior rival no mercado de doces? Não acredito que fez isso quando ainda era minha amiga! Ela debochava de mim para todo mundo! — Sinto o rosto queimar, e grito como louca, sem me importar se estou numa avenida cheia.

— Claro, você colocava uma etiqueta com "escove bem os dentes depois de comer" escrito na embalagem dos doces! Como não queria ser zoada?

— Açúcares são transformados em ácidos pelas bactérias cariogênicas, que destroem o esmalte do dente! — berro. — Nem estava na faculdade, mas já tinha responsabilidade com o dente alheio!

— Fala a minha língua quando estiver brigando comigo! E que grande amiga você era, não me fazia nem um descontinho e chegou fula da vida, me cobrando o que tinha pegado fiado com você! Aí fiquei mais louca do que já estava, necessitada de um doce, e comprei os pirulitos dela, sim! Só que o chocolate daquela menina era parafina pura! Eu me ferrei, passei o dia no banheiro e tive até que comprar uma pomada pra assadura na farmácia!

— Eu sempre te falei que o doce daquela mulher não era bom como o meu, por isso ela vendia mais barato! Concorrência desonesta!

— Agora eu sei — grita ela. — Tive caganeira culposa de ter comido doce da rival. Aí aquele velho sentiu o cheiro do banheiro e me deixou ir embora mais cedo!

— Foi isso mesmo que aconteceu? — Olho para ela. — Você destruiu o banheiro da loja? — Não consigo segurar o riso e relaxo meu corpo em gargalhadas. Uma lição eu aprendi: nunca subestime o poder tóxico de uma bomba fecal.

— Juro pelas minhas assaduras. — Ela mostra os dedos descruzados. — E pra que eu mentiria assim? Acha que eu gostava de trabalhar pra ele? Sabe que eu sempre me virei, que precisava da grana! Sempre ficaria do teu lado, você era minha amiga.

O barulho dos carros se movimentando parece ficar mais alto, mas é apenas nosso silêncio.

— A vida ficou pior sem você — confesso. — Mas podemos compensar isso daqui pra frente, caso ainda queira...

— Minha melhor amiga da vida! — Ela se joga com força sobre mim, mostrando que sabe mesmo se equilibrar no salto. — Senti tanto sua falta, eu sabia que a gente ficaria de boa de novo! Tem tanta coisa que eu quero te contar! Eu pensei em você o dia todo quando o Ramon falou que queria morar comigo. A gente sempre dizia que esse dia ia chegar!

Lá está minha ex-melhor amiga e sempre melhor amiga querendo viver cinco anos em cinco minutos. Ainda há algumas coisas a serem acertadas entre nós, mas o mais importante já havíamos feito.

♥ ♥ ♥

Descer do ônibus carregando sacolas e subir a rua até sua casa não é fácil quando você está quase perdendo o fôlego de tanto rir.

Pegamos outro ônibus, que veio mais vazio em função do horário, visto que resolvemos comer pastel de pizza numa lanchonete perto de onde descemos, e esse pequeno lanche durou duas horas por causa do assunto sem fim. Nossa variada conversa foi desde a multa astronômica por sonegação de imposto que Ruy recebeu, até babados da rua da Colônia. Parece que voltei cinco anos no tempo, quando era apenas uma menina cheia de sonhos. Aconteceu tanta coisa nesses últimos anos que parece que vou gastar dez para contar tudo à Luane. E essa sensação me enche de felicidade, como se o retorno de nossa amizade tivesse uma garantia estendida.

Na entrada da nossa vila, nos despedimos. Luane mora numa das primeiras casas, ao lado do bar do Balduíno. Combinamos de, mais tarde, eu ir à casa dela conversar um pouco com o Ramon, já que nunca tivemos muita intimidade. E agora que sou organizadora oficial do chá de panela do casal, tenho que estar próxima do noivo.

Assim que entro em casa, vejo minha mãe fazendo um arremate numa roupa.

— Você não sabe com quem eu estava agorinha...

— Com aquele galego que você namorava?

— Não, quem dera! Tô falando de coisa boa!

— Com sua irmã? Ela não trabalha hoje, que é segunda, mas saiu neste minuto.

— Não, mãe! É alguém com que eu não convivo muito...

— A Rosário? — Ela abre um sorriso. — Ela tava na rua? Que coisa boa!

— Infelizmente, não foi ela que vi na rua. Mas a senhora até me deu uma boa ideia, vou visitá-la. Mãe, quem é sua fornecedora de apliques e outras muambas?

— Gente, você tava com a ex?

— Mas na hora que era para falar ex-amiga a senhora não aceitava, agora que voltamos às boas, a senhora entra no clima!

— Fizeram as pazes? Graças a Deus, eu sabia que isso ia se resolver, era só uma questão de tempo.

— Cinco anos, né?

— Foi o tempo necessário para vocês aprenderem alguma coisa. Às vezes a lição vem rápido, às vezes a gente fica repetindo no mesmo estágio...

Por um segundo, juro que minha mãe já teve um encontro com uma auxiliadora. Será que também haveria auxiliador para ela? Será que um dia eu poderia falar sobre esse assunto com alguém? Será que dava para explicar à Luane, por exemplo, toda essa loucura que me aconteceu?

Sem respostas, vou ao meu quarto e trato logo de cuidar do que tenho hoje: uma amizade refeita e muitas descobertas sobre mim mesma.

O décimo sétimo dia depois do fora

S into meu nível de autoestima subir alguns degraus ao me admirar no espelho do salão onde minha irmã trabalha. Passei dias namorando cortes de cabelo na internet, tentando avaliar qual ficaria bem no meu rosto, para quando eu tivesse coragem de radicalizar no corte. Contudo, hoje eu acordei daquele jeito, como se toda coragem do mundo tivesse feito moradia em mim, agitada pelo desejo de mudança. Então, cá estou na cadeira do salão, explicando meu súbito desejo.

— Fica tranquila, meu bem, isso é meu dia a dia — diz a moça do salão, já um pouco cansada de me ouvir explicando o que quero.

— A gente pode puxar uns fios mais claros, né? — Luane, minha amiga inseparável, também está no salão e dá palpites.

— Ah, não sei... Gostaria de manter meus fios escuros mesmo...

— Se mudar de ideia, você volta, eu venho com você — diz ela.

Eu me sinto a pessoa mais sortuda da face da Terra por ter uma amiga para me acompanhar ao salão. Semanas atrás, eu era somente a Melissa, uma moça um pouco solitária, derrapando na vida; saber que há alguém que deseja minha companhia em algo tão simples como vir ao salão, faz com que eu me sinta a amiga mais legal do mundo.

115

Em pouco tempo, escuto os tiques da tesoura e sinto um peso sair da minha cabeça. Estou, literalmente, de cabelo leve. Aquelas velhas pontas ralas que a gente insiste em manter só para sustentar a impressão de um cabelo mais longo se foram, dando mais visibilidade aos meus fios saudáveis e inteiros. Meu colo está aberto, mais à vista. Meu rosto ganha uma nova moldura, como se eu rejuvenescesse e ao mesmo tempo ganhasse um ar de mulher que sabe o que quer com o novo corte. Meu olhar parece mais amendoado, e a expressão do meu rosto, mais suave. Estou diferente, mas sinto que nunca estive tão eu mesma. Nunca mais serei uniformizada pelo padrão. Não sou mais aquela menina encolhida; estou parecendo... uma mulher!

— Senhor, nem parece mais minha gêmea! Tá a cara da Anitta naquele clipe com a Simone e Simaria, só curtindo a noite de patroa! — Michele é a primeira a se pronunciar.

— Nunca estive tão parecida com meus pais! — falo.

— Mas ainda se parece um pouco comigo, sim, quando olhamos de perfil — analisa Michele.

— Sou a cara da nossa família! Céus, como me pareço com eles.

Meus olhos ardem. Dedicar um tempo a mim mesma alivia a saudade que sinto do meu namorado. Ex-namorado. Ainda tenho que me acostumar.

No espelho, vejo refletida uma imagem que realmente se parece comigo. E, sério, estou muito gata!

O vigésimo dia depois do fora

Não é fácil comprar roupa muito grande, especialmente quando se é extragrande.

Michele e eu estamos no shopping desde o momento que abriu, já que à tarde o salão enche, em uma saga pelas lojas, em busca de roupas que caibam na minha irmã. Aproveito para me namorar no reflexo das vitrines e passar as mãos nos meus cabelos, um pouco abaixo dos ombros.

Finalmente, entramos numa loja e Michele experimenta algumas peças.

— Esta aqui coube. — Michele está na frente do provador com um vestido cinza, de renda branca.

— Ficou ótima para suas bodas de ouro, quando tiver bisnetos — respondo.

— Pelo menos você foi positiva e me colocou como velhinha com meu Rubinho.

— Nem vou rir porque sei como fica o cérebro de mulher apaixonada.

— Por falar nisso, seu sentimento em relação ao Fred já passou?

— Você quer uma resposta com choro sem soluços ou com soluços? — Eu a encaro. — Tô brincando. Acho que o pior já passou. Agora é só dar tempo ao tempo. E cuidar de mim.

— Com essa cara de mulher moderna que esse corte te deu, vai encontrar outro cara logo. Ou outros.

Quero ter a mesma fé que minha irmã. Não uma fé institucionalizada baseada em conceitos e que me obrigue a frequentar templos. Mas desejo essa esperança em dias melhores. Quero acreditar que sou namorável.

— Esse cropped aqui vai ficar um estouro em você. — A vendedora sugere ao surgir na minha frente.

— Obrigada, mas eu queria algo para ela. — Aponto para minha irmã.

— Acho que só numa loja especializada... Desculpe por não conseguir atendê-las.

E lá vamos nós para outra loja. Amanhã é o dia que o Rubinho voltará ao bairro, e preciso ajudar minha irmã a ficar linda. E mais que isso: a que ela também se sinta linda.

Enfim, conseguimos um vestido azul, estampado com flores amarelas e cor de laranja na barra cujo corte a favorece. O preço está acima do que nós prevíamos, e como somente meu pai e eu temos cartão de crédito lá em casa, acabei passando no meu cartão. Não sei o que está mais difícil na vida, arrumar dinheiro ou um amor.

— Estou contando as moedinhas pra ver se dá pra passar na praça de alimentação... — comenta Michele.

— Que tenha muitas moedas para contar, então.

— Não pode passar no seu cartão?

— Tá louca? Isso aqui também é dinheiro. Se eu não pagar, os juros são altíssimos! E vamos parar de querer o que não podemos ter.

— Fala assim porque é magrinha, tem estômago pequeno... Qualquer coisinha te enche. Vem morar no meu corpo pra você ver.

Ela resmunga qualquer coisa enquanto converso com Luane no WhatsApp.

— Pra você ficar feliz, Michele, depois do almoço a Luane vai lá pra casa e a gente vai fazer doce. Passo lá no salão pra deixar alguns com você. Aí você me ajuda e fala bem dos meus doces. Com sorte, vendo alguns para as clientes que estiverem lá.

Ela fica mais animada, e saímos do shopping com folga para chegar a tempo de Michelle se arrumar para o trabalho. Subo no ônibus com minha irmã pedindo para guardarmos doce para o Rubinho. Eu achava que arrasava na estratégia, mas ela me supera. O dia dela será cheio de trabalho e de expectativa. Para a minha solidão de sábado, pelo menos, eu já tenho remédio: amizade e chocolate.

O vigésimo sexto dia depois do fora

Rubinho esteve aqui em casa. Duas vezes. A primeira para comer um pão de mel, já que Michele levou vários para ele, e a segunda para bater papo, apenas com a Michele, aqui no terraço. Não sei se é possível alguém de noventa quilos flutuar, mas juro que minha irmã tem voado por aí de tanta felicidade.

Ainda não tive oportunidade de conversar com Rubinho, para saber se ele está na dela ou se é apenas amizade, já que Michele monopoliza o rapaz quando ele está aqui, mas estou certa de que dividir o quarto com uma pessoa apaixonada é muito melhor.

Há dias não vejo a Auxiliadora. Talvez ela esteja de férias, assim como eu. Ou talvez ela esteja por aí, à espreita, observando minhas atitudes para pontuar no boletim cósmico. Mas também posso estar só delirando; será que tudo isso foi uma fantasia? Até hoje me pergunto se não foi apenas uma alucinação, algo que meu inconsciente arquitetou para me ajudar a sair dessa e ser uma pessoa melhor. De qualquer forma, valeu a pena.

Passo as férias escrevendo meu projeto de mestrado, e tenho até o mês de setembro para deixá-lo redondinho e submetê-lo aos trâmites do processo. Logo sai o edital com o conteúdo das provas, e será mais uma meta para dar conta no próximo semestre. Digo mais uma porque, além da formatura, ainda tenho que conseguir um estágio na clínica, e só de me lembrar da minha experiência com pacientes, um imenso buraco se abre em meu peito.

Mudo o rumo dos meus pensamentos e trato de fazer coisas diferentes. Visito dona Rosário, que sempre se mostra feliz com minha presença, passo na casa da Luane e logo estou em casa.

Mais tarde, mexo no Instagram, e lá está aquele rosto que tanto apareceu em meus sonhos. Fred está mais lindo que de costume, com o rosto mais corado, mostrando que foi à praia nos últimos dias. Na foto, ele está de beca e a legenda diz "#PartiuColação!". Querendo me desfazer logo da cena, movimento a tela rapidamente, buscando novas atualizações do feed. Dou de cara com uma foto dele postada há dois minutos. Nessa ele está com o diploma na mão e com o capelo na cabeça. "Fisioterapeuta na área", diz a legenda. Seu riso é feliz, seus olhos brilham, e ao fundo estão dezenas de pessoas. Menos eu.

Nos comentários leio mensagens de parabéns, entre elas algumas como "amanhã é nóix, velho, parabéns!", "agora é só quebrar tudo na festa", "vamos comemorar muito amanhã, irmão".

Então me dou conta de que ele sempre falava da formatura, mas nunca do baile. Que pessoa não convidaria a namorada semanas antes? Ele nunca me incluiu na festa!

Ligo na mesma hora para Luane dando meu sinal de emergência. Em minutos, ela surge na minha casa e vê as postagens comigo.

— Mas que Fredaputa! — solta Luane. — Ele nem te chamou pra nada?

— Nada! Também... Estamos terminados. Vou esperar o quê?

— Mas não estão brigados! Podia ao menos ter chamado pra missa, aonde os tios velhos vão.

— O pior, amiga, é ele não ter me falado da cerimônia quando éramos namorados. Prova que ele já não fazia planos comigo. Já queria terminar há algum tempo. Ele não agiu num impulso burro, foi uma decisão pensada.

Luane não teve o que dizer.

Ser ex é isso. É se perceber dispensável na vida de alguém. As lágrimas caem ao assistir à minha morte na vida de uma pessoa que ainda está viva em mim. Para que sofrer a conta-gotas? Vamos logo tirar o curativo da ferida e aprender a conviver com ela e esperar que, um dia, finalmente se feche.

É uma das primeiras vezes que não quero chorar sozinha. Devo ter perdido a vergonha das minhas lágrimas.

— Ele não me convidou nem por educação! Estou realmente fora da vida dele — lamento.

— Mas você vai colocar esse sujeito pra fora da sua também! Se livra de tudo que te lembra dele!

Eu me levanto da cama e abro o armário.

— Vou tacar fogo nisso! — Separo uma camiseta cinza. — Peguei essa porcaria quando fomos à praia a primeira vez!

Reviro um monte de roupa e apanho uma caixinha de fósforo.

— Eu tô guardando essa merda aqui escondida! Tem a logo do motel a que fomos na nossa primeira vez! E eu nem fumo! Pra que estou guardando isso? Eu tenho o ingresso da sessão de cinema do dia que ele me pediu pra namorar! Tenho até a porcaria do horário de aulas do Fred, sendo que ele já saiu daquela droga de faculdade.

— Põe pra fora, miga. O que tá dentro de você e desse armário! — Luane me orientava.

— E as fotos do celular? Ainda não consegui apagar nenhuma!

— Manda tudo pro meu e-mail. Se um dia você precisar ver de novo, para se gabar dos caras que já pegou, eu te reenvio. Mas durante esse período tá confiscado.

Agrupo o máximo de fotos que posso e as envio para o e-mail de Luane. A ideia de não sumir definitivamente com as imagens me deixa menos aflita.

— Agora é hora de tirar o santo do altar. Você fez esse bofe de deus, agora você vai colocá-lo no lugar dele: no barro. Fala mal do sujeito. Pode falar, que todo mundo tem defeito.

— Ah, ele não me dava trabalho!

— Bom começo: sinal de que é banana. Aposto que nunca brigou com ninguém no trânsito como o Ramon. Ah, menina, ele me mata de ódio quando sai buzinando rua afora...

— Mas não acabou de dizer que é coisa de banana não brigar? — pergunto, limpando as lágrimas.

— Não complica, amiga, aqui não é igual à faculdade. Continua a falar do banana Fredaputa.

— Ele tem um amigo idiota que quebrou a cadeira de praia dele. O folgado foi embora mais cedo e nem avisou que tinha sido ele a detonar a cadeira. Fred nem exigiu que o amigo desse outra, nem foi atrás, sabe? Outro dia percebeu que o cara do bar passou um valor a mais no cartão de crédito e não reclamou...

— Medroso! — As pulseiras da Luane fazem a trilha sonora da cena. — Ele é um bobo.

— Ele sempre foi tão educado, tão polido... Nunca arrumou confusão, passava como invisível nos lugares. Agora começo a questionar esse jeito dele, vendo o lado ruim de ser assim, sem reivindicar seus direitos...

— Você não precisa da companhia de gente assim! Precisa de gente para te deixar confiante, segura...

— Exatamente! E sabe? Talvez ele nem seja tão seguro assim, embora lindo, com inglês fluente, viajado e nunca tenha precisado trabalhar... Hoje eu acho que ele teve coragem de me cantar naquela festa porque estava em bando e havia bebido um pouco. Ele não é o tipo de pessoa que toma a iniciativa, que fala o que pensa e que age sem se importar com o que vão pensar. Parecia que ele se forçava a ser pra frente, como se desrespeitasse a própria natureza, fazendo de conta que era outra pessoa...

Clique.

Será que eu conheço mais alguém assim? Alguém que se escondeu e fingiu ser quem não era? Não acredito que me apaixonei pela minha própria versão masculina. Será que toda relação é um espelho, e estou sempre atraindo para minha vida pessoas que, de alguma forma, se parecem comigo? Que sintonia é essa que sempre me aproxima de iguais?

Quem namorava ele era uma menina insegura, que tentava a todo custo ter uma vida melhor. Em cerca de vinte dias, sem contar os dias repetidos, me transformei em outra pessoa. Agora sou uma mulher que vai mudar a própria vida com luta, não com fantasia. E, no momento, sou eu quem me separo do Fred.

— Acabou. Vamos jogar tudo fora, amiga.

Luane agacha e recolhe tudo com o braço. Vamos até a área, abro um saco de lixo e jogamos tudo lá dentro.

— Ah, falta mais uma coisa.

Abro o armário e pego a chave da portaria do prédio onde meu pai trabalha, cuja cópia fiz às escondidas para manter meu disfarce. Jogo a chave no emaranhado de coisas que vamos descartar.

— A mulher que hoje é incompatível com o Fred não esconde mais nada, porque ela se ama do jeitinho que é.

O quadragésimo terceiro dia depois do fora

Desço do ônibus e caminho até meu prédio. Os primeiros dias do semestre costumam ter uma empolgação que se esvai ao longo dos meses. E pensar que começa a reta final do curso e que no fim do ano serei uma dentista! Quem diria que eu chegaria tão longe?

Em pouco tempo estou na minha sala, que, curiosamente, já está cheia. Dou bom-dia para quem cruza o olhar com o meu e busco um lugar para me sentar perto da janela.

A professora Carla entra na sala, e, atrás dela, com a bochecha vermelha e a respiração curta, a Anne, minha concorrente número um à Láurea Acadêmica. Ela passa a mão pelo curto rabo de cavalo, senta-se ao meu lado e me dá um oi rápido e inaudível, apenas movimentando a boca.

Eu sorrio e retribuo.

Anne Heidemann tem cara de estrangeira. Olhos verdes, cabelos loiros bem claros e lisos até os ombros. Sua pele é tão branca que chega a ser rosa, na maioria das vezes. Nunca a vi em nenhuma foto de festa da turma; digo foto porque eu também nunca fui a nenhuma festa organizada pela sala, vou apenas às festas da faculdade quando meus colegas de outros cursos me convidam. Anne fala pouco, anda sozinha pelos corredores e parece estar sempre ocupada, assim como eu. Pode-se dizer que até somos um pouco parecidas, mas uma busca rápida em seu perfil do Facebook aponta as enormes diferenças: uma agenda lotada no clube de hipismo e fins de semana numa casa na beira de um lago, com passeios de lancha. Fora as postagens de pratos lindíssimos, nos restaurantes mais refinados da cidade.

Ela não é uma idiota, mas não sei qual é a dela. Na verdade, como tenho a impressão de que as pessoas aqui pouco se importam com o próximo, a não ser aquele interesse superficial de balada, eu procuro me manter na minha.

— ... as orientações do trabalho de conclusão de curso já podem ser agendadas. Os horários são mantidos por todo semestre e vale presença. — A fala da nossa professora corta meu raciocínio.

Alguns apressadinhos se levantam e vão até a mesa da professora que vai orientar os trabalhos de conclusão de curso para agendar um horário. O que me alivia é que nesse semestre terei poucas aulas, ficando livre para outros planos — e a convivência.

Aos poucos, os alunos saem da sala. Alguns falam que vão se reunir em grupos para falar sobre o TCC e outros querem ir embora mesmo.

Quando me levanto para agendar meu horário com a professora, Anne me olha e pega fôlego como se fosse falar algo, mas acaba desistindo. E eu apenas sigo adiante.

— A graduanda que já publicou três artigos talvez não demande tanto da professora — brinca a professora Carla.

— Nunca vou dispensar uma orientação. Que horário sobrou?

— O pré-projeto que apresentou no semestre passado está perfeito, acho que não terá empecilhos na redação da monografia — responde Carla, me mostrando a grade de horários. — A pesquisa sobre a célula-tronco na polpa do dente de leite é realmente promissora.

— Obrigada, estou muito animada e pretendo levantar dados que me embasem para o mestrado. Vou tentar ainda este ano.

Eu escrevo meu nome num quadrado que corresponde a um horário vazio, bem distante dos debochadores da minha turma.

— Vai ter um futuro brilhante, Melissa. Assim esperamos todos nós.

— Nós?

— Meus colegas professores e eu. Acha que não lemos seus artigos?

— Nossa! É lisonjeiro saber disso! Sabe, professora... — baixo o tom de voz. — Preciso de mais prática clínica. Sei que este é meu último semestre e que me dediquei muito à iniciação científica, mas... quero a rotina de consultório, sabe? Temos o estágio obrigatório, mas preciso de mais horas. Para me sentir... segura.

Evito falar do assunto que marcou meu quarto período.

— Hum... Acho que posso ajudar.

♥ ♥ ♥

Cá estou eu, caminhando pelo campus até chegar ao prédio onde acontecem alguns atendimentos sociais. Eu sabia que o curso de odontologia, assim como os demais da Saúde, realiza alguns procedimentos na clínica social, mas nunca busquei mais informações.

Procuro por Jorge, o dentista que coordena os atendimentos odontológicos, e me apresento.

— A Carla me mandou uma mensagem dizendo que você viria — explica ele.

Consigo reparar em seus ombros largos, mesmo vestindo um jaleco solto. Jorge deve ter uns 36 anos, é alto, malhado e bem atraente, mas também tem uma aliança de noivado na mão direita. Nada é perfeito! Ele faz um sinal para que eu o acompanhe até uma pequena sala, onde vejo uma mesa repleta de pastas.

— São os pacientes em tratamento conosco. — Ele coloca a mão sobre a pilha. O telefone toca e ele pede licença para atender uma ligação, em que confirma a presença numa reunião com um laboratório de raios X. — Desculpe, mas gosto de atender os parceiros na hora. São eles que viabilizam os atendimentos, já que a verba da universidade não dá nem para amálgama de restauração — brinca.

— Tudo parece ser bem dinâmico por aqui!

— Bastante! A Carla disse que eu deveria encaixá-la no meu quadro de qualquer jeito. Você parece estar bem na fita com os professores.

— Vou fazer meu melhor, como sempre! Quero aprender a rotina de um consultório.

— Sei que está para se formar. Preciso saber se poderá se dedicar, pois não tolero furos. Não tenho como substituir dentistas, e, quando eles faltam, o paciente volta para casa sem o tratamento. Geralmente, as pessoas que vêm aqui moram longe, desmarcam trabalho para vir e não têm condições de pagar uma consulta. Isso é muito sério, não podemos ser relapsos.

Eu compreendo cada palavra dita por ele. Tenho a sorte de vir de uma família bacana, com casa própria, que sempre me alimentou bem, permitiu que eu estudasse, me protegeu, mas nunca tivemos luxo. Aliás, longe disso, por várias vezes, faltou até o mínimo de conforto. Médicos particulares só em caso de extrema urgência, assim como pegar táxi e comer em restaurantes. Sou a menina que leu porque havia biblioteca, aproveitou os cuidados odontológicos de instituições filantrópicas e fez tratamentos em escolas de estética. Digo isso sem o menor vitimismo; sou grata por ter tido a oportunidade de usufruir dessas coisas, mesmo sem muitos recursos. Mas tenho consciência da responsabilidade dos projetos que atendem pessoas em piores condições.

— Não te deixarei na mão, pode confiar. Minha monografia está adiantada, não tenho problema com a escrita e... Eu quero, Jorge! Não estou atrás de créditos, pois já cumpri todos. Eu quero é trabalhar.

— Tenho uma bolsa de 36 horas semanais.

Ele mostra uma ficha que inclui os dados da vaga e os requisitos da bolsa. A grana é equivalente ao que eu recebia na iniciação científica, o que vai me deixar tranquila para arcar com gastos de transporte, alimentação e ainda sobra um troco.

— Tô dentro. Quando começo?

— Amanhã, às 13h. Traga seu jaleco.

O quadragésimo quarto dia depois do fora

L uane tem razão. Eu fico linda de branco, sobretudo com meu jaleco branco, limpo e bem passado especialmente para hoje. Contudo, não sei se vou conseguir me manter tão limpa para os pacientes em função das incessantes gotas de suor que escorrem por todo o meu corpo. O dia amanheceu com temperatura amena, mas eu me sinto fervendo por dentro. Era para eu estar feliz com o estágio! Fui bem recebida, terei boas condições de trabalho e profissionais para me instruir, mas não consigo disfarçar minha vontade de chorar.

Com medo de ter uma crise de choro nos primeiros minutos do expediente, corro até o banheiro da clínica e tranco a porta, tempo exato para cair no choro.

— Esperei bastante por este choro...

— Então minha Auxiliadora também vem ao meu trabalho?

— Não deixaria de vir num dia como esse. — Ela se aproxima e põe a mão no meu ombro.

— Parece bobagem, mas o medo que sinto é de alguém que vai para uma guerra.

— Se você estiver em paz, nada será ameaçador.

— Estou apavorada! E se estragar tudo de novo? E se eu não tiver nascido para isso, se eu for uma porcaria de dentista?

— Muito bem, não dá mais para remoer o assunto. É hora de desabafar.

— Você já sabe, claro!

— Talvez relembrar os fatos a ajude a lidar com os seus sentimentos...

— Não, não... por favor...

O milésimo nonagésimo quarto dia antes do fora

Okay, isso não é como das outras vezes. Mas que raio de poder é esse que essa mulher tem que me trouxe a esse lamentável dia, mas de outro ponto de vista? Eu não sou a Melissa. Quero dizer, sou! Sou exatamente eu: quando olho para mim, vejo meu corpo e tenho a consciência da Melissa que se escondeu no banheiro do estágio para chorar. Contudo, estou enxergando a mim mesma em outro corpo, três anos antes, na enorme sala onde minha turma assiste a uma aula prática.

Não serei uma simples espectadora!

— Ei, Melissa! Olha pra cá! Sou eu! Somos nós! — Estou como um fantasma ao lado da minha versão mais jovem. — Cuidado com a agulha!

A Melissa boboca que não faz ideia do que a aguarda não me ouve. Bem, se Auxiliadora conversa comigo numa faixa de tempo e espaço única, esta aqui também deve ser uma dimensão diferente, na qual não consigo atuar como das outras vezes. Só me resta reviver meu trauma.

E lá vamos nós.

Douglas, um menino de 8 anos, vai pela primeira vez ao dentista. Ele quebrou o dente ao cair de bicicleta, e, como é o definitivo, vamos restaurar. O professor orienta a mim e aos demais colegas que atendem outro paciente.

— Mãe, eu não quero! — O menino chora. — Por favor...

— Douglas, eu te prometo que não vai doer nada. Vamos tentar fazer tudo o mais rápido possível para você sair daqui com seu sorriso lindo! Se depender de mim, você vai amar dentista. Aliás, sabia que na sua idade eu levava um espelho ao consultório para ver o dentista mexendo na minha boca?

Sinto um pouco de admiração por mim mesma por acalmar tão bem o menino. Vejo nos olhos dele a curiosidade na minha história de criança, e, aos poucos, seu corpo relaxa enquanto a Melissa jovem se prepara para anestesiar sua boca. Ah, ela tinha tão boas intenções...

Não sei se fecho ou olhos ou se os mantenho abertos.

— Aiiiiii!!

Um som ecoa na sala, e todos viram para a cadeira onde estão Douglas e minha versão novinha. A agulha da anestesia quebrou dentro da boca do menino, que já estava apavorado.

Eu estava careca de saber que a agulha para o bloqueio anestésico deve ser aplicada com suavidade e que a inserção de toda a haste no tecido-alvo poderia dar problema, visto que todo procedimento está sujeito a erro durante a punção. Mas aquele urro de dor e susto me marcaram, assim como a lágrima que escorreu no canto daquele rosto infantil. Como eu poderia ser dentista depois de machucar alguém?

Querendo resolver de forma rápida, e totalmente impensada, acabei tentando puxar a agulha com a mão, mas Douglas se debateu e eu só afundei mais ainda o metal em sua gengiva. Ele sentiu o gosto do sangue na boca, gritou mais ainda, e eu me desesperei porque não queria que os outros vissem.

— Para de chorar e fica quieto! — Foi o que eu, aturdida, dei conta de dizer.

— O que você está fazendo com meu filho? — A mãe surge na sala e marcha entre as cadeiras até chegar a nós, certamente depois de ouvir o berro do menino. O show de horrores ficou completo.

O professor interveio e acudiu o garoto, que teve o tratamento finalizado por ele. A monitora que auxiliava o professor tratou de me tirar de cena e, para me acalmar, me colocou na sala dos professores por alguns minutos.

— Vou ver como está tudo e já volto — avisou ela, depois de me dar um copo de água e sair com pressa.

Então, estou na sala sozinha comigo mesma — no melhor sentido da expressão, visto que minha consciência está vendo minhas próprias lágrimas caírem numa tela de infinitas polegadas em HD.

Eu não tive como me desculpar com o garoto a quem prometi cuidar e fazer gostar de dentista. Não tive como me retratar com a mãe que me viu gritando com o filho dela, uma criança assustada. Eu não aprendi com meu professor como remover a haste do tecido nem consegui checar se foi um abrupto erro meu ou um improvável, mas não impossível, defeito da agulha. Eu não vi o sorriso de Douglas. Nem o dos outros pacientes atendidos pelos meus colegas. Eu não fui uma dentista naquela tarde.

A culpa do trabalho malfeito e a vergonha do erro enrijecem o corpo da Melissa que era cheia de sonhos quando entrou na faculdade. Em seu pensamento, está a desaprovação dos professores, a repulsa do paciente e os comentários dos colegas. No seu corpo imóvel, percebem-se apenas as lágrimas que caem involuntariamente.

Eu sei disso porque sou a narradora onisciente da cena. Conheço bem o interior da personagem e foi essa parte da história que fez com que a estudante de odontologia se fechasse, desacreditasse de si mesma e se distanciasse do seu sonho.

As purpurinas começam a cair, indicando que logo voltarei ao presente.

Contudo, rapidamente, sigo o impulso do meu coração, mesmo sabendo que não há muita lógica no que faço.

— Melissa, eu não posso dizer que vai ser fácil, mas prometo que vai valer a pena! — sussurro nos ouvidos da menina de cabelos compridos que chora sozinha na sala. — Quando parecer que tudo está acabado e que está sozinha, você tem a si mesma. E acredite: você é incrível! Você vai conseguir coisas que nem imagina! Não desista!

A espiral de brilho me envolve e me leva dali.

O quadragésimo quarto dia depois do fora

— Você tem mesmo muitas formas de viajar no tempo, né?

— O que posso dizer, querida, é o meu trabalho — argumenta ela, me entregando um papel toalha.

— Cada dia mais soltinha...

— Você mesmo disse que somos íntimas ao me chamar de Cici!

— Isso parece loucura! Eu seria internada se dissesse a alguém.

— Se quiser chamar valentia de loucura... Você dá mergulhos que grande parte das pessoas passa uma vida evitando. Talvez por isso classifiquem como alucinação ou fantasia aquilo que sai dos padrões.

— Quero ver se sou valente mesmo ao abrir esta porta e começar a trabalhar. Só falta eu machucar outra pessoa!

— Você queria machucar alguém naquele dia?

— Claro que não!

— Então por que tanta culpa? Sei que foi difícil, mas, se não tinha a intenção, por que se condenar tanto? O que mais pode estar te incomodando até hoje? No que estava pensando? O que estava sentindo antes de atender?

— Eu queria ser a primeira a terminar. Sempre gostei de ser a primeira a terminar as provas, de tirar boas notas... Não podia ser diferente nas práticas.

— E tudo isso para quê?

Eu suspiro.

— Para mostrar aos outros que sou boa. Tinha estudado o procedimento inteiro antes de ir para a aula, estava confiante... E acho que não há problema algum em acreditar em si mesmo, pelo contrário! Mas sinto que minha intenção não era a correta. Não estava pensando no bem-estar do paciente, em aprender, já que era uma aula; eu queria me livrar da minha inferioridade pela vaidade de ser brilhante, como se isso compensasse meu isolamento na turma. Ao longo do curso, não estudei para ser uma excelente profissional, estudei para ser amada.

— Terminamos a lição de hoje, Melissa. Sinto que o Jorge vai adorar te ensinar outras coisas.

— Vou pedir a ajuda dele.

— Ah, pedir ajuda, como isso é maravilhoso! Se soubessem como as coisas andam melhor e mais rápido quando se dão as mãos...

— Cici? Sobre ser amada... Não tem nada a ver com o esforço que se faz, não é?

— Não, querida. Tem a ver com o que se é.

Ainda sem entender muito, aceito sua resposta e deixo a presença dela me acalmar enquanto suavizo minha respiração. Molho meu rosto e tento me recompor na frente do espelho, para manter a compostura diante dos pacientes aos quais terei a maior alegria em servir, sem vaidade ou carência, apenas cumprindo o sonho de infância de deixar todos com o sorriso bonito.

— Estou pronta para meu primeiro dia na clínica.

Ergo meu rosto e faço uma pausa estratégica.

— Cici, é a sua deixa para jogar a purpurina!

— Ah, me desculpe, dra. Melissa. — Um bocado de brilho amarelo cai sobre nós.

O quinquagésimo terceiro dia depois do fora

M al tenho tempo de parar para lanchar na clínica. A fila de pacientes, que buscam desde limpeza até cirurgias, é enorme. Fico na triagem dos casos duas vezes por semana, o que me dá prática em avaliações, além de me fazer exercitar jogo de cintura nas conversas. Nos outros dias, faço limpezas, restaurações, extrações e auxilio em pequenas cirurgias — e manuseio agulhas. Várias. Perdi a conta de quantas bocas já espetei, com muito carinho e profissionalismo. No meu primeiro dia, procurei Jorge e falei da minha dificuldade, de um jeito mais brando, sem tanto choro. Ele me contou vários casos de erros seus e de outros colegas, tirou o peso de um piano das minhas costas. Parece que errar faz parte de qualquer processo de aprendizagem. Então passei a tarde anestesiando todos os pacientes da clínica, de todos os meus colegas, que levaram numa boa o meu caso. Todos me deram dicas, me ajudaram e me deixaram bem tranquila. Eu já me sinto a maior especialista em furos desse lugar.

Meus colegas têm idade próxima à minha, e nos damos muito bem. Trocamos informações sobre pacientes, já temos até piadas internas. Como agora eu não escondo mais onde moro, em alguns dias, consigo uma carona que me deixa no ponto de um ônibus que vai direto ao meu bairro. O trajeto é um pouco diferente e me deixa quarteirões acima da minha casa.

Hoje, como cheguei um pouco mais cedo com a ajuda do trânsito bom, desço a rua com calma e passo na porta da oficina onde João Paulo trabalha. Como será que ele anda? O portão está pintado, a grade, bem conservada, e o chão, muito mais limpo do que imaginava para uma oficina. Realmente, há muito tempo não venho por aqui. Aperto o passo para ver com mais cuidado o galpão. Há duas rampas à frente e, lá no fundo, um pequeno gabinete sem vidro. Ao lado, umas cadeiras e um bebedouro.

— Que cliente especial apareceu hoje...

Do nada, João Paulo saiu de uma porta que deduzo ser o banheiro; afinal, ele está com cheiro de quem acabou de sair do banho. Fui pega no flagra e tento disfarçar o susto.

— Ainda não sou cliente, mas, no dia que comprar um carro, pode ter certeza de que serei! — Eu me viro de frente para ele. — Pela camisa limpinha o senhor nem trabalhou hoje, né?

— Que é isso! — Ele se aproxima e me dá um abraço. — Ralei demais, tomei um banho correndo e tô de saída para a aula.

— Desde quando você estuda?

— Faz muito tempo que a gente não se fala, né?

É que da última vez eu estava sofrendo com um pé na bunda e só quis me aproveitar um pouco do seu tanquinho sarado e do seu beijo, que está na lista dos tops. Não te dei muita conversa.

— É! Faz muito tempo... — despisto. — Essa oficina está mudada, está tudo tão organizado.

— Eu a comprei do meu tio e mudei bastante o layout.

— Poxa, parabéns!

— Valeu! Vamos crescendo, né? Te vejo por aí toda concentrada, andando de branco pra cima e pra baixo. — Ele ri. — Também quero fazer faculdade, vou tentar no final deste ano.

— Você está estudando *mesmo*?

— Fiz uns cursos de finanças, de gestão, de empreendedorismo... Vi que dá para ganhar mais aqui na oficina revendendo peças, oferecendo serviços de motos e outras coisas. Aí me empolguei e voltei a estudar. Fiz supletivo, terminei o segundo grau e estou fazendo cursinho para o Enem. Ainda não tô com um português perfeito como o seu, mas... — Ele passa a mão na nuca e me abre um sorriso sem graça.

Ele está se expondo. Está dizendo algo que o deixa inferiorizado diante de mim. João Paulo dá conta de fazer o que eu nunca fiz: se mostrar imperfeito e vulnerável. Meu Deus, como ele está... Como é mesmo a palavra? Gostoso ele sempre foi, legal também, mas agora ele está... interessante!

— ... Mas está ótimo! — respondo para não deixá-lo sem jeito. — E não tenho dúvidas de que vai conseguir. Olha o que você fez nessa oficina, veja quantas ideias teve e como conseguiu implementá-las! Aposto que consegue clientes que pagam melhor tendo uma oficina mais arrumada.

— Ah, sim. Até a quantidade de clientes mulheres aumentou. E oficina nunca foi um ambiente muito confortável para vocês, né?

Uouuuu! O que é isso subindo em mim? Uma raivinha misturada com insegurança e vontade de ter a pessoa só para si. Ciúme? A essa altura do campeonato? Realmente, não estou bem. Que direito eu tenho de sentir ciúme de um cara com quem não fico há anos?!

— Mel, a gente se fala depois. Não posso me atrasar porque tem clube do livro antes da aula.

Ah? Ele faz parte de um clube do livro? Jesus, alguém sabe o potencial atiçador de um homem que lê?

Ele me abraça e sinto, de leve, sua barriga se encostar na minha. É normal a gente se arrepiar quando chega tão perto de um amigo? E de um amigo que você já beijou na boca algumas vezes? Sempre enxerguei João Paulo como alguém estagnado, que se virava como podia. Mas o cara que me abraça agora não é mais aquele menino; é um homem. Além do mais, o João Paulo de antigamente jamais me deixaria falando sozinha, especialmente para estudar.

— Vai lá, a gente se vê! Boa aula!

Pego o rumo de casa e tiro o celular do bolso.

> **Mel**
> Caraca, para tudo, mulher!

E lá vai um áudio de quatro minutos contando a cena.

> **Luane**
> Não acredito que agora que esse cara saiu do seu pé você vai ficar ligada na dele.

> **Mel**
> Só falei que ele está diferente!

> **Luane**
> Você falou dez vezes no áudio que ele está interessante. Só porque está estudando, nunca vi curtir tanto um livro como você!

> **Mel**
> Eu <3 livros!
> Não é só por isso ou porque ele parou de me ligar!
> Parece que agora temos sintonia, afinidades...
> Tô sentindo o cheiro do perfume dele até agora.

> **Luane**
> M & JP
> <3 <3 <3
> Vamos sair de casal, miga!

> **Mel**
> Não se empolga! Só revi o cara. Não tem nada.
> Ainda
> Rs

> **Luane**
> O tempo transforma tudo. Você já sabe disso, né?

Tiro os olhos da tela do celular e respiro fundo. E como sei. Sentimentos que antes nem existiam são capazes de nascer onde menos esperamos.

João Paulo tem um sobrenome comum, como o meu, mora num bairro distante do centro e da parte bonita da cidade, como eu, e ainda vai tentar entrar numa faculdade. Mas que se dane a espera de alguém perfeito. Quando a gente se reconhece falível tira um peso dos nossos ombros e dos ombros dos outros. Vamos ser felizes nas imperfeições. E me queira, João Paulo, pois acho que estou te querendo!

O quinquagésimo quinto dia depois do fora

"*É o amor, que mexe com a minha cabeça e me deixa assim...*"
Ser acordada pela voz afinada de Michele nem é tão ruim assim, mesmo sendo antes do horário que eu previa.

— Tá namorando! Tá namorando! — respondo ainda deitada, com a voz rouca e evitando sentir meu próprio bafo matinal.

— Calma, ainda não! Mas parece que vou! — Ela faz uma dancinha com os quadris.

Como é bom ver minha irmã feliz. Pelo menos alguém fecundada no mesmo instante que eu tem que se dar bem no amor. Michele deseja muito ter um companheiro, e Rubinho é um bom rapaz; faz de tudo para se enturmar, conversa sobre qualquer assunto, é esforçado no trabalho e trata Michele muito bem; só por esse detalhe já teria minha torcida.

— Vai ao show hoje?

— As meninas combinaram de ir, então também vou, já que não tenho outros planos.

— Eu, Rubinho e uns amigos vamos.

— Gente, nem sabia que curtiam esses eventos!

— Minha filha, é de-gra-ça! — Ela se vira para mim e repete, desta vez usando as mãos. — De-gra-ça! Um show desses de graça, aqui perto? Claro que vamos! E eu tenho que criar oportunidades de sair mais com ele, né?

— Ai, meu Deus, você está feito adulta nessa vibe namoradeira! Mas está certa! Também vou aproveitar para dar uma saída e rever o pessoal.

Mais um shopping foi inaugurado na região, e a empresa que o administra dará uma megafesta, aberta à população, no estacionamento. Hoje à noite se apresentarão várias bandas, entre elas uma dupla sertaneja estourada e a cantora pop do momento.

Luane está há dias falando desse show, não me deixando outra opção a não ser acompanhá-la. Aproveitei a empolgação das minhas amigas solteiras do bonde, e combinamos de ir todas juntas. Aliás, a ideia de apresentar Luane àquelas que foram minhas companhias quando nos afastamos me anima. Não preciso deixar de conviver com uma para ser amiga de outra, dá para reunir todo mundo.

Assim que o sol se põe, desço com Luane para a padaria onde encontramos com o bonde. Em vinte minutos de conversa, Luane é adicionada ao nosso grupo do WhatsApp, numa total aderência à "marvadeza", já dando dicas de vendas para a Sara, que começou num emprego novo — e está odiando.

— Conto os minutos pra dar seis horas — conta Sara. — Seis e um já estou no ponto de ônibus, dando pulinhos.

— Que é isso, amiga! Já passei do horário várias vezes para atender cliente e ganhar minha comissão. Sem falar que assim você fideliza a pessoa, ela vai te procurar sempre. Por isso me viro trabalhando por conta própria hoje, porque as pessoas voltam para comprar comigo de novo. — Luane divide seus ensinamentos, como uma guru no meio do grupo.

— Talvez eu fique mais animada se for um negócio meu, se for trabalhar para mim. — Sara se empolga.

— Então vai ter que aprender muito no varejo antes. Trabalhei nisso a vida inteira. Saí quando descobri que não ia ganhar mais por ganância dos patrões e porque, quando se é mulher, eles pagam menos.

— Sério, Luane? Isso não é papinho, não?

— Uma ova! Todo chefe que tive dizia que mulher sofre de cólica menstrual, não aguenta o tranco como homem, tem TPM e azucrina. Quando meu último patrão falou que não ia me dar a promoção de gerente porque eu poderia engravidar e deixá-lo na mão, vi que teria que mudar de vida. E olha que eu fiz muito pela loja dele! Aí resolvi me lançar por conta própria até ter recurso para abrir uma loja, que será de frente pra dele pra esculachar. E também porque o ponto é bom. — As pulseiras balançam.

Luane, assim como minha mãe, é mais uma do time de mulheres que não têm a mesma instrução que eu, mas me dão aula. A forma como ela empreende e acredita em si me faz acreditar em dias de igualdade.

A sessão com a coach Luane segue animada até que Ramon e seus amigos nos encontram, mudando totalmente o foco do assunto. Vamos andando até o local do show, como um bando de adolescentes que gargalham por qualquer coisa. Um dos caras logo chamou a atenção de Tamires, que não perdeu tempo e ficou de papo com ele. É bom a gente saber o que quer, né? Seria legal conhecer outra pessoa, estar mais aberta, me divertir e me permitir mais, dar beijos, mas ainda não é o que quero.

— Não nesta noite — respondo à Luane, quando ela comenta de um amigo do Ramon. — A maioria dos caras veio para pegação, não tô no clima.

— E qual é a vibe de hoje? Não vai me dizer que tá dando uma de museu e tá relembrando o passado...

— Estou virando a página.

— E nada melhor que curar uma paixão com outra!

— Acho que não, amiga. Seria trocar um vício pelo outro. Eu prefiro curar meu coração com o tempo. Esse dá jeito em tudo.

— Bem, hoje você tem seus amigos. Já é muito amor, né?

Eu assinto com a cabeça e solto meu corpo para entrar no clima da multidão, que espera as apresentações. Compramos algumas bebidas, tiramos fotos, conversamos sobre qualquer coisa e escolhemos um bom lugar para assistir aos shows. Finalmente, o sertanejo começa, seguido do pop, que faz qualquer um rebolar.

Eu me divirto como há muito tempo não fazia, sendo eu mesma e sem o menor medo do julgamento alheio. Pra que perder tempo e deixar passar um instante que não volta mais? Sim, não volta. Mesmo depois do meu looping e revivendo o mesmo dia, compreendi que nada volta como antes. Tudo vem com uma emoção nova. Nenhum dos meus seis domingos foi igual. E como nada volta, me lanço na companhia que tenho agora: amigos que nasceram no mesmo lugar que eu e que cresceram junto comigo.

Amor da minha vida, é o que diz em "Love of my life", sucesso da banda Queen na voz do lendário Freddie Mercury. A banda que está no palco faz um tributo de primeira ao Queen e, neste momento, o vocalista está com o guitarrista, que assumiu o violão, relembrando a icônica cena da apresentação da música no Rock in Rio de 1985. O público, claro, vai ao delírio e canta a plenos pulmões. Sorrateira, a lembrança de João Paulo domina minha mente. Conheci o Queen por causa dele, quando éramos adolescentes e estudávamos na mesma escola. Como não dei mais atenção ao garoto que estava aprendendo inglês com as letras das músicas, por conta própria? Ele comentava da guitarra, do coro de vozes tão comum da banda e me explicava as letras quando eu ainda mal sabia o idioma. "Love of my life." Será que amor da vida é isso? É alguém cujo nome assalta seu coração revirando lembranças independentemente do tempo? Ah, senhor Tempo, talvez eu possa escolher diferente agora. Posso?

Firmo meu corpo, deixando os pensamentos irem embora, voltando minha atenção para a música. O lugar não conta mais com a iluminação colorida e ágil do show por estar num momento mais intimista com voz e violão, mas juro que vejo um brilho se aproximar.

— Parece que alguém se acabou de tanto dançar.

É como se eu visse uma luz.

João Paulo surge em meio às dezenas de rostos e se achega a mim. Sinto um arrepio perpassar meu corpo quando ele me abraça.

Onde essa sensação esteve em todos esses anos de convivência? Será que é verdade que alguns amores ficam escondidos em algum canto da alma para despertarem no momento certo? Por que sinto que a hora é agora?

— Oi... — É o que dou conta de dizer, já que mentalmente estou falando comigo mesma e com o senhor Tempo. Meu Deus, como foi rápido? Acabei de sonhar uma nova chance com o cara e, pasme!, ele está aqui, na minha frente, ao som de "Love of my life"? Que entrega express, Universo! Ah, sim, é o Tempo, ele pode ser bem rápido... ou te jogar num exaustivo looping.

— Oi! — Ele responde rindo. — Cantou tanto que ficou rouca?

— Desculpa, eu viajei numa ideia. E aí, curtindo o show? — Desconverso.

— Putz, demais! Amo o Queen, e essa banda lá de Minas Gerais, a Lurex, faz um show muito doido. Pirei quando vi que eles tocariam aqui. Vim só por eles, nem assisti aos outros shows. E você? Está aqui desde cedo?

— Sim. Fiquei aqui. Dançando... Um pouco. — Como foi que perdi todo o meu repertório de palavras e assuntos de uma vez?

— Que bom que está numa boa com a Luane de novo — diz ele baixinho, e depois se aproxima dela para cumprimentá-la e dar um oi para a galera.

— Sim, já era hora de nos acertarmos. E os estudos, como vão?

— Tudo em ordem... Só lamento não ter mais tempo, o trabalho toma muito do meu dia...

Em minutos, fico sabendo que ele vai prestar Enem para administração, e que quer levar a vida de universitário e de empreendedor. Eu me encho de admiração com o que entra por meus ouvidos e passo a vibrar com seus sonhos. Como na trilha sonora perfeita de um filme hollywoodiano, o refrão "we are the champions, my frieeends" retumba, fazendo meus pelos ouriçarem pela vibração da música e pelo desejo de nos ver vencer. João Paulo merece viver dos seus sonhos assim como eu faço jus aos meus e as minhas amigas são dignas dos desejos delas. Nós somos os campões, só por existirmos e resistirmos, meus amigos. E nós continuaremos lutando até o fim, como canta a banda: "and we'll keep on fighting 'til the end".

Ai, João Paulo... Queria que você saísse do seu corpo e se visse como eu estou te vendo agora. Com um riso feliz nos lábios e um brilho no olhar; é como se eu pudesse enxergar sua aura. Eu me sinto como uma bailarina que acompanha o som da sua voz e se movimenta no ritmo certo da sua respiração.

Eu ficaria em pé por horas só para ouvi-lo falar da vida.

Pena que o show acaba. Será que não dá pra tocar "Bohemian Rhapsody" mais umas duas vezes? Não tem mais músicas desse tamanho aí, não?

— Ei, Mel! — Luane cutuca o meu braço. — Estamos subindo pro trailer do Stelo, vamos? Já comeu, João Paulo? Quer ir?

— Estava indo embora já — responde ele, assassinando minha empolgação. — Mas a vontade de comer sempre vence, bora lá!

Sinto-me estranhamente feliz. Juro que vi os fogos de réveillon no céu da praia de Copacabana quando o João Paulo, um cara que esnobo desde os meus 14 anos, decidiu nos acompanhar ao Stelo, numa época em que o raio gourmetizador transforma tudo em *food truck*. Stelo é o antigo trailer de hambúrguer do bairro. Quando abriu, o dono batizou de Castelo e colocou um letreiro luminoso, o primeiro que vimos por aqui. Mas não sei por que cargas-d'água, as duas primeiras letras se apagaram e o dono não mandou arrumar, então quem passava por lá só lia Stelo. Com o tempo, as pessoas começaram a cumprimentar o dono como Stelo, achando que esse era o nome dele. Aí não teve jeito: o trailer virou Stelo e continua com as duas primeiras letras apagadas até hoje. Em alguns dias bons, nosso pai levava a mim e a Michele ao Stelo e deixava que escolhêssemos dois sanduíches cada. É uma das melhores recordações que tenho da infância, porque comer dois lanches no mesmo dia era sinônimo de que as coisas iam bem em casa.

Vamos todos caminhando devagar, subindo as ruas. As meninas param a todo instante para fazer alguma piada ou debochar de como a outra estava dançando no show, ou apenas pegar no pé da Tamires, que, claro, passa a noite grudada no amigo de Ramon. A vida está igual ao que era antes, mas eu estou completamente mudada e feliz.

♥ ♥ ♥

Depois de muito bacon, ovo e uma maionese caseira deliciosa, estamos prontos para seguir rua fora.

— Tá rolando samba no QuiVaca — avisa Cris, mexendo no celular. — Parece que está bem cheio. Animam?

— Tô tão roliça que vou pro samba pra girar feito o peão da casa própria do Silvio Santos — responde Sara. — Mas animo! Ainda está cedo pra voltar pra casa num sábado à noite.

Deia e o casalzinho Tamires e seu crush, que mal respiram de tanto se beijar, também dizem que vão. Luane e Ramon falam que estão cansados e vão para casa.

— E aí, Mel? Bora? Vamos também, João Paulo. — Cris convida.

Quase faço a linha "só vou se ele for", como sempre fiz com o Fred. Cheguei a fazer vários programas só para ter a companhia dele ou não suportar a ideia de ficar sozinha em casa com ele dando sopa por aí. Pura insegurança! Tá, seria ótimo passar tempo com o João Paulo. Acho até que acabaríamos dando uns beijos se fôssemos juntos ao samba. Mas tudo que eu quero é mais chances de conversar com ele em vez de pegação! Vai que o que ando sentindo é apenas empolgação? Escolher ou ser escolhida por carência é uma cilada em que não vou mais me meter.

— Acho que não vou, meninas... — anuncio.

— Ela não trouxe o fio dental! — Tamires debocha e todos riem.
— Para! Anima aí.

— Bateu um cansaço, não vou aguentar esticar.

— Tô na mesma da Mel. Cansaço da semana tá batendo... Vou pra casa — fala João Paulo.

Sinto, então, meu celular vibrar. Pego o aparelho e visualizo dezenas de mensagens do grupo do "Bonde das Marvadas" na tela.

Cris
PRECISO ir pro QuiVaca!

Tamires
Ih. Esse PRECISO é alerta de Marquinhos na área.

Luane
Quem é esse?

Cris
Meu alvo.

Sara
Aaaaa Malvadeza! Se joga! Eu vou ficar tranquilinha, colei no cara aqui.

Luane
Deu pra ver. Parecem até um só.
Gente, e a Mel e o João Paulo? Tô boba, eles não param de se falar. Tá rolando até olho no olho!

Tamires
Tava falando isso com a Cris. Eles já ficaram, né?

Luane
Várias vezes. Rolou um afastamento, mas agora a Mel tá na dele REAL.

Cris
Vamos fazer esse samba dar certo, gente!
Vamos botar pilha para ele ir também.

Cris
Ihh, ela não quer ir.

Luane
Mas ele também não! kkkkkk
Viram que ele só respondeu depois dela?

Mel
Ah, suas marvadas! Estão de máfia aqui no grupo enquanto estou distraída! Pelamor, ele é só um amigo! Nem sei se tá na minha.

Tamires
Acho que tá muito!

Sara
Pô, se a Tamires reparou nisso no meio de tanta língua... Boto fé! KKKKKK

Luane
Ainda parou de beijar para escrever e opinar.
Deve ter sentido isso forte.

Mel
Sério que vocês acham isso? Tô me segurando pra não quicar aqui.

— Você vai voltar pra casa sozinha, Mel? — Luane solta a pergunta enquanto estamos nos levantando da mesa. — Você não tá indo para os lados da Colônia não, João Paulo?

— Eu subo com ela, pode deixar.

— Ah, não quero dar trabalho... Imagina! — Eu me faço de boba.

— Melhor evitar subir sozinha a essa hora. E não será trabalho, pelo contrário.

— Então estamos resolvidos! Vamos? — Luane agiliza para todos os lados: tanto o meu quanto o de quem quer sair para o samba.

Ele acena com a cabeça e abre um sorriso pra mim.

Dou um tchau para as meninas e começo a caminhar ao lado de João Paulo até minha casa. Falo da minha família, do possível namoro da Michele e do estágio numa clínica que faz atendimentos populares. João Paulo comenta algo sobre querer morar sozinho por não se dar muito bem com o novo marido da mãe.

— E seu pai? Não rola de morar com ele?

— Ele faleceu quando eu era pequeno, Mel. Minha mãe achou pesado trabalhar e tomar conta de mim sozinho, além da dor de ficar viúva de repente, e viemos para cá morar com meu tio, irmão dela. Por isso comecei a trabalhar com ele logo cedo, sempre foi como um pai para mim.

— Lamento muito tudo isso. Sinto vergonha de não saber isso sobre você, afinal nos conhecemos há... há um bom tempo.

Ele para no meio da rua, bem debaixo de um poste.

— É. Um bom tempo. — E me olha fixamente.

Também paro no meio da rua e o encaro, sem compreender a pausa dramática. Ele baixa a cabeça e recomeça a caminhada, falando que comprou a oficina do tio por ele estar com sérios problemas na coluna.

— E também por ver que eu poderia crescer com a oficina. O curso está me ajudando a colocar em prática as ideias que tenho — responde ele, do jeito mais fofo possível.

Lamento por ter chegado logo à minha casa. Ah, senhor tempo... Por que tão devagar quando queremos nos livrar de algo e por que tão rápido quando queremos eternizar um momento?

— Vou ver você entrar... Pra não ser enforcado pela Luane.

— Ela é exagerada mesmo! — Eu rio. — Mas é uma ótima amiga.

— Curti muito passar esse tempo com vocês — comenta ele, de um jeito que o deixa lindo. — Boa noite, Melzinha. — Ele se aproxima e me dá um beijo. Demorado. Na bochecha. Seus lábios não se movimentam nem um centímetro.

Será que ele espera que eu aja e vire o rosto?

Sim, está fácil para eu me virar e fazer o que estou morrendo de vontade: chegar à boca de João Paulo. Sinto um frio glacial na minha barriga. Minhas descobertas sobre mim são recentes e muito intensas para me arriscar de novo. Será que João Paulo mudou mesmo, a ponto de se tornar tão interessante para mim? Ou será que sou tão imatura a ponto de não aceitar que a vida dele está seguindo bem sem mim? Vai que é só uma vontade vaidosa de manter um cara com a barriga gomada por perto para disfarçar a carência?

Melhor não reagir e deixar rolar.

— Boa noite — respondo. — Você me avisa quando chegar em casa?

— Claro. — Ele dá alguns passos para trás. — Quero ver você entrar, vai.

— Você gosta de caipirinha de morango? — Coloco a chave na fechadura e pergunto.

— Nem sabia que você bebia isso. — Ele ri. — Por que essa pergunta agora?

— Besteira! Na próxima vamos dar um jeito de beber caipirinhas de morango. Boa noite!

Seu sorriso é a última coisa que vejo antes de entrar em casa, e a primeira imagem que vou buscar antes de dormir.

O sexagésimo primeiro dia depois do fora

Uso toda a força do meu maxilar para destroçar o pirulito que devoro escondida, no pequeno refeitório do estágio. Não pega bem uma profissional tão zelosa quanto eu ser encontrada consumindo tanto açúcar, mesmo que eu saia daqui e vá higienizar meus dentes. Mas quem não carece de uma doçura na vida em meio a uma realidade tão bruta e uma tarde inteira de trabalho quando tudo o que se quer é ficar deitada, fazendo vários nadas? Quem sabe, ainda, trocar umas mensagens com um gatinho. Ô meu Deus, custava colocar minha história para engrenar com o João Paulo depois do toco que levei do Fred? Não há um sistema de compensação nesse universo? Estou sendo bem clara com o cosmos: comece a me pagar em beijos ou em dinheiro todas as perdas que contabilizo na vida.

Estou diante do computador de uso restrito dos colaboradores da clínica, onde leio meus e-mails. Uma das mensagens é da comissão de formatura da minha turma, que avisa que, nos próximos dias, vamos tirar as fotos para o convite. Não vou participar da festa, mas à colação de grau faço questão de comparecer. Imagina abrir mão do sonho de entrar no auditório de beca, de ter o reitor fazendo discurso

153

e me entregando o diploma, depois de toda a minha luta para chegar até aqui? Minha família merece assistir a isso — e eu mais ainda.

Na mensagem, está o valor, por aluno, do aluguel da beca e dos serviços de fotografia. Não é barato, nem é uma grana que tenho sobrando, mas vale a pena. Vou ter que pedir ajuda ao meu pai e talvez aumentar um pouco a produção de doces; quem sabe surge alguma festa e eu consigo vender doces aos centos? Torço. Fato é que aceito o valor e já penso em formas de levantar o dinheiro.

Ainda na mensagem, avisam que um grupo de colegas contratou maquiadores e cabeleireiros para nos atender no local das fotos, para agilizar tudo. Eu acho o preço um abuso e já elenco mil xingamentos mentais às meninas da minha turma que vivem num conto de fadas financiado pelo cartão de crédito dos pais. Vivem em clínicas de estética, andam sempre na moda e podem se comprometer com maquiadores badalados do Instagram sem o menor problema. Mal falaram comigo durante esses anos, por que preciso concordar com isso e fingir que sou dondoca, me maquiando ao lado delas?

Tiro o pauzinho do pirulito todo retorcido da boca e o deixo na mesa, ao lado do computador, enquanto digito uma resposta. Confirmo minha participação, mas questiono a presença dessa equipe de beleza, que pode causar constrangimentos a quem não contratar o serviço e ainda ocupar espaço no estúdio. Sugiro, então, que cada um já vá pronto, para ser mais prático, e não um evento de beleza.

Envio sem medo de confusão. Já está na hora de eles ouvirem mais a minha voz.

Saio da frente da tela e me levanto rumo ao banheiro; afinal, essa arcada dentária não fica sem tártaros sozinha.

O sexagésimo primeiro dia depois do fora (primeiros minutos da tarde de novo)

Ô meu Deus, custava colocar minha história para engrenar com o João Paulo depois do toco que levei do Fred? Não há um sistema de compensação nesse universo? Estou sendo bem clara com o cosmos: comece a me pagar em beijos ou em dinheiro todas as perdas que contabilizo na vida.

Estou diante do computador de uso restrito dos colaboradores da clínica, onde leio meus e-mails. Uma das mensagens é da comissão de formatura da minha turma, que avisa que, nos próximos dias, vamos tirar as fotos para o convite. Não vou participar da festa, mas à colação de grau faço questão de comparecer. Imagina abrir mão do sonho de entrar no auditório de beca, de ter o reitor fazendo discurso e me entregando o diploma, depois de toda a minha luta para chegar até aqui? Minha família merece assistir a isso — e eu mais ainda.

Na mensagem está o valor, por aluno, do aluguel da beca e dos serviços de fotografia. Não é barato, nem é uma grana que tenho sobrando, mas vale a pena. Vou ter que pedir ajuda ao meu pai e talvez aumentar um pouco a produção de doces; quem sabe surge alguma festa e eu consigo vender doces aos centos? Torço. Fato é que aceito o valor e já penso em formas de levantar o dinheiro.

Ainda na mensagem, avisam que um grupo de colegas contratou maquiadores e cabeleireiros para nos atender no local das fotos, para agilizar tudo. Eu acho o preço um abuso e já elenco mil xingamentos mentais às meninas da minha turma que vivem num conto de fadas financiado pelo cartão de crédito dos pais. Vivem em clínicas de estética, andam sempre na moda e podem se comprometer com maquiadores badalados do Instagram sem o menor problema. Mal falaram comigo durante esses anos, por que preciso concordar com isso e fingir que sou dondoca, me maquiando ao lado delas?

Tiro o pauzinho do pirulito todo retorcido da boca e o deixo na mesa, ao lado do computador, enquanto digito uma resposta. Confirmo minha participação, mas questiono a presença dessa equipe de beleza, que pode causar constrangimentos a quem não contratar o serviço e ainda ocupar espaço no estúdio. Sugiro, então, que cada um já vá pronto, para ser mais prático, e não um evento de beleza.

Envio sem medo de confusão. Já está na hora de eles ouvirem mais a minha voz.

Saio da frente da tela e me levanto rumo ao banheiro; afinal, essa arcada dentária não fica sem tártaros sozinha.

O sexagésimo primeiro dia depois do fora (primeiros minutos da tarde novamente)

Ô meu Deus, custava colocar minha história para engrenar com o João Paulo depois do toco que levei do Fred? Não há um sistema de compensação no universo? Mas talvez o cosmos possa começar a me pagar em dinheiro todas as perdas que contabilizo na vida.

Lamento a minha própria vida enquanto estou na frente do computador que há no refeitório do estágio, onde leio meus e-mails. Uma das mensagens é da comissão de formatura da minha turma, que avisa que, nos próximos dias, vamos tirar as fotos para o convite. Não vou participar da festa, mas à colação de grau faço questão de comparecer. Imagina abrir mão do sonho de entrar no auditório de beca, de ter o reitor fazendo discurso e me entregando o diploma, depois de toda a minha luta para chegar até aqui? Minha família merece assistir a isso — e eu mais ainda.

Na mensagem está o valor, por aluno, do aluguel da beca e dos serviços de fotografia. Não é barato. Terei que pedir ajuda ao meu pai e pensar em formas de levantar a grana.

Ainda na mensagem, um grupo de colegas contratou maquiadores e cabeleireiros para nos atender no local das fotos.

Essas meninas estão se achando estrelas de campanhas publicitárias, daquelas que até contam com dublê para testar a luz para elas? Ah, faça-me o favor! Imagina se eu, Melissa, essa guerreira que vence com a força de seu próprio braço, vai sentar ao lado dessas meninas que não sabem o que é se esforçar, e ficar se maquiando e fazendo stories para o Instagram.

Respiro fundo.

Lembro-me de tudo o que aprendi até aqui. Não posso querer que as pessoas mudem, posso apenas mudar a mim. Então escrevo minha resposta confirmando minha participação, mas questiono a presença dessa equipe de beleza, que pode causar constrangimentos a quem não contratar o serviço e ainda ocupar espaço no estúdio. Escolho as palavras com cuidado para não causar desconforto nem deixar passar a oportunidade de ouvirem mais a minha voz.

O sexagésimo primeiro dia depois do fora (primeiros minutos da tarde... outra vez)

L amento a sequíssima fase de beijinhos na boca enquanto estou na frente do computador que há no refeitório do estágio, onde leio meus e-mails. Uma das mensagens é da comissão de formatura da minha turma, que avisa que, nos próximos dias, vamos tirar as fotos para o convite.

— Acho que ouvi alguém comentando sobre isso... — Endireito o corpo na frente do computador. Mas onde eu poderia ter ouvido isso? Não tenho cruzado com ninguém da sala. Humpf!, talvez eu tenha lido algo no grupo.

Na mensagem está o valor, por aluno, do aluguel da beca e dos serviços de fotografia. Não é barato e deve ser pago à vista, pesando no meu orçamento deste mês, mas tudo bem! Eu já previa essas despesas no último semestre, e, com toda certeza, vale a pena. Ainda na mensagem, um grupo de colegas avisa que contratou maquiadores e cabeleireiros para nos atender no local das fotos e agilizar tudo.

Eu poderia achar ridículo ou ficar com raiva, mas não me espanta, parece notícia velha. Tenho a impressão até de já ter questionado a presença de uma equipe *beauty*, como elas escreveram no e-mail, no estúdio...

— Não. Não pode ser. — Eu me lembro da última vez que tive essa sensação de já ter vivido algo antes.

Eu me levanto rapidamente e fecho a porta do refeitório, aproveitando que estou sozinha.

— Apareça! Sei que você está aqui em algum lugar. Joga logo a purpurina! — chamo baixinho, como se apenas minha Auxiliadora me escutasse.

Então dou de cara com a prova cabal de outro feitiço do tempo. O apoio do pirulito destroçado em cima da mesa. Corro até minha bolsa e vasculho cada compartimento: de fato, o doce que guardei para devorar mais tarde não está mais aqui. Eu devo tê-lo comido na primeira rodada do looping... Ou na segunda?

E lá vamos nós! Eu me sento de novo na cadeira, pois pode ser que demore. Não sei há quanto tempo estou presa novamente, mas o quanto antes eu descobrir e aprender a lição, melhor.

—· Pela manhã eu arrumei o quarto, organizei os fichamentos para ajudar na redação da monografia e almocei. Não fiz nada de mais. Tá, dormi um pouco além da conta e escondi as cocadas da Michele, mas acho que isso não me prenderia aqui! — Suspiro. — Eu já fiz coisa pior.

Dar aquela conferida nos perfis do ex e do atual crush também não contam; se fosse assim, a vida de ninguém iria para a frente. Ou será que estamos todos num grande looping coletivo por cobiçar detalhes da pessoa desejada?

Eu sobrevivi à roda do tempo porque entrei nas minhas relações familiares, não pode ser nada com as pessoas da minha casa! No amor, minha vida está mais deserta do que o clipe da Anitta, Pabllo Vittar e Major Lazer: só há areia nesse coração, nem um só camelo passa debaixo desse sol forte.

Depois eu vim para o estágio, chupei pirulito, mas certamente escovei bem os dentes depois, respondi e-mail...

— Não acredito que essa mágica se estende às pessoas da minha faculdade! Eu nem me relaciono com elas.

Ah, pronto! Só falta eu ser obrigada a mudar toda a minha vida por causa desse looping!

— A senhora já assistiu a uma aula na minha sala? — pergunto, elevando meu olhar, acreditando que minha Auxiliadora me escuta em algum andar superior.

Batuco minha mão cerrada na mesa, como se fosse a marcação da bateria de alguma escola de samba, onde retumba a minha indignação por me encontrar, de novo, naquele lugar de repetição. Justo agora, depois de avançar tanto, esse pessoal acha que ainda preciso melhorar? Por que não pegam essas pessoas que roubam, agridem umas às outras na internet, fomentam ódio ao diferente e até matam? Por que eu? Por quê?

O pior de tudo é ter a compreensão de que eu posso me levantar, esperar meu primeiro paciente, passar a tarde trabalhando, ir para casa e dormir normalmente; sei que amanhã acordarei nesse mesmo dia e ficarei empacada neste mesmo e-mail, já que a minha intuição me diz que a chave de hoje é o relacionamento, ou a falta dele, com o pessoal da minha turma. Não vai adiantar me revoltar. É como dizem: se está atravessando o inferno, bem, continue atravessando.

Pego o telefone e mando uma mensagem para Michele, perguntando qual o valor para arrumar meu cabelo e me maquiar no salão onde ela trabalha, perto da nossa casa. Aproveito para mandar um áudio narrando a situação e reclamar um pouco das minhas colegas.

Michele
Cinco minutos de áudio, Mel? Achei que era música...

Mel
Não debocha, Mi. Preciso de ajuda!

161

Ah, mana, se você soubesse como, mas eu preciso de ajuda, talvez do Stephen Hawking, o físico cosmólogo e suas teorias sobre o tempo. Será que, se ele ainda estivesse entre nós e eu tivesse a chance de falar com ele, Stephen se interessaria pelo meu caso? Eu tenho provas: um pauzinho de pirulito mordido. Deus, estou ficando louca, mas com a certeza de que tudo isso é assustadoramente real!

Mi
Acho que o salão te cobraria um pouco menos do que o valor das meninas da sua sala. O preço que elas conseguiram não está acima da média, não. E ainda tem o conforto de ser no local das fotos.

Mel
Não acredito que está do lado delas!

Michele
Magrela, estou sempre do seu lado! Que coisa! Estou tão do seu lado que não quero que pegue ônibus neste calor toda maquiada para chegar lá com a base escorrendo e o cabelo suado. Já pensou nisso?

Mel
Eu sei que não tenho carro! Mas não tinha pensado nisso.

Michele
Eu acho que vale pagar pelo serviço. Sem falar que pode entrar nas imagens de *making of*, sabe? Igual fazem em dia da noiva? Você esperou anos por isso, é seu dia!

Mel
Será?

> **Mi**
>
> Pensa no conforto! É melhor, sim. Não é frescura delas, se fosse eu te ajudava a falar mal, você sabe. Só toma cuidado para não te deixarem com cara de palhaça. Você nunca teve muito bom gosto, fico preocupada de não estar lá, mas vai me mandando fotos.

Minha barriga se solta com a gargalhada que sai com a maior naturalidade da minha boca. Ai, Michele, ainda bem que você veio seis minutos antes de mim! O mundo sem uma irmã mais velha não teria a menor graça.

> **Mel**
>
> Pode deixar, mando fotos, sim.

E coloco uma carinha bem feliz para que Michele tenha certeza de que conto com ela e com todo o seu *know-how* em aparência.

♥ ♥ ♥

Já me comprometi em participar da sessão de fotos e em chegar na hora marcada para a maquiagem. Vou sacar um valor que tenho na poupança, uma reserva para emergências, mas não estou me importando muito. O dinheiro que guardei é também para gastar no que me faria feliz e, misteriosamente, me sinto animada com essas fotos ao lado da turma.

Vou ao banheiro a fim de me preparar para os pacientes do dia e...

— Ei! Você tem gostado daqui, hein? — falo assim que abro a porta e logo dou de cara com ela. — Só aparece depois que o trabalho está feito, né?

— Meu dever é auxiliar, não te infantilizar e resolver tudo. E parabéns, dessa vez foi mais rápido. — Auxiliadora responde depois de conferir seus cachos no espelho.

163

Hoje ela está ainda mais bonita. Veste um macacão também solto, no estilo do outro, porém amarelo, com detalhes brilhantes nas mangas que casam muito bem com sua pele negra. Como pode ela ser iluminada, sábia, poderosa, serena e ainda ser tão gata? De que são feitos esses auxiliadores, quantos são, de onde vieram e onde vivem? Que pauta boa para um programa jornalístico.

— Então, a formatura está chegando... — começa ela.

— E vou estar bem maquiada nas fotos do convite de formatura. Bem, acho que chegarei até lá, pois se estou te vendo é porque venci o looping de hoje, certo?

— Ah, foram só alguns minutos, Melissa, relaxe um pouco! Considere um avanço não repetir o dia inteiro novamente.

— Então eu devo agradecer por estar nessa loucura? Olha... Realmente sou grata pelo aprendizado, mas não sei se reparou, tem sido doloroso mexer em feridas e descobrir as minhas verdades. E eu não posso contar nada a ninguém! Estou sozinha, Cici! So-zi-nha! Não existe um programa de apoio aos loopers?

— Loopers?

— É! — respondo, sem muita paciência. — Aqueles que estão em looping!

— Melissa, vou repetir: adoro os nomes que você confere às coisas. É perfeito e ao mesmo tempo tão divertido! Sabe? Se as pessoas soubessem como é divertida, não reclamaria de estar tão sozinha...

Lá estão seus grandes pares de olhos me encarando com aquela expressão de "vamos viajar outra vez". Firmo o corpo e espero o tornado de purpurina.

O milionésimo quadringentésimo quinquagésimo terceiro dia antes do fora

Céus, o que são as pontas desse cabelo com essas mechas californianas? A cor está boa, mas os fios parecem totalmente danificados. Mas, como isso foi há uns quatro anos, não adianta chorar pelo leite derramado. O importante é que hoje meu cabelo está lindo e me sinto muito bem para tirar várias fotos.

Sigo como um fantasma invisível que se vê em outra época.

A Melissa novinha está em sala de aula, no primeiro período, quando chega um papel à sua carteira. É uma lista para um churrasco da turma, dali a uns dias, pedindo que os interessados colocassem o nome e optassem pelo preço com bebida ou sem bebida. Ela, de um jeito bem brusco, simplesmente passa o papel para trás sem dar muita importância.

Estar no plano onisciente é muito interessante. Além de me ver completamente compenetrada nas palavras do professor e em anotar cada palavra, assumo, posso notar minha expressão carrancuda e, também, observar as demais pessoas. Meus colegas exibiam uma postura corporal muito mais solta do que a minha, aparentavam ter a própria idade e se mostravam leves e abertos uns aos outros.

Então Eduardo recebe a folha de quem confirmou presença no churrasco e mostra ao pessoal ao seu redor.

— A Melissa também não assinou... — comenta, e eu, fantasmagórica, escuto. — Vou falar com ela no final da aula.

Seus amigos mais próximos mantiveram a expressão serena, e um até chegou a comentar "é fala lá, ela é mais tímida, às vezes se convidar pessoalmente ela vai".

E o que aconteceu depois?

Ele foi falar com ela, que nem levantou o rosto para dizer que já tinha compromisso, o que, decerto, era mentira. Participar do churrasco da classe era perfeitamente possível financeiramente. Eu fui apenas uma idiota que preferiu ficar enclausurada na própria idiotice.

Pessoas que viajam no tempo também sentem vontade de chorar. Não por pena de quem foi falar comigo e não recebeu a atenção que merecia, mas de mim mesma, por ter perdido oportunidades que pareciam boas por uma razão ainda desconhecida.

De repente, uma espiral surge e me leva deste dia.

O milionésimo centésimo quadragésimo primeiro dia antes do fora

As aulas estão me matando, dá para ver. A Melissa de anos antes está com olheiras, os cabelos desgrenhados e com muita cara de sono. Ela passa tal como uma zumbi pelos corredores do restaurante universitário, o famoso "bandejão" onde todos se servem, com uma mochila que aparenta estar bem pesada. Estava, eu me lembro.

Ela percebe que seus colegas estão no refeitório, lugar onde quase nunca almoçam, e dá meia-volta. Fica cerca de uns quinze minutos sentada sozinha do lado de fora, torcendo para que se acomodem logo. Quando ela calcula que já passou tempo suficiente, volta ao bandejão, se serve e cruza com os colegas de sala, sentados a uma das enormes mesas. Com o andar rápido e aquela cara de quem está com pressa, ela os cumprimenta e se senta longe deles. Uma das colegas faz um sinal, indicando a cadeira, mostrando que tem lugar vago perto da turma. Melissinha responde, também com a mão, que não precisa, enfia logo o garfo na boca e aponta o dedo para o pulso, como se marcasse a hora. Ela está com pressa, não vai demorar a comer, mas faz um rosto de que ficou agradecida com a gentileza. Minutos depois, a pequena turma se levanta e passa perto de onde ela está sentada.

— Quer que a gente te espere? — pergunta Madalena, uma colega que sempre parece estar bem-disposta.

— Não precisa, estou quase acabando.

— Mesmo?

— Mesmo! Obrigada.

— Beleza, a gente se vê na aula.

A Melissa fantasma do presente que aprende com o passado deduz: a cada semestre eu me especializaria na arte de ficar sozinha.

Bastou concluir isso para ser sugada mais uma vez para fora dali.

O trecentésimo quadragésimo primeiro dia antes do fora

Ah, este dia está bem vivo na minha memória! A minha cara de felicidade não esconde: tive mais um artigo publicado e vou expor meu trabalho num congresso em São Paulo. O tema é exatamente o que quero destrinchar na monografia e, de quebra, aprofundar na pesquisa durante o mestrado.

A Melissa de quase um ano atrás entra na sala, pensando em como seria ter um namorado para dividir aquele momento de êxtase. Mal sabia ela que, meses depois, conheceria o Fred numa festa à qual relutou muito em ir, tempos depois levaria um fora e... Vamos deixar esse raciocínio morrer sozinho. Seu rosto está mais suave, e sua cabeça parece estar nas nuvens. Ela se senta na carteira de sempre e espera o professor chegar.

— Daqui a pouco a Melissa vai dar aula no lugar do professor — comenta um colega. — Em todo congresso da odonto ela disserta.

Ela ri, expondo sua gengiva saudável e também, eu sei, sua alegria e um bocado de soberba.

— Também não é pra tanto! — Melissinha se vira e abre um sorriso para o colega, dando a entender que gostou da brincadeira.

— Mas você podia montar um grupo de estudo e salvar os colegas, né? Se não a gente não se forma junto! — diz ele.

— Nossa, não é má ideia, não — admite uma menina.

— E eu que não sei escrever uma linha desse jeito difícil? Não sei como fazer um ensaio!

Começa o burburinho sobre a dificuldade da escrita acadêmica. Um se queixa de querer se aventurar na pesquisa, mas de não conseguir estruturar as ideias e redigir, outro diz que tem dificuldade em responder às questões abertas e, por isso, teme alguns modelos de concursos públicos. Informalmente, os colegas sugerem que Melissa os ajude. Ela, devagarzinho, encolhe a cabeça e fica quieta na carteira. A escrita era o diferencial dela, por que ajudá-los? Se todos se destacassem como ela na mesma área, em que mais ela se evidenciaria?

Depois do claro diagnóstico, minha consciência gira e sinto que é hora de voltar.

O sexagésimo primeiro dia depois do fora (de volta ao banheiro)

Abro os olhos e me dou conta de que voltei à hora em que deixei o momento presente para viajar pelo passado. Auxiliadora está com os olhos fixos em mim, mas agora seu olhar parece mais terno.

— Minha autoestima é um lixo! — Eu rompo o silêncio. — Eu deixo de ajudar com medo de perder aquilo que eu acho ser meu único valor, numa total falta de confiança no que faço. Vivo na defensiva, com medo de que as pessoas descubram quem realmente sou porque, no fundo, nem eu gosto de mim. Aí, antes de elas me rejeitarem, eu as rejeito. Será que é assim que funciona a mente de todas as pessoas chatas, agressivas e antissociais?

— Você às vezes exagera no isolamento, mas é sociável, sim, nem um pouco agressiva e nada, nada, chata, pode acreditar.

— Fala sério, estou me sentindo um péssimo ser humano!

— Você é só um ser humano, Melissa. Resultado de várias combinações e experiências, como qualquer outra pessoa. Que tal parar de reforçar o lado negativo e ver o quanto caminhou?

— Agora estou com medo de que me tratem mal.

— As pessoas nos tratam como nós nos tratamos. Recebemos a mesma medida de afeto que damos a nós mesmos. Se conseguir se tratar com amor, acolhendo suas limitações e sabendo que pode melhorar, tudo vai dar certo.

A essa altura, lágrimas correm pelo meu rosto e nem consigo pensar em como sairei do banheiro com cara de choro, mais uma vez. Seria possível pedir uma mágica para despistar a cara inchada e, quem sabe, pegar embalo e dar uma subida nessa autoestima que está mais desgastada que dente de adulto com mordida cruzada e bruxismo?

— Dizem que fotografia é a arte de escrever com a luz. Não será apenas maquiagem que irá garantir que fique linda no dia das fotos, Melissa, será a sua luz, a que vem de dentro. É só acreditar e deixá-la sair.

O rosto de Auxiliadora some em milhares de pontos brilhantes, que iluminam todo o banheiro. As pequenas luzes pousam em mim e, magicamente, parece que sinto uma paz que nunca tive. Respiro fundo, desejando prolongar a sensação. Quando dou por mim, estou sozinha no banheiro. Confiro meu rosto no espelho, e meu semblante está bem sereno. Deve ser porque agora não ligo se perceberem que chorei. Deixei cair as lágrimas, me refiz e estou pronta para trabalhar.

O septuagésimo primeiro dia depois do fora

Substantivo feminino que significa qualidade de quem se valoriza e se aceita com seu modo de ser e demonstra confiança em seus atos, com 10 letras. Valendo! Outra dica: avaliação que cada um faz a respeito de si, compreendendo suas limitações e qualidades, resultando na sua capacidade de gostar de si mesmo.

— Autoestima — repito baixinho, enquanto caminho até o estágio com afirmações do tipo "eu me amo incondicionalmente", "eu me aceito como sou", como vi num vídeo no YouTube mais cedo. Dizem que aquilo que repetimos se torna verdade em nossa mente, então, como um papagaio, insisto nos mantras e aproveito a oportunidade para me conhecer. A gente só ama aquilo que conhece, não é mesmo? Portanto, quero ficar o mais íntima possível de mim, para nunca mais me sabotar, como fiz até aqui. Espero que isso me cure da ilusão de ser amada por alguém para finalmente me achar digna de amar a mim mesma, como se a aprovação do outro tivesse que vir antes da minha. Será que alguém no mundo se ama de verdade? Parece que as pessoas curtem a si mesmas em fotos diante do espelho, ansiosas por *likes* nas redes e interações rápidas que se destinam a um rápido *match*. Mas amor, ah, amor...? O que sabemos dele mesmo? Quase nada. Achamos que vamos morrer quando descobrimos que a pessoa de quem gostamos não é o que pensamos, porque projetamos no outro nossos sonhos. Quando essa fantasia desmorona, a gente fala que o amor acabou, mas ele nunca existiu! Só havia o nosso desejo de possuir alguém criado à nossa imagem e conveniência. Ah, Frederico, acho que idealizei muito você...

— Firma o corpo, Mel. — A voz grave de Jorge corta meus devaneios filosóficos assim que entro na clínica. — E essa cara de quem acordou agora?

— Hum, quem me dera! Já estou na ativa desde cedo. Essa aqui — eu aponto para meu rosto — é cara de quem está escrevendo uma monografia e vive como se estivesse numa constante sessão de terapia.

— Pesado... — sentencia.

— Ainda bem que adiantei a monografia ao máximo, agora é só redigir o projeto do mestrado...

— Pesado é a parte da terapia, trabalho de conclusão de curso todo mundo faz, ainda que meia boca. — Ele suspira. — Mas vamos lá, ao trabalho! Hoje nem vou atender, tenho que focar num edital. Quem sabe a gente não consegue uma verba para expandir o atendimento da clínica no ano que vem?

Não tenho tempo de escrever mais nada, porém não posso evitar que meu cérebro crie conexões. Seria uma ideia absurdamente audaciosa pensar em criar algo quando ainda estou para me formar e me candidatando ao mestrado. Mas por que raios essa comichão não sossega dentro de mim?

— Qual edital está aberto? — pergunto, enfim.

♥ ♥ ♥

Depois de colher as informações com o Jorge e anotar em meu celular a instituição que oferece o fomento, entro na cabine e recebo minha primeira paciente do dia: Beatriz, uma menina de 8 anos que teve o dente quebrado numa queda. Um arrepio cruza meu corpo quando me lembro da similaridade do caso que marcou meu quarto período. Mas essa Auxiliadora não dá um pontinho sequer sem nó, ô mulher! O que eu fiz para ter minha vida passada a limpo em tão pouco tempo? Já que reclamar não vai dar certo e eu tenho um dente para arrumar, resolvo aproveitar a oportunidade de reviver, de uma nova forma, a experiência anterior, mostrando o que aprendi.

— Vai doer muito, tia? — pergunta ela, choramingando e apertando as mãos da mãe.

— Não! Vou fazer com muito cuidado, prometo!

No caso dela, será necessário realizar um canal pela profundidade do trauma. Então, pego um papel e desenho um dente.

— Às vezes o dente quebra lá dentro, onde nossos olhos não dão conta de ver... Então eu vou colocar o remédio para ele sarar todinho, até lá no fundo.

— Mas eu tenho medo de agulha!

— Eu também já tive. Muito! E sabe o que eu fiz? Eu enfrentei. Não vou mentir, você vai ter que ser forte! Mas você me parece uma menina corajosa, daquelas que sempre tomam a frente nas brincadeiras.

Ela se ajeita na cadeira e ergue o tronco, como uma garota que realmente não tem medo de nada.

— Você gosta de jogar o quê? — pergunto.

— Queimado — responde ela, com animação.

— Sabia! Eu também adoro queimado! Aposto que nunca te acertam com facilidade e que você queima um tantão de gente com a bola.

— A professora fala que eu tenho boa pontaria...

— Não falei? Toca aqui. — Ergo a minha mão, e ela retribui o gesto tocando na minha. — Eu reconheço uma garota fera de longe! Olha, Bia, eu treinei muito para estar aqui e prometo que vou fazer tudo devagar, com muito carinho. Vamos fazer um trato: farei a minha parte e você vai fazer a sua, aguentando firme, tá bem? Quando sair daqui, seu dente vai estar bom! Porque meninas fortes têm os dentes fortes, certo?

Ela balança a cabeça, mostrando que temos um acordo.

Então, eu convenço a mim mesma de que também sou uma garota forte e me preparo para o procedimento.

♥ ♥ ♥

Uma hora mais tarde, após uma lágrima e algumas gotas de suor, lá está minha pequena paciente com o dente tratado e restaurado.

— Doeu um pouco na hora da espetada, mas eu aguentei — diz ela, com a boca ainda um pouco anestesiada.

— Você foi muito valente! Ah, se todos os pacientes fossem assim! Eu fiquei tranquila porque você me deixou tranquila também. Vai ganhar uma estrela de paciente nota 10!

Explico à mãe os cuidados e abraço a Bia na certeza de que dei meu melhor e de que desejei o melhor para o outro de verdade. Fui cuidadosa e atenta em cada segundo, e não deixei que o medo de errar me dominasse. Nos despedimos e sigo aliviada para a próxima vítima.

Hoje, paciente e dentista saíram curadas do consultório.

O septuagésimo sétimo dia depois do fora

O ar condicionado do estúdio me dá mais uma razão para me sentir grata por ter concordado em pagar e me arrumar aqui. O calor está absurdo, e eu só penso em como seria chegar para as fotos com a maquiagem escorrendo.

— Uma tacinha de champanhe para nossas formandas. — A moça do salão, que deduzo ser a dona, passa com uma bandeja. — Um brinde para entrarem no clima!

As taças somem da bandeja, e logo uma chega à minha mão. Em segundos, estou brindando com as meninas e não me importo de ser fotografada com rolinho na franja. Muitas de nós já estamos com a pele feita, faltando pintar os olhos e outros detalhes da maquiagem. Há fotógrafos e câmeras em cima de nós, fora os celulares das minhas colegas, que não param de postar fotos.

É como Michele previu: o *making of* de um dia de noiva sem noiva. E estou gostando!

— Pode me mandar essa foto? — peço a uma colega. — Amei, vou postar no meu Instagram.

— Ah, claro! E me marca lá — responde ela.

Todas estão tão felizes e empolgadas com o momento que parecem não estar ressentidas comigo, ou talvez não tenham nenhuma mágoa das vezes que fui chata e até grosseira. Talvez, eu seja a única que constrói muros e fique remoendo situações que nem existiram.

Posto a imagem em que estamos brindando, marco as meninas e também começo a segui-las. Pouco tempo depois, várias me seguem de volta e comentam a foto. Será isso o começo de uma amizade ou, pelo menos, de uma aproximação?

Quando o maquiador acaba o trabalho e me olho no espelho, quase não acredito na mulher de capa de revista que vejo. Estou maravilhosa! Meu cabelo está escovado, com movimento e brilho. A maquiagem ficou sóbria e linda, do jeito que eu queria. Tudo de muito bom gosto. Até Michele, que é mais afeita ao glitter e às cores fortes, gostou do visual.

Bem, agora só me resta posar para as fotos!

— Melissa... — Um tom de voz baixo me alcança.

— Anne! Nossa, como você está linda! — Mal posso reconhecê-la com os cabelos volumosos, a sobrancelha desenhada e os cílios postiços.

— Obrigada, você também! A gente já está indo para as fotos... Queria saber se você já tem com quem tirar.

Permaneço parada por alguns segundos, esperando que a frase faça algum sentido ou que Anne dê mais alguma informação.

— As fotos do convite de formatura geralmente trazem as pessoas em grupinhos. As turminhas que se formaram ao longo do tempo. Gostaria de saber se podemos sair juntas na foto, se já tem companhia...

Então tudo faz sentido. Era por isso que ela estava me rondando semanas atrás. Anne e eu somos as sem-companhias da sala, aquelas que não estão inseridas em grupo algum. Anne, com certeza, por ser tímida; basta ver como sua pele fica rubra só de vir conversar comigo, mesmo com camadas de base; eu, pela insegurança que gerou várias paranoias na minha cabeça. O que os olhos não veem, a mente cria de forma pior.

— Eu não havia pensado nisso, não sei como será a ordem das fotos. Mas é claro que pode sair ao meu lado, será uma honra!

Eu coloco a mão em seus ombros e penso que poderíamos ser mesmo um grupinho. Talvez a gente devesse ter estudado para provas juntas, ou nos falado mais durante o curso. Como eu só tenho o agora, vou tratá-la da melhor forma que puder.

♥ ♥ ♥

Anne e eu vamos aparecer juntas em uma página do convite de formatura, que não seguirá ordem alfabética. Além da nossa imagem, haverá os nossos nomes, seguidos dos nomes de nossos pais e um pequeno texto de agradecimento. O encarte que chamam de santinho, que é individual e vem apenas com a nossa foto e aquele texto enorme com a ladainha de gratidão, virá na primeira página do convitão, que mais lembra um livro. Está tão perto! Finalmente minha formatura vai chegar e eu serei dentista, como nos meus sonhos.

— Agora uma foto descontraída, galera! — A fotógrafa pede à turma. Até então, estávamos enfileirados para uma foto formal da nossa turma, vestindo jaleco. Então o tiramos, ostentamos uma blusa odonto, e tiramos outra leva de fotos um pouco mais despojadas. E mais uma vez Michele me vem à memória: é tanta pose, que é quase um book de noiva.

Pouco tempo depois, finalizam a sessão e estouram garrafas de champanhe. E lá vamos nós bebericar outra vez, com direito a mais registros de fotos e de imagem. Nossos parentes, ao verem tais cenas na solenidade, vão achar que nos embriagávamos em vez de estudar. Eu bem que poderia ter me divertido mais, pelo menos sei que aproveitei muito bem o meu curso e tenho boas possibilidades.

— Mel, tirei uma foto sua enquanto estava posando, olha! — Madalena, minha colega de sala, me mostra uma foto na tela de seu celular, que capta minha imagem na lente da fotógrafa. — Ficou legal, parecendo bastidor.

— Massa demais! Pode me mandar?

No mesmo instante ela me envia a foto, e eu não penso duas vezes em postá-la com a legenda "está chegando a hora". Há tempos não me sinto tão feliz e com vontade de dividir essa alegria nas minhas redes, que andavam bem abandonadas.

Sinto meu estômago roncar e me dou conta de que são quase duas da tarde e ainda não almoçamos. Hoje é sábado, não faço ideia de como está o almoço lá em casa, mas é fato que terei que me virar quando chegar, e esquentar alguma coisa. Talvez eu tenha que comer algo por aqui para aguentar a espera, já que pareço abrigar um urso na barriga pelos roncos de fome.

A turma ainda está reunida no estúdio, comentando sobre ir a algum bar em seguida. Aproveito o tempo e abro meu Instagram para ver os comentários nas minhas fotos de hoje. A notificação de uma arroba seguida de um nome que ficou em meus lábios por muito tempo petrifica meu coração. Fred curtiu minhas duas fotos. Sei que não quer dizer nada, mas é sinal de que ele me segue e que ainda está vivo — pelo menos dentro de mim.

Rapidamente sou invadida pela lembrança dos nossos sábados. Eu me recordo de um, em especial, quando ele me ligou bem cedo, perguntando se eu já estava disponível para nos vermos. Perguntei o porquê da pressa, e ele apenas respondeu ao telefone "ah, para aproveitar mais o fim de semana... ao seu lado". Eu me arrumei o mais rápido que pude e o encontrei na praia, então passamos o dia juntos: quando voltávamos do mar, a gente dava um tempo na areia para secar, aí achávamos que estava muito calor e dávamos outro mergulho. Juntos. Colados. Grudados. Eu sentia o sal da água em sua boca e o gosto da minha paixão na água, de tão misturados que estávamos. Fred acarinhava meu rosto enquanto seus ternos olhos me fitavam com calma e ele dizia "estou feliz". Eu também estava, Frederico. Nós estávamos. Mas, como em quase todas as histórias, tudo acaba. O sentimento terminou para um, mas para mim, veja só, parece não ter se esgotado. Não é mais um looping que me surpreende com uma visita ao passado, mas ainda me sinto presa no tempo quando penso em você. Novas lembranças daquele sábado surgem, os programas que emendamos depois da praia, os amigos que encontramos para comer casquinha de siri, e sua voz em tom de sussurro, ao pé do meu ouvido, quando me convidou para irmos para outro lugar, para ficarmos a sós e vivermos o desejo que alimentamos durante todo o dia.

Quantos dias se passaram depois do fora, Fred, e eu ainda pareço viver antes dele?

— Ei, você está bem? — Anne me pergunta. — Aconteceu alguma coisa?

— Ah... — Eu enxugo uma lágrima que desce do meu olho. — Só meu ex que curtiu minhas fotos, acabei entrando numa *bad*... Mas já vou sair dessa.

— Ah, sinto muito, Mel! Não sabia que tinha terminado.

Madalena, que está perto, entra no assunto bem nessa hora.

— Tá solteira, Mel? Eu me lembro de você com aquele cara lá no campus... — comenta ela.

— É, ele terminou comigo antes das férias. Achei que estava melhor, mas fiquei pra baixo agora porque ele curtiu minhas fotos. E eu achava que ele nem me seguia mais. — Mal acredito que estou contando detalhes da minha vida a duas colegas de sala, mas me sinto a pessoa mais normal do mundo fazendo isso.

— Aff, esses defuntos que não morrem! Odeio esses caras que não somem de vez, parece que eles sentem que a gente está virando a página e dão sinal de vida para fazer a gente ficar presa de novo.

— E olha que eu ando interessada num carinha lá do meu bairro, em quem eu dava uns beijos quando mais nova. A gente se reencontrou, e ele está bem interessante. Mas como não evoluiu com ele, acho que estacionei no ex.

— Então vamos ligar esse carro e acelerar, minha filha! Olhem para a gente! Gata a gente já é, com essa make, então! Vamos aproveitar para colocar a cara na rua. A galera vai para um bar aqui perto para comer e tomar umas. As senhoras QIs elevados dessa sala nunca vão a nada, então está na hora de ir. Poxa, é o último semestre e vocês com certeza vão se formar! — Madalena fala como se fosse uma política discursando atrás de voto. E é impossível não votar nela. Talvez seja sua covinha que casa tão bem com seu riso fácil.

— Eu estou morrendo de fome e preciso ocupar minha cabeça para não *stalkear* o perfil do Fred nem ficar imaginando que ele está com outra, ou fantasiando que ele está com saudade de mim. Vamos, Anne?

— Eu tenho medo de ficar meio deslocada, mas se você vai... — decide Anne.

— Deslocada por quê? Tem cinco anos que a gente se conhece, Anne! — argumenta Madalena.

— Eu juro que queria ser como vocês, acho a turma o máximo, mas é que... — Ela retorce os dedos.

Quero abraçar Anne e dizer que a entendo. Não sou tão tímida, mas sei o que é ter medo de dar passos em direção ao outro, imaginando uma rejeição. Talvez Anne seja tão estudiosa pelo mesmo motivo que eu: para despistar uma insegurança, para ser mais valorizada com notas e publicações. Ainda bem que acordei para isso e tenho descoberto meu gosto pelo estudo, pelo meu propósito como dentista, deixando de lado a vontade de ser aceita.

— Gata, a gente passou todos os semestres com notas baixas enquanto as suas eram nas alturas. Se alguém tem que ter vergonha, somos nós. A galera é toda de boa, todo mundo é vacilação, você pode falar o que quiser que nunca vai pagar mico. Vamos, todo mundo adora vocês.

Madá, como a chamam, nos pega pelas mãos e anuncia que nós também vamos ao bar. A galera vibra, e alguns até brincam dizendo que vai chover por tamanho milagre.

Eu apenas rio e digo pra gente ir logo, pois estou com o estômago nas costas. No fundo, além de estar indo matar a minha fome, estou aliviada de poder ocupar meu tempo com algo divertido. Em casa, provavelmente eu não teria muita coisa pra fazer. Michele trabalha até tarde no salão, Luane está com o namorado, e eu, claro, iria estudar ou ficar deitada vendo o tempo passar. Valeu a pena quebrar minha resistência e estar aqui, de coração aberto. Ainda é difícil, para mim, reconhecer, mas minha vida era um pouco vazia antes do fora; não é estranho dizer isso, mesmo tendo tido um namorado?

Dizem que há males que vêm para o bem. Eu não acredito nisso, não posso crer que seja necessário haver males. Mas sei que eles simplesmente vêm. Então alguma coisa dentro da gente os transforma em bem. É a mágica que sustenta a vida: tirar o bem do mal.

Eu não queria nada disso. Mas acho que Cici está feliz, assistindo a toda essa cena numa televisão de plasma *full HD*, sentada em sua poltrona dourada ao lado da ampulheta reluzente, naquela sala chique onde a vi outra vez. Ela deve estar contente porque eu, Melissa, estou muito, muito feliz por estar criando memórias com as pessoas que vão aparecer ao meu lado no convite de formatura. E, lá no fundo, ouço uma voz torcer para que esses laços durem.

O céu ganha um tom mais forte de azul, e nossa mesa continua animada. Alguns colegas já se foram, mas grande parte da turma ainda está no bar, onde comemos várias porções de pastéis, fritas com queijo e bacon, e chapas com filé, linguiça, costela e iscas de frango. Quem é de suco, ficou no suco, quem gosta de uma cervejinha, aproveitou o calor da tarde e a empolgação da galera para tomar umas e outras.

Estou um pouco alta, confesso, e talvez, por isso mesmo, me sinta muito mais comunicativa do que de costume.

— Eu quis morrer quando fraturei aquela agulha — falo do assunto que, até então, era a sentença de morte da minha prática clínica.

— Ficamos todos chocados! A gente quis ir atrás de você, mas o professor não deixou e preferiu nos ensinar como proceder num caso desses. Aliás, a turma inteira achou que você também deveria ter continuado lá, porque isso poderia ter acontecido com qualquer um de nós — comenta Naiara, uma colega.

— Ei, aconteceu comigo! Semestre passado, só que sem plateia. Por sorte, minha chefe no estágio estava perto e o paciente era um adulto, ficou calmo — emenda outra colega.

— E pensar que eu fiquei chorando sozinha, me sentindo a pior das criaturas. Senti tanta vergonha, me senti tão incompetente que cheguei a repensar o curso.

Recebo várias manifestações de solidariedade e até abracinhos de colegas que se levantaram para me acarinhar. O bom foi ouvir que vários reconhecem em mim traços de uma boa profissional, sinto que eu não remo mais sozinha contra a maré.

Vamos embora quando a noite escurece todo o céu. Gastei um pouco a mais do que o planejado, mas nem foi tanto assim, visto que o bar não era caro e reconheci que pagar por algo que nos rende bem-estar vale cada centavo. Para completar, anunciei o bairro onde moro e perguntei se alguém passaria por perto. A Roberta, uma colega que não bebeu por estar dirigindo, me deixou num ponto de ônibus que me adiantou bastante o caminho. Cheguei rápido em casa, com o resto de maquiagem no rosto e o ânimo completamente renovado.

O septuagésimo oitavo dia depois do fora

O peso do meu corpo parece ter dobrado de uma noite para a outra. Mal tenho disposição para abrir os olhos, quanto mais me levantar. Viro para o lado e aproveito para dormir o quanto posso enquanto Michele se arruma para ir à igreja e minhas primas-sobrinhas não chegam e me chamam para brincar. Espero conseguir ao menos ficar de pé para aproveitar a companhia delas, pois, ficando fora o dia todo, quase não vejo minhas pequenas, que chegam da escolinha querendo ficar com os pais.

Não sei quanto tempo mais tarde pego o celular para ver as horas e noto que há várias mensagens. Não confiro todas, mas checo as de Luane, que são as mais recentes; ela pergunta das fotos e quer notícias da saída de ontem com a turma. Sei que ela esteve preocupada depois de tudo que desabafei com ela, mas, como conheço minha amiga, acredito que haja uma pontinha de ciúme. Nada que um pouco de atenção não tranquilize. Dá para ser amigo de todo mundo.

Sou surpreendida por um novo grupo no WhatsApp em que estou incluída: As broquinhas, que além de mim conta com Anne, Madalena e Roberta. Essa bobagem toda começou por uma brincadeira de

185

Anne, quem diria? Ela ainda não está tão falante, mas é muito engraçada e gente boa. Eu poderia passar horas conversando com ela.

Escuto, de longe, minha mãe me chamar, avisando que todos já almoçaram e que, se eu quiser comer, que levante logo, já que ela vai guardar as panelas. Dormir deve ser um ato revolucionário pelo tanto que afronta as pessoas que estão despertas. Por que não voltam a dormir? Como uma zumbi, vou até o banheiro e tomo um banho para tentar me animar.

Pouco tempo depois, retorno mais desperta ao meu quarto. Deixo meus cabelos secarem naturalmente e visto uma roupa larga, que mais parece um pijama. Ando um pouco pela casa, como alguma coisa e dou inúmeros detalhes a minha mãe de como foi o dia de ontem, inclusive respondendo mil vezes que eu não me atraquei com ninguém, fiquei de boa com a galera. Subo para a casa do meu irmão Josué Felipe e fico um pouco com Emily Evelyna e Esther Elizabeth, que conversam sobre qualquer assunto e estão cada dia mais entendidas do mundo dos adultos. Desço quando elas se deitam para tirar o cochilo da tarde, e, assim que coloco os pés em casa, ouço o celular tocar no quarto e volto para atender.

— Oi, amiga, acordei tem pouco tempo, já ia te responder — digo a Luane assim que atendo a chamada.

— Pelo amor de Deus! Você não viu minha mensagem?

— Não, estava lá em cima com as meninas, o que foi? — Entro em estado de alerta.

— Então olha agora!

Ela desliga na minha cara.

Céus, mas o que deu em Luane para estar assim? Ela devia estar curtindo aquele soninho que bate depois do almoço ao lado do mozão.

Então, confiro a bendita mensagem.

> **Luane**
> Se segura! O João Paulo tá aqui na rua!

Uma estaca de gelo perpassa meu coração. Isso foi há quase dez minutos, será que ele ainda está aqui? A mensagem vem acompanhada de uma imagem. Do pequeno quadrado da janela do banheiro da casa da Luane, vejo a foto dele dentro do carro, conversando com algumas pessoas que estão no bar do Balduíno.

Meu corpo balança, como quem está ao som de uma banda de fanfarra.

Mel
O que será que ele veio fazer aqui na rua?

Luane
Falar com os velhos do bar do Balduíno é que não foi, né?

Mel
Será que é dar muito esparro você ir lá fora e puxar assunto, como quem não quer nada? Estou curiosa! Ele quase não vem aqui!!!

Luane
Vish, ele arrancou com o carro. Está parando na sua porta. Tô desmaiada.

Nem respondo à Luane. Tiro a roupa que estou vestindo e escolho algo que pareça simples, mas não muito, afinal, é o *crush* que vem à minha porta! Eu me decido por um vestido estampado de alcinha, penteio a sobrancelha e esguicho de longe o perfume. Para parecer que não me arrumei, faço um coque na metade do cabelo e fico de chinelo.

— Ô Mel, o João Paulo tá no portão conversando com a mãe. Falei que você tava no banho — avisa Michele.

— Beleza, já vou!

— Se eu fosse você, dava um jeito de ir logo. Dona Glenda está se empolgando nos assuntos...

— Ela não faria isso... Ela não contaria essa história pra ele!

— Melhor ir lá... — Sua expressão é séria.

Ainda mais rápido do que me arrumei, saio do quarto, atravesso a sala, chego ao portão e intercepto a conversa da dona Glenda com o João Paulo.

— Gente, que surpresa ver você aqui! — Eu o abraço. — Tá de bobeira no domingo?

— E aí, amiga da fada do dente? Como é essa história de galinha ter dente?

— Ai, mãe, que saco! Para de contar essas histórias!

— Ô Melzinha, mas era tão bonitinho você cuidando dos pintinhos! Você precisava ver, João Paulo. Uma menina deste tamaninho — ela aponta para a altura de suas pernas —, dizendo que estava esperando os dentinhos dos filhinhos da galinha nascerem para cuidar deles. Ainda dizia que, quando eles ficassem de janelinha como ela, ia jogar todos os dentes no telhado. Ai, como eu queria que as galinhas tivessem dentes, só pra não estragar a fantasia dela.

— Eu achava que todos os animais tivessem dentes, o que é que tem? Era um raciocínio lógico! Eu era criança e me encantei com a lenda da fada do dente, queria agradá-la para trabalhar com ela.

— E virou dentista para aumentar as chances, né? — João Paulo ri.

— Agora só falta virar mágica!

Rimos e ficamos em silêncio, um olhando para a cara do outro. Estou curiosa para saber o que o levou a vir até minha casa sem avisar. Imagino que ele também queira me dizer algo, mas a vela de sete dias da minha mãe não sai da porta.

Preciso olhá-la fixamente por quase um minuto para que ela perceba que queremos um pouco de privacidade. Finalmente, ela diz que vai fazer não sei o que na sala e convida João Paulo pra entrar também. Ele apenas agradece.

— Vamos dar uma volta? — Ele me pergunta de uma vez.

— Aonde pensou em ir?

— Não gosta de surpresa, não?

A-do-ro!

Entro no carro, quase berrando que, se a surpresa fosse ele, eu toparia qualquer parada.

Pegamos a avenida que, eu sei, leva à praia dos Coqueiros. O mar de lá não é bom para banho, o que deixa a praia longe da agitação. Nada de quiosques, vendedores ou de música alta.

Chegamos à praia, descemos do carro e caminhamos um pouco na areia. Embora eu more numa cidade no litoral, vou menos do que gostaria à praia. Nunca arrumo tempo ou companhia, reclamo de voltar para casa de ônibus, com a roupa molhada e com os pés sujos de areia. Quando crescemos, colocamos muitos empecilhos em coisas que são simples.

Ao lado do João Paulo, falo sobre minha infância e minhas pirações, como minha obsessão em escovar a dentadura da minha avó. De repente, fico sem saber se o tenho como amigo ou *crush*. Comparo como me comporto com ele e como agia quando estava com Fred. Quando revelaria tantas verdades sobre mim a meu ex ou a qualquer outro cara em que eu estivesse interessada? João Paulo é aquele tipo de pessoa com quem sou capaz de fazer piada sobre minha saga nos departamentos femininos à procura de um sutiã que caiba na minha pequena caixa torácica e se adapte a meus seios parcos. Eu falaria de todos os meus podres, contabilizaria minhas perdas e declararia minha falibilidade para ele. Mas também o beijaria. Muito. Aliás, estou sendo sutil com os beijos, já que meus pensamentos vão muito além.

— Você ficou ainda mais linda com o cabelo curto. Combina com seu rosto — elogia ele, turbinando ainda mais meus pensamentos. — Ficou com cara de mulher. Continua doce, mas está mais...

Ele ri e se cala.

— Mais o quê?

Insisto, mas ele não se rende à minha pressão e desconversa, me chamando para tomar uma água de coco. O sol já está baixo, e ele me diz para voltarmos. Por um segundo, acreditei que ele havia me levado à praia para me dar um beijo cinematográfico. Mas nem a brisa do mar balançando os coqueiros, as aves cortando o céu e o barulho das ondas estalando nos ouvidos convenceram João Paulo a fazer alguma coisa. Talvez sejamos só amigos mesmo. Ou talvez ele esteja indo com calma. Ou talvez, e pior ainda, ele tenha desistido. Será que perdi o interesse dele para sempre? Cadê minha Auxiliadora com uma volta ao passado quando a gente realmente precisa? Ai, como quero voltar à noite depois do show, quando ele me deixou em casa, e arriscar um beijo! Será que dava para voltar ainda mais no tempo e ir ao encontro dos dias em que ele gostava de mim e não escondia? Por que não aproveitei meus encontros com ele? Estive tão viciada em pouco amor que não soube reconhecer uma manifestação de bem-querer.

Quase não sorrio enquanto voltamos para minha casa. Fico me esforçando para não fazer conjecturas, procurando uma resposta para ele não ter me beijado. Por fim, penso que não será a última vez que vou vê-lo, que logo a semana volta ao normal e as ocupações do dia a dia desviam meu foco. Além do mais, mesmo reconhecendo que João Paulo tenha se tornado um cara interessante, sei a mulher que sou. Poderia até curtir uma saudade, dar uma lamentada, mas não deixaria meu coração cair de amores por quem não me quer. Não mais. Mesmo que ninguém queira mais ficar comigo, eu fico.

Assim que entramos no bairro, achei que ele fosse me deixar em casa, mas João Paulo segue para sua oficina, onde deixa o carro.

— Vamos dar um passeio a pé?

— Como se ainda não conhecêssemos tudo aqui... — brinco.

— Mas a gente pode se surpreender com aquilo que já conhece, não?

Sinto um arrepio na espinha. Parece que ele leu os meus pensamentos e descobriu o que começo a sentir por ele.

— Sim, afinal, tudo nesta vida muda — respondo.

Passamos pela rua da Caixa de Areia, brincando com os gatos, e, do nada, ele pega a minha mão e me faz virar numa ruela onde quase não passa gente. Depois subimos uma rua pra lá de íngreme e quase perco o fôlego.

— Tudo isso para me trazer na rua da árvore no meio? — pergunto, comentando sobre a rua que abriga uma mangueira no centro há muitos anos. Resolveram, então, fazer um gramado ao redor dela com alguns banquinhos. Assim, a rua tem duas mãos de direção e uma pequena pracinha no meio.

— Foi aqui que te conheci, lembra? Você veio aqui depois da aula com suas amigas, estava de cabelo preso e de uniforme.

— Nossa, como se lembra disso? Já tem uns oito anos, né?

— Eu curti você de cara — confessa ele. — Estava com um tanto de menina ao redor, mas... Sei lá, Mel, você tinha uma luz. Brilhou no meio daquele tanto de gente. Eu era só um moleque, mas fiquei meio fascinado, fui pra cima...

— E eu cedi às suas investidas pouco tempo depois... — Chego mais perto dele quando falo.

— Mas também já fugiu várias vezes. — Ele me desconcerta com sua sinceridade. — Depois entrou pra faculdade, e fomos ficando cada vez mais distantes.

— Eu era muito nova. E segui um sonho. — Tento encurtar o assunto.

— Ver você por aí me mostrou que eu não estava feliz com minha vida. Pensava que, se você estava conseguindo, eu também podia. Sem você saber, me fez ser um cara melhor.

Eu não podia acreditar no que ouvia. A declaração era melhor do que qualquer elogio.

— Eu estava doido para te dar um beijo lá na praia. E senti que você também queria isso — continua ele. — Mas seria fácil levar alguém para passear num lugar bonito e fazer um beijo acontecer. Eu quis te trazer aqui para te mostrar que até sob um céu cinzento de um bairro comum, você consegue me iluminar.

Eu me coloco à sua frente e passo a mão em seus ombros. Quero falar que também sinto uma luz sobre ele, mas acho melhor não interromper. Meu coração bate tão forte que tenho medo de que as palavras estraguem o momento. Viro meu corpo e minha boca facilmente acha o caminho até a dele.

♥ ♥ ♥

— Preciso ir... — digo, quase sem fôlego por estar com os lábios grudados nos de João Paulo.

— Eu também, amanhã acordo bem cedo e ainda nem organizei as coisas da semana. — Ele me responde ao mesmo tempo que aperta meu corpo contra si.

Minutos mais tarde, recomeçamos os diálogos, que cada vez mais ganham um tom de seriedade. Nós dois temos a semana puxada: ele trabalha o dia todo e estuda à noite, eu estudo de manhã, fico no estágio à tarde e uso meu tempo da noite para concluir minha monografia e partir para a escrita do meu projeto de mestrado. Por fim nos separamos, mas caminhamos juntos até a minha casa.

— Adorei sua visita surpresa... Volte mais — digo, assim que chegamos.

— Ah, não foi tão surpresa assim...

— Claro que foi! Já tem uns dias que não nos falamos, desde aquele show.

— Você me mandou uma mensagem ontem, Mel. Achei que... — Ele hesita. — Isso me encorajou a vir falar com você.

Mensagem? Eu? Não, não pode ser! Ah, mas pode ser, sim! Por isso o broquinhas! Ontem, no bar, as meninas e eu conversávamos sobre como sofríamos com nossa vida amorosa, menos a Madalena, que namora, então Anne nos chamou de broquinhas, como se nossas brocas fossem fraquinhas. A gente brindou, já tínhamos tomado umas, tomamos outras, abri uma janela de conversa no WhatsApp quando busquei a letra J... É, talvez eu tenha ficado demasiadamente corajosa. Não sei ao certo o que falei, então prefiro não comentar nada. A gente se beija mais um pouco e nos despedimos, desejando uma boa semana para o outro.

Corro até o quarto para pegar o celular e, antes de responder às mil mensagens de Luane, confiro nas conversas que ficaram lá embaixo e não dei atenção.

— Não acredito que escrevi essa baranguice! Mas funcionou... — Gargalho sozinha no quarto, comemorando como uma campeã no pódio antes de contar, claro, à Michele, à minha mãe, à Luane, às malvadas e às broquinhas o dia de hoje.

O octogésimo quinto dia depois do fora

Parece que apliquei doses cavalares de anestesia na minha boca, mas sei que são apenas o meu longitudinal superior, longitudinal inferior, transverso e o vertical — os quatro músculos da língua que fazem os movimentos de esticar, subir, descer, achatar e encurtar — dando sinais de que a atuação de ontem foi intensa. Durante a semana, João Paulo e eu nos falamos algumas vezes, e ontem à noite, sábado, nos encontramos. Fomos a uma espeteria bem legal que tem aqui perto. A gente se dá muito bem, não nos falta assunto, muito menos carinho e vontade de ficar junto. Contudo, uma ideiazinha que parece ser semeada pelas minhas mais tenebrosas inseguranças ronda meu campo mental: João Paulo, que sempre fora apaixonado por mim, agora não fala nada em ficarmos juntos, não faz planos, não me manda mensagem toda hora e, pasmem, tem dia que até sou eu que o procuro. Ele me responde e muito bem, mas não é como antes, quando ele arrastava um bonde por mim. Eu racionalizo e me conformo ao pensar que não somos mais adolescentes que só desejam ficar com alguém, que agora é diferente e temos a chance de construir uma relação madura. E outra, eu devo estar carente para querer namorar logo. Será que eu quero mesmo entrar em outra relação de cara, sem ter certeza do que sinto e do que a outra pessoa sente?

Tudo isso passa como uma equação na minha cabeça enquanto Michele está apoiada em mim, com seu grande rosto sobre o meu.

— Sabe que, olhando daqui de cima, dá para ver como somos mesmo parecidas? — comenta ela, enquanto desenha minha sobrancelha.

A mesma habilidade que faz de Michele uma excelente manicure, agora ela usa para arrasar também no design de sobrancelhas. Ela limpou a minha, depois pigmentou com hena, e agora tenho a impressão de que uma taturana se esconde em cima dos meus olhos. Mas, quando tirarmos toda a tinta da pele, vai ficar lindo! Pena que dura só alguns dias.

— A mamãe também vai querer que você faça a sobrancelha dela.

— Não posso demorar, ainda vou atender duas clientes em casa.

— Você está um arraso, hein? Oferecendo mais um serviço, com clientes fora do salão... — elogio.

Então, ela suspira. Michele não é do tipo que solta o ar dessa forma. Ela é otimista, esfuziante e cheia de energia quase o tempo todo. Quando ela faz isso, suspira, é porque realmente está cansada ou chateada com algo. Eu a conheço. Dividimos um útero.

— Não está feliz por isso?

— Não sei mais, Mel! Eu tenho que atender as minhas clientes na moita porque a dona do salão quer que eu leve todas para lá. Parece uma general com tanta ordem! Lá é um bom lugar para se trabalhar, paga direitinho, mas estou me cansando de trabalhar do jeito dos outros. Parece besteira, mas às vezes tenho vontade de ter algo meu. Até vi uns vídeos de empreendedorismo para mulheres na internet, acho que dou conta, sabe?

— Mi, isso é maravilhoso! Ter iniciativa de descobrir seu próprio caminho, pesquisar, se conhecer... — Eu a puxo para que ela se sente ao meu lado na cama. — Qual é a sua ideia?

— Ah, o ramo de estética é bem amplo. Eu gosto de fazer unhas, sejam as de verdade ou as de gel, gosto de fazer sobrancelha, penso em fazer um curso de micropigmentação... e outros procedimentos.

A Soraia, que faz as maquiagens lá do salão, também está louca para ter algo próprio. E *make* é um negócio que não tenho vontade de fazer.

— Pensa em abrir algo com ela?

— Na verdade, já pensei em ter um espaço só para manicure e pedicuro. Já viu como esses quiosques em shoppings ficam cheios? Mas são só ideias, ainda não estou pronta para escolher.

— Você não tem que resolver nada agora. Pode estudar e conhecer várias práticas.

Ela suspira de novo.

— Que foi, Mi, você está triste?

— Até que não. Mas é que você estava certa. A gente tem que achar nosso rumo na vida. Ter um trabalho que faça a gente acordar feliz, ter vontade de estudar, ter ideias... Tem muito mais coisa pra gente realizar na vida do que eu imaginava.

Passo a mão nas suas costas e desejo que ela encontre as respostas de que precisa. Quanto a mim, parece que acabo de achar a minha. Antes que a ansiedade me corroa e detone as chances de construir algo com João Paulo, devo focar nos sonhos que sempre me mantiveram em ação. A Melissa que me trouxe até aqui deve assumir a dianteira da minha vida novamente; afinal, o que não faltam são ideias e prazos.

O nonagésimo primeiro dia depois do fora

Como mal tenho tempo de conversar com minhas novas amigas, a gente se chama assim, combinei com as meninas da sala de passarmos o sábado na casa da Anne. Cheguei um pouco mais cedo para dar uma olhada na monografia dela, já que Anne parece fazer muita questão que eu leia seu trabalho. No momento, estou sentada a uma mesa finíssima, na beira de uma piscina, bebendo um suco divino, não sei bem do quê, e beliscando umas torradas com uns patês.

— Sua casa é incrível — elogio. — Num palácio desses, talvez eu morasse com meus pais para sempre. Ainda mais com um bebê desses. — Eu me refiro ao Golden Retriever amarelo, o Thor, que está sentado ao nosso lado. E a casa, meu Deus, parece ser daquelas que vemos em revistas de arquitetura e decoração. Tem um design clean, em tons de branco e com muitas estruturas de vidro. Há vários tapetes, lustres chiques e uma área de festa com churrasqueira e um bar com vários tipos de cerveja.

— Sentirei saudades do Thor, mas tenho vontade de me candidatar para o mestrado em São Paulo.

— Mesmo? Onde? Não dá para fazer sua pesquisa na nossa universidade?

— Bem, vamos lá! — Ela abre seu notebook e me mostra um documento do Word. — Eu citei você na minha monografia. Seu artigo me inspirou a pesquisar sobre o uso de células-tronco nas cirurgias de fissura facial. Depois disso, descobri um grupo de pesquisa dos hospitais Sírio-Libanês e Albert Einstein, em São Paulo, que está estudando o uso das células-tronco do dente de leite na recuperação do lábio leporino. E há até estudos de reprogramação celular de neurônios de pacientes com autismo — diz ela num fôlego só. — Escolhi esse tema para o meu TCC no ano passado. Estou amando!

— É uma temática incrível, Anne! Eu quero muito que me passe essa bibliografia depois. Vou ler seu trabalho com muito carinho, e para aprender também, claro. E que honra você ter me citado!

Começo a leitura e vamos debatendo alguns pontos. Eu quase não tenho ponderação alguma a fazer, a não ser sobre a estrutura do texto e a recomendação de explicação de algum dado ou conceito, o que tornaria a pesquisa mais didática e útil ao meio acadêmico. Ela fica feliz com as dicas, o que me faz crer que eu poderia ser uma boa professora. Sempre tive essa vontade, de um dia ensinar. Não seria audacioso demais a primeira pessoa da minha família a fazer um curso superior se tornar professora? Seria! Mas o interessante de chegar até aqui é descobrir que posso ir ainda mais longe; ser mestre, doutora e professora!

As meninas chegam juntas, já que vieram no mesmo carro, e logo o clima de estudo vai por água abaixo. Mas, também, quem não quer usufruir de uma piscina em um dia de sol e da companhia das amigas?

♥ ♥ ♥

O pai de Anne é filho de alemães e igualmente branco-rosado como ela. Ele, a mãe e os irmãos de Anne também passaram pela piscina para nos cumprimentar e dizer que ficássemos à vontade. Naquela altura, nós já estávamos dando mergulhos tipo bomba na piscina, tentando molhar quem estava do lado de fora se secando ou apenas tomando sol. Já estávamos bem à vontade.

— É meu último fim de semana livre antes de pegar firme no projeto do mestrado — falo. — Sei que parece coisa demais, mas vou arriscar este ano.

— É muito possível que você passe. Não vai ter dificuldade em redigir um projeto, já tem um bom relacionamento com os professores da casa e gosta de estudar. As matérias da prova não devem ser tão diferentes do que já viu — argumenta Anne.

— Que assim seja! — Jogo as mãos para o alto. — Vou tentar trabalhar na clínica onde estagio também, mas a vaga para um profissional vai depender de uma verba que estão pleiteando.

— Arruma pra gente também, amiga — pede Roberta.

— Eu adoraria! Na verdade, pelo edital, dá até para montar uma clínica de atendimento popular. Eu sempre pensei em algo assim no bairro onde moro, mas não sei se tenho condição de gerir algo desse porte.

— Me amarro nessas coisas, espero conseguir conciliar meu crescimento e meu sustento com um trabalho que impacte positivamente as pessoas — revela Madá, depois de uma golada no drink.

— É... Quem sabe no futuro a gente não abre uma clínica social? — arrisco.

O barulho da água se torna mais evidente diante do nosso silêncio.

— Vocês são tão fodas, conseguem tanta coisa, por que não fazem o que querem agora? Estão esperando o quê? — pergunta Roberta, sem mover o bumbum do lugar, visto que ela quer uma marquinha de biquíni.

— Você também é foda, amiga, não vem empurrar só pra gente! — retruco.

— Mas eu sou do tipo que só executo. Me dê uma lista e eu cumpro tudo muito bem. Mas sei que vou trabalhar em clínicas de colegas, não tenho a menor vontade de ter algo meu, não quero esse trabalho. Abram essa clínica que eu vou lá atender, mesmo que não seja para ganhar tanto. Vou por acreditar no ideal, por comprometimento social, porque estudei numa universidade pública e quero dar um retorno à sociedade com meu trabalho...

— Quem dera se todos pensassem assim — comenta Anne. — Estamos todos no mesmo barco, no mesmo planeta, e todo mundo só pensa em ganhar o seu.

— Então, eu ofereço o que sei fazer. Ajudarei como posso — continua Roberta.

— Posso mandar o edital para vocês, o prazo está acabando. E no próximo fim de semana tenho que ir ao congresso apresentar meu trabalho. Não conseguirei escrever tudo sozinha.

Em minutos, articulamos uma divisão de tarefas. Todas iríamos ler o edital e ver se era aplicável aos nossos ideais. Se concordássemos, Anne, Madá e eu iríamos partir para a redação. A Roberta faria a revisão.

Não precisou de purpurina, mas sei que, de um despretensioso momento de lazer, saiu mais uma lição. Sozinha, eu não daria conta nem teria coragem o suficiente de empreender algo. Mais uma vez, valeu a pena sair do isolamento e partilhar um sonho. Juntas vamos mais longe do que sozinhas.

— Quero achar logo meu lugar, ter certeza do que quero, assim como vocês — confessa Anne, e eu acho tão bonito vê-la se abrir.

— Amiga, vamos todas patinando! A vida não dá garantia de nada, vamos fazendo nosso melhor de acordo com a situação. Se amanhã não for isso, eu mudo o plano e recomeço — diz Madá. — Eu preciso muito me estabelecer e ter renda para sair de casa. Minha namorada e eu estamos juntas há um tempo, nos damos muito bem, queremos ficar juntas. A gente quer mais liberdade, com nossas famílias não temos isso.

— Sinto muito, espero que a formatura te proporcione essa carta de alforria — diz Roberta. — Para mim, será uma prova de que consigo terminar algo e viver por minha conta. Meu pai e meu irmão sempre me chamaram de folgada, encostada, falavam que eu largaria o curso na primeira bronca de professor ou na primeira gota de sangue. Não vejo a hora de sair da aba do meu pai, ter minha grana, parar de dar satisfação... — revela. — Eles vão pedir para fazer limpeza comigo e eu farei, mas cobrando porque sou uma profissional que se valoriza.

— É a minha dentista! — Dou um tapinha no bumbum da Roberta e ergo nossos copos. — Às dentistas que se valorizam.

A gente brinda e prevê a melhor sorte para cada uma de nós.

Internamente, não consigo deixar de pensar como as pessoas quase nunca são o que aparentam. Talvez muitos tenham se enganado com a imagem que eu passo, assim como eu não faço ideia da luta interior dos outros. Pouco importa o quanto a vida foi fácil para você. A confiança em si mesma é feita nas superações sem plateia, nos choros de resistência e no caminhar diante das dúvidas. A matéria-prima da autoestima é interna.

O centésimo sexto dia depois do fora

Estou isolada na laje da minha casa, sentada no chão com as costas apoiadas na parede e o notebook no colo, terminando o projeto de pesquisa que entregarei na minha inscrição do mestrado, cujo prazo termina amanhã, segunda-feira. O barulho da minha casa e a falta de privacidade do meu quarto me tiram do sério, e, para evitar mais berros, subi com as minhas coisas. Aparentemente, o projeto está pronto, depois de um chorinho e de minutos de autodepreciação intelectual. Respiro fundo e digo a mim mesma que tudo o que podia fazer eu fiz. Salvo o arquivo na memória do computador e no pen--drive, e juro a mim mesma que, amanhã, com a cabeça fresca, dou a última revisada e faço a inscrição.

Cansada, volto para o quarto e me deito um pouco. Respondo uma mensagem de João Paulo, que me liga numa chamada de vídeo. Neste fim de semana, ele viajou para a casa da avó, que comemora 80 anos. Como na outra semana fui eu que viajei para participar do congresso, estamos sem sair há duas semanas. Dias atrás, ele passou aqui rapidamente depois da aula, só para nos vermos um pouco. Mas já eram onze da noite, e seu semblante exaurido me cortou o coração. Qualquer pessoa precisa estar descansada para estudar; quem precisa trabalhar o dia todo não está em pé de igualdade com quem se dedica apenas aos estudos. Sem falar que ele precisa acordar bem-disposto para atender os clientes, gerenciar a oficina e a loja, coordenar os funcionários... Não posso exigir tanta presença física do João Paulo, assim como ele sabe que eu preciso focar no último semestre da minha faculdade.

A gente conversa amenidades, ele come um pedaço do bolo de aniversário na frente da tela do celular para me fazer vontade, e rimos das bobagens que falamos. Parecemos um casal, mas sei que ainda não somos. Na verdade, eu esperava que nossa relação fluísse com mais facilidade. Mas parece que temos outras prioridades que não a gente. Então coloco o pé no freio por sentir que ele faz o mesmo.

Mando uma mensagem à Luane assim que desligo a chamada com João Paulo, perguntando se ela quer fazer algo mais tarde. Eu me sinto semimorta pelo desgaste mental dos últimos dias, e também pelo esforço emocional em não partir para o controle. Às vezes, bate uma vontade de ficar em cima do João, querendo saber o que ele tem feito, se está me enganando ou se está enrabichado por outra pessoa. Chego até a querer ter notícias do Fred, mas evito, com toda força que tenho, entrar em suas redes sociais. Não me fará nada bem dar de cara com fotos dele com uma nova namorada estampadas em seu mural. Até hoje me pergunto se ele terminou nosso namoro para ficar com outra pessoa. Não acredito que ele teria cedido a alguma investida estando comigo.

Eu me levanto da cama e vou para a cozinha fazer uma panela de brigadeiro, que planejo devorar ainda morno, com uma colher e sem censura. Mexo, mexo, mexo até o ponto em que desligo o fogo. A essa altura, já combinei com Luane de recebê-la na minha casa. Em minutos, ela aparece no meu portão sem o seu costumeiro salto alto, sem as pulseiras e trajando roupas bem simples.

— O que te aconteceu?

— Nada, só estou mais à vontade hoje.

— Fala, Luane!

— Está tudo pronto. O apartamento está pronto para morar, a geladeira chegou ontem, a cama chega amanhã e já temos os móveis de que precisamos... Só falta eu me mudar.

— E por que está falando isso como se fosse algo difícil?

— Não sei. Isso é o que sempre sonhei.

— Talvez a gente tenha aprendido apenas a sonhar. Aí quando o sonho acontece, a gente se assusta.

— O que eu faço agora?

— Aprende uma coisa nova! Aprende que sonhos são para ser vividos! Chegou o dia de viver com o homem que você ama, de sair da casa dos seus pais, de formar a sua família. Olha o quanto você conquistou emocional e financeiramente!

— Ai, amiga, eu não sei o que faria sem você por perto! Graças a Deus você voltou para a minha vida. — Ela me abraça. — Já estava me perguntando o que fazer da vida agora.

— Ah, daqui a pouco você vai querer abrir a sua loja, ir para um apartamento maior, comprar um carro... Eu te conheço.

— E você não sabe! Ramon quer casar no civil. Vamos dar entrada nos papeis amanhã. Quer ser a testemunha?

— Mas é claro que quero! Ainda faço os bombons!

— Então vamos acabar fazendo um almoço para as famílias. Tá vendo? Eu dei uma assustada, Mel, o negócio cresceu, vou ter que olhar um vestido branco agora, não de noiva, mas ao mesmo tempo de noiva, entende? Amiga, eu sou louca pelo Ramon, mas ter que fazer declaração de amor antes do brinde na frente dos meus pais e dos pais dele vai me matar de vergonha. Eu não preciso pregar aos quatro ventos o que sinto por ele. Sem falar que não aguento mais as pessoas me perguntando quando terei filho. Eu não quero saber de criança nos próximos 10 anos! Eu ainda nem levei minha criança interior à Disney, como posso cuidar de outra? Amiga, nem ao Beto Carrero eu fui, para que eu vou engravidar agora? E meu carro, e minha primeira viagem para o exterior, e a loja que eu quero montar, e as filiais? Ainda bem que Ramon e eu concordamos nesse assunto, por isso aceleramos a saída das nossas casas, não aguentamos a interferência da família.

— Sair de casa também é um sonho para mim, veja só quantas pessoas moram aqui. Hoje eu precisei terminar meu projeto sentada no chão da laje. Mas aprendi a aceitar minha realidade até ter condições de mudá-la; não me acomodar, mas não ser revoltada como eu era. Porque a minha apatia e isolamento eram uma forma de raiva.

— Amiga, você tá tão madura!

— Olha quem fala, a adulta que vai se casar!

— Mas eu preciso te pedir uma coisa. — Ela junta as mãos como quem faz uma prece. — Vou cuidar das coisas do casamento e da minha casa nova, você está olhando a sua formatura e o mestrado, tem o lance com o JP, mas vamos passar essa tarde comendo besteira e vendo filmes, como a gente fazia quando saía da aula e passava a tarde de bobeira?

— O brigadeiro já tá pronto. A gente pega um refri geladaço ali no bar do Balduíno e estoura a pipoca.

— Ai, ótimo! Por favor, diz que quer ver *As branquelas*!

— Tá, mas se der tempo a gente assiste a *Como perder um homem em 10 dias*!

— Lembra quando a gente via *De repente 30* quase toda semana? Até aprendemos a dançar "Thriller", do Michael Jackson.

Pulamos como meninas na cozinha antes de eu calçar os chinelos para ir buscar o refri. Também combinamos de pegar canudinhos e baldes de pipoca estilizados na casa da Luane, que ela vende, claro, mas serão cedidos ao nosso momento "não nos encham o saco e nos deixem fazer o que quisermos".

O centésimo vigésimo oitavo dia depois do fora

São apenas dois artigos em inglês e três em português, além da arguição oral. Dá para estudar tudo com calma, se eu não criar paranoias nem me achar indigna dessa vaga — só preciso de uma mesmo, embora haja apenas três para a área que desejo. O importante é que meu projeto foi aceito, já conversei com o professor que me orientou na iniciação científica e, se for aprovada nas demais etapas, vai ser meu orientador no mestrado.

A parte que tira minha cabeça dos trilhos é a grana. Além de ter pago a taxa de inscrição, os detalhes da formatura e as contas do dia a dia, estou mais sociável. Tenho mais amigos agora, faço questão de almoçar com o pessoal da sala ou com o pessoal da clínica, saio à noite e vou a aniversários, coisas que não aconteciam antes. Isso demanda dinheiro, além da grana que gasto para estar mais bem arrumada. Minha poupança se esvai como água, mas eu não quero reclamar, já que minha qualidade de vida é outra. Amigos melhoram a vida e a autoestima, sim. Eu só quero mais dinheiro. Com meu volume de trabalho e estudo, o tempo e o trabalho que tenho com os doces não compensam o lucro. O jeito é segurar a onda como posso, e torcer para me formar e arrumar logo um emprego.

— Oi, amiga — respondo um pouco sem paciência ao telefone, mas sem querer ser grossa com Madá, que me liga num momento em que penso em dinheiro, ou melhor, na falta dele, e nos estudos.

— Já viu o resultado do edital?

— Nada, estou correndo como louca, vou começar a atender na clínica daqui a pouco.

— Passamos! Broquinha, nós passamos! Estamos na segunda etapa!

— Nossa Senhora da coroa do dente, deu certo? Você está falando sério?

— Sim! Só tem um porém.

— Nada nunca é perfeito, diga lá.

— A multinacional que dará o fomento quer aparecer, claro. Então a segunda parte é fazer um vídeo de um minuto e meio dizendo por que nosso projeto deve ser aprovado. Os mais votados ganharão.

— Puta merda! Mas, depois de tanto trabalho, jogar isso para a popularidade na internet é muito desonesto! É permitir que os mais ricos, os mais conhecidos, os com mais grana para divulgação e os mais enturmadinhos consigam a verba. É muita panela!

— Eu sei, mana, mundo cruel. Mas, se conseguirmos, a grana vem integralmente, dá para pagar o aluguel e montar três consultórios, como planejamos. Ainda podemos captar mais depois; a Anne até sugeriu a empresa do pai dela. Há vários lugares que podemos tentar... Só precisamos começar.

— Como fazer um vídeo de grande alcance? Eu não tenho ideia! Nem seguidor para isso eu tenho...

— Nem eu! Mas olha, minha namorada pode ajudar no roteiro, na gravação... Ela manja um pouco mais.

— Tá, eu vou pensar nisso. Você pode, por favor, colocar no grupo? Vou atender agora, tô com a cabeça meio cheia.

Desligo o telefone com vontade de chorar. Há muitos dias me sinto esgotada e, quando me deito para dormir, penso no quanto ainda falta estudar, na revisão da monografia que volta da orientadora, nos pacientes que me esperam no dia seguinte, nas contas a pagar e no dinheiro que não entra e no quanto estou me envolvendo com João

Paulo sem saber o que ele sente. Talvez seja hora de ter uma conversa com ele; ao mesmo tempo eu gostaria de deixar rolar, de deixar as coisas acontecerem naturalmente... Mas, se isso começar a ser custo-so para mim, como já está acontecendo, será melhor encerrar essa história e cuidar da minha vida. Um fora machuca muito, o que dirá dois seguidos, ainda mais se eu me apaixonar por ele.

Agora tem esse edital! Ficamos uma semana para escrever um projeto redondinho, coletando dados para fundamentá-lo. Era me-recido que fosse aprovado! Agora reduzem todo o material para votação! Quem tem mais amigos em rede social vai ganhar, lógico! Ah, vá se ferrar! Aposto que tem algum esquema nisso! Pensando bem, talvez não seja a hora de eu me comprometer a fazer algo na minha região. Pode ser um caminho melhor eu trabalhar em outras clínicas, aprender, terminar meu mestrado e depois retomar essa ideia. Preciso pensar em mim primeiro. Acho que vou pontuar isso com as meninas.

Faço a minha higienização, visto meu jaleco e sigo para meu consultório.

— Surpresa!

— O que vocês estão fazendo aqui? — pergunto totalmente perplexa por ver Michele, minha mãe e até o meu pai na minha pequena sala.

— O Jorge deixou a gente entrar junto! Bem que você falou que ele é um gato...

— Shiii... Não dá esparro, eu trabalho aqui! — vocifero entre den-tes. — Pai, até o senhor veio! — Mudo de assunto e recebo meu pai.

— Preciso estar com os dentes bonitos para a formatura da mi-nha filha!

— Ah, pai... — Eu o abraço. — Que saudade eu tenho do tempo em que ficava mais em casa. Hoje a gente só se vê correndo.

— Então agora vai cuidar da minha boca. Consegui ajeitar os horários. Tem muito tempo que não faço uma limpeza, aí aproveitei que sua mãe e sua irmã viriam tentar o tratamento aqui... e entrei nessa também!

— Seu chefe é um amor, deu um jeitinho de encaixar a gente junto — explica minha mãe.

— Mas vocês nem me avisaram que viriam aqui! — reclamo.

— Você não deixaria. Ou então iria marcar pra gente vir separado, qual seria a graça? — rebate Michele.

— Tá bom, vamos começar isso logo. Primeiro o pai; vocês duas podem me esperar lá fora.

— De jeito nenhum! Eu peguei dois ônibus para ver minha filha trabalhar. Eu a vi crescendo, falando que era amiga da fada do dente! Quantas vezes eu fui dormir e ela ficou acordada na sala estudando. Agora eu chego aqui e ela está toda de branco, tratando o dente das pessoas, fazendo o bem... — A voz de dona Glenda começa a engasgar e as lágrimas descem. — Quem diria, Raimundo, que a gente teria uma filha doutora? Eu vou ficar aqui para ver tudo.

Calma, Melissa, calma. São só seus pais sendo corujas. No lugar deles, talvez você fizesse a mesma coisa. E, no fundo, é bom saber que alguém testemunhou minha trajetória e sabe que minha alegria é legítima. Acolho minha mãe e a acalmo, dizendo que ali é só um estágio, que ainda falta um pouco para eu me formar e que só é doutor quem tem doutorado.

— Vou pedir os raios x de vocês, para saber se estão com cárie e ver como estão as raízes dos dentes. A gente tira aqui mesmo. Enquanto isso, vou colocar duas cadeiras no cantinho para ficarem aqui. Mas terão que ficar caladas! Tem atendimento aqui ao lado.

Elas balançam a cabeça, e eu tiro o bloquinho de pedidos da radiografia. Nossa tarde será longa.

♥ ♥ ♥

— Trinta minutos sem comer nada. E evitem açúcar, ouviu Michele?

— Sim, senhora general! — retruca ela. — Acabou com minha boca, agora me dá ordens.

— Quer acabar com o efeito do flúor? E quem mandou não fazer limpeza com regularidade, estava cheia de tártaro!

Meus pais também estão com a boca doendo, mas são só elogios para mim. Disseram que vão indicar a clínica para todos os amigos lá da rua da Colônia.

— Se tivesse um serviço bom assim e acessível lá na nossa região... — comenta meu pai. — Você sabe, Glenda, se tem algo assim?

— Ah, nunca ouvi falar! Se tivesse, eu saberia. Só aqui na universidade mesmo. Seria bom se espalhasse pelos bairros, né?

Embora meu corpo esteja exausto, uma fagulha se acende em meu coração. E é só dele que eu preciso para tomar as decisões certas.

O centésimo trigésimo terceiro dia depois do fora

Promover *o acesso a serviços odontológicos de qualidade à população...*

— Ai, está péssimo! Falo como um robô! — Eu saio de perto do notebook. Estamos eu, Anne e Madá na sala da minha casa, assistindo às imagens que fizemos. — Não temos outra forma de fazer isso?

— Se a gente tivesse grana para contratar uma produtora... — sugere Anne.

— Se eu tivesse grana, não pedia nada a um edital. Acha que preciso gravar de novo?

— Já gravamos cem vezes, Mel, relaxa... — responde Madá. — Agora é editar e mandar ver. Estamos fazendo o que podemos.

— É, você está certa. Aliás, obrigada por terem vindo até aqui conhecer a região onde vamos atuar, se tudo der certo. Anne, obrigada por ceder a câmera. Madá obrigada pela força e agradeça à sua namorada a ajuda na edição.

Como não tenho muito mais o que fazer, relaxo e peço que a Auxiliadora dê uma ajudinha. Não custa pedir, né? Passamos a manhã de sábado andando pelo bairro atrás de uma luz e de um visual legal para gravarmos. Como Anne não quis aparecer de jeito algum, Madá e eu nos revezamos nas falas. Ela manda muito bem nessas coisas, é muito desenvolta diante da câmera e age com muita segurança. Eu me perdia, tinha que refazer a fala e ficava com vergonha de quem estava passando. Como nenhuma das duas quis ficar para o almoço, minha mãe serviu a quiche de alho-poró que ela fez ontem, que acabou rapidamente. Elas bateram um superpapo, e dona Glenda até comentou sobre marcar um churrasco da galera da sala no terraço da nossa casa; na verdade, uma laje, mas uma laje maravilhosa!

A gente se despede, e Madá fica de mandar o vídeo editado até amanhã. É tudo que damos conta de fazer.

♥ ♥ ♥

Luane e Ramon fazem hoje o chá de panela. Como o casamento será algo bem reservado, eles quiseram fazer uma festa, reunindo os amigos na casa da sogra, que tem bom espaço no alpendre. O pessoal da minha casa todo foi, assim como vários amigos e... João Paulo. A gente fica de mãozinha dada na festa, dá uns beijinhos de leve, nada que meus pais — e a rua da Colônia — já não soubessem.

— Tá namorando, Mel? — Dona Rita vem puxando assunto.

— A gente ainda está no processo... Mas, me conta, e o Tonico?

— Ué, o que tem ele?

— Ele não tira os olhos de você, nunca reparou?

— Que é isso, menina!

Ela fala qualquer coisa e sai de perto. Eu consegui me livrar dela e ainda mandei o meu recado, visto que não sei qual dia do looping valeu. Aliás, é uma boa pergunta para se fazer à Auxiliadora! Aliás, por onde anda Cici?

— Atenção, atenção! Quero um minuto da atenção de vocês... — A mãe de Ramon baixa o som e berra no meio da festa.

Ah, não! Não é possível que vai acontecer o que Luane previa! Ela e Ramon ficam ao centro enquanto os pais de ambos se aproximam, e a sogra, muito bem-vestida e muito falante, fala da alegria do momento. Ela pede a ajuda de todos para fazer uma oração. Até aqui, tudo corre bem. Depois a festa voltará ao normal, Luane não ficará nervosa e eu não terei que entrar em ação. João Paulo se aproxima e nos damos as mãos. Podia ser a gente juntando as escovas de dentes, né?, gatinho, mas você não colabora. Ok, ok, vamos tirar isso da cabeça, a gente não tem a menor intimidade para isso e... Nem dormimos juntos ainda. Nem quando mais novos nem agora. Como seria ficar com você, João Paulo? Pegar de jeito o seu corpo e te descobrir? Ele me faz um carinho, como se lesse os meus pensamentos. Tão perto e tão distante.

— Você tá nervosa?

— Um pouco... — Tenho vontade de dizer que estou com algumas vontades, porém não acho adequado confessar certos desejos numa festa onde estão os meus pais e no meio de uma prece. — É que Luane tem sérios problemas com esses momentos. Ela acha cafona, morre de vergonha. E a sogra dela interfere demais — falo bem baixinho.

— Isso a rua inteira sabe. Se ela pudesse, se vestiria de noiva com Luane.

Tapo minha boca para esconder a risada. A definição de João Paulo é perfeita.

— Luane disse que eu devo fazer qualquer coisa, mas qualquer coisa *mesmo,* caso ela seja forçada a falar algo.

— A sogrona não vai deixar ninguém falar, pode relaxar.

A oração, que foi muito bonita, acaba. Mas a mãe do noivo, não.

— É uma noite especial, onde abrimos nossa casa para receber os familiares, os amigos, os vizinhos... Agradecemos a presença de todos que fazem parte da nossa vida, da caminhada do Ramon e da Luane. Nós queríamos que houvesse uma celebração maior, religiosa, mas não foi o desejo do casal, por isso estamos fazendo esse momento para a apreciação daqueles que são tão caros para a gente.

— Eita, a Luane vai soltar fogo pelas ventas — cochicho. — Vou ter que acabar com isso se ela continuar.

— Mas a gente quer a alegria dos filhos — continua ela. — A Luane, agora minha filha querida, sempre fez meu Ramon feliz. Nós a recebemos como membro dessa família. Até sugerimos que construíssem uma casa em cima da nossa, com todo nosso apoio, para morarmos todos juntos, como a grande família que somos. Mas optaram por um outro caminho, e também seremos família lá no apartamento onde eles vão morar. Distantes, mas seremos.

— Olha, eu vou fingir que estou bêbada. Isso não pode continuar.

— Vão falar que você arruinou a festa da sua amiga.

— É. Então eu vou passar mal e desmaiar. Me segura.

— Não! Vai assustar seus pais de verdade, eles estão aqui!

— Cacete, JP! Preciso fazer algo agora! Olha lá! Ela vai ter um colapso igual teve na oitava série, na apresentação do trabalho de história, quando começou a comer cabelo de nervoso, engasgou, vomitou, teve falta de ar e queda de pressão. Foi sério!

— Já vai acabar, vai acabar.

— Desejo que sejam muito felizes — emenda a sogra. — Que encham essa casa de netos! — As pessoas ovacionam. — Eu dou a minha bênção para que Luane tenha vários filhos e os tenha logo! Que pegue barriga rápido.

— Olha... Vamos voltar com a ideia do desmaio, depois você se levanta logo. Ela começou a comer o cabelo — avisa João Paulo, num tom bem sério. — Ela tá até retorcendo a mão.

O que eu posso fazer que não vá me complicar tanto? Será que se eu começar um pequeno incêndio na cozinha, ele poderá ser controlado? Tenho que me concentrar nisso: no que poderá ser facilmente contido depois.

— Agora quero passar a palavra aos noivos. Vamos ver o que essa noiva linda tem a dizer...

É o suficiente. Não preciso ouvir mais nada. Corro até o quintal da casa com uma coragem que até então desconhecia e abro a grade do pequeno canil que abriga três cães da raça labrador. Num estalo, lembro que Luane me contou que os cachorros são muito dóceis, mas bagunceiros e ávidos por comida. Certamente, eles fariam bagunça o suficiente para acabar com aquilo sem machucar ninguém. Os três saem como foguetes, e em segundos ouço gritos e barulho de gente correndo. Fujo da cena do crime e me tranco no banheiro. Para todos os efeitos, tive uma dor de barriga daquelas e não vi absolutamente nada.

♥ ♥ ♥

— Eu não sei como não pensei nisso antes.

— Ah, ainda bem que não, foi legal ver a Luane comer cabelo — diz João Paulo, aos risos.

— Para! Não fala assim da minha amiga! Ela ficou nervosa de verdade.

— Cara, eu imagino. Foi terrível. Eu penso que deve ser muito pior para o Ramon que sabe que a mãe é chata e mandona, mas é mãe dele. Esses lances de família são foda.

— Nem me fale! Mas me conta, os cachorros mandaram bem?

— Parece que foram ensaiados! Eles apontaram, e a galera já foi gritando, a atenção saiu toda da cena. Fora que o labrador caramelo colocou as patas na mesa do bolo e dos docinhos. Foi preciso juntar umas três pessoas para tirar o doguinho de lá! — Ele solta uma gargalhada. — Eu não comi docinho nenhum com medo de ter baba de cachorro.

— Passa lá em casa depois que faço para você... Se lembra dos doces que eu fazia?

— Eu comprava só para te ver, como não vou me lembrar?

— Ainda compraria... Só pra me ver?

— Precisaria disso?

— Não. Eu apenas quero saber o que sente por mim, o que faria por nós. Mas vou entender se não quiser falar.

— Engraçado você perguntar isso. Era sempre eu a falar de sentimentos e você escorregava. Fugia... Aí a gente vai ficando vacinado.

— Mas agora é diferente! Não acha? Nós éramos muito novos!

— Erámos, mas eu sempre soube o que eu sentia. Você que não sabia. Ou não sentia nada mesmo.

Sinto-me profundamente desconcertada. Primeiramente, pela sinceridade dele; depois, por não saber o que responder. Eu realmente não sentia nada por ele que se compare ao que sinto agora, mas justamente porque não sabia nada, nada sobre sentimentos, sobre mim, sobre o amor e sobre a vida. Será que posso me abrir tanto assim com ele? Por que a intimidade me incomoda tanto?

— Não pode aceitar isso que está começando? Está ruim pra você?

— Não, Mel, não tá ruim, pelo contrário. Mas eu nunca sei o quanto posso confiar, quando você vai dar para trás de novo. Não vou mergulhar com alguém que parece ter medo de ir fundo, alguém que quer ficar na margem.

— Eu não sou assim!

— Não? Então por que perguntou sobre o que eu sinto, e não chegou rasgando o peito e dizendo o que sente? Vai sempre comendo pelas beiradas, tateando, para ver se dá pé e se se acostuma com a temperatura da água.

Permaneço muda e parada diante do tanto que sou surpreendida pela inteligência e maturidade de João Paulo.

— Mel, amor não é raciocínio, não é um esforço de ficar horas estudando, não tem a lógica de dar duro e ter sua recompensa, como tudo que fez até aqui e é bem louvável. Você é linda, excelente pessoa, uma ótima companhia e totalmente admirável. Seria ótimo ter você como companheira, mas não antes de te ver sentir, de te ver... apenas amando. Não sei se serei eu o cara a ver você assim. Adoraria que fosse, mas...

— Eu... Nossa, João Paulo...

— Só faça o que estiver realmente sentindo. Enquanto isso, a gente vai levando. Até quando estiver legal pra gente. Pode ser que eu conheça alguém ou que você conheça outra pessoa. Um dia de cada vez. E se você quiser dar um passo adiante nisso, aja. Acha que é só postar frase da Chimamanda e ficar quieta, esperando os caras?

— Ah! Você conhece a Chimamanda?

— Eu faço parte de um clube do livro, menina, me respeita! Eu li *Hibisco roxo*. E eu vejo suas postagens. E as meninas lá do clube do livro são loucas por ela.

— Eu também sou fã dela! Eu adoro esse livro, mas meu favorito é *Americanah*!

— Então aproveita para pensar se essa postura sua é convenção social ou medo. Ou se é falta de sentimento mesmo. Porque se for isso, você me libera, Mel. Pra sempre.

— Estou impressionada com a sua maturidade.

— Não sei se isso é ser maduro. Sei a pessoa que eu sou, o companheiro que posso ser. Por mais que doa em mim, acho que quem perde mais é o outro lado por não perceber isso. Eu só sei de mim.

Obrigada, Universo, pela aula de autoestima. Se era isso que eu precisava, acabei de receber. Sem rodeios, uma pessoa falou do que sentia sem desespero, carência ou se envaidecer. Ele simplesmente foi ele mesmo e soube do seu valor.

Eu poderia agarrá-lo agora mesmo, mas perdi o rumo. E como tenho muita consideração por ele, não irei arrastá-lo para essa história se não estou confiante do que sinto.

Permanecemos juntos por mais um tempo, e depois vamos embora. Uma chuva fininha, porém ininterrupta, cai durante todo o tempo que estamos conversando até quando ele me deixa em casa.

— Pode me avisar quando chegar em casa? — Assim que pergunto, o barulho da chuva no para-brisa se intensifica.

— Claro, aviso.

Despedimo-nos e desço rapidamente na tentativa inútil de cruzar a chuva sem me molhar.

O centésimo trigésimo quarto dia depois do fora

A conversa com João Paulo não sai da minha cabeça. Eu liguei para ele hoje, para saber se está bem — e se nós estamos bem — e tudo indica que sim. Ele continua fofo como sempre e bem tranquilo. Sei que não posso ficar nesse chove não molha para sempre, mas também não preciso resolver nada hoje.

Luane, claro, está aqui na minha casa para conversarmos sobre ontem e rirmos pela décima vez dos cachorros invadindo a festa. Eu a fiz jurar que ela não contaria nem ao Ramon que fui eu que abri o portão.

— Vi que era grave quando você colocou o primeiro chumaço de cabelo na boca.

— Eu já estava tendo ânsia de vômito! Sério, Mel! Ainda bem que você agiu, não aguentava mais!

— Amiga, eu pensei em colocar fogo em um pano de prato na cozinha. Mas fiquei com medo de incendiar a casa. Pensei em várias coisas, mas o João Paulo me segurou.

— Vocês estavam bem bonitinhos. Não quero interferir, ainda mais depois da conversa de ontem, mas torço por vocês dois.

— Eu também, mas... Ainda não estou segura. Podemos falar sobre isso depois, eu tenho que fazer uma prova e passar por uma arguição, por uma defesa e ainda tem essa porcaria de vídeo. Amiga, você me imagina fazendo campanha em Facebook, pedindo *like* e compartilhamento?

— Não. Mas se é o que a vida pede...

Horas mais tarde, a Madá me manda o vídeo. Não ficou ruim, aliás, ficou bem legal. Simples, mas feliz e direto. Somos duas pessoas explicando o projeto. É isso e pronto.

Todas aprovamos e postamos numa página que criamos para o projeto *Sorri pra mim*. Subimos o vídeo e compartilhamos com todos da nossa rede. Pedimos ajuda ao pessoal da sala, aos parentes, amigos... Se todo mundo ajudar um pouco, vai! Fico confiante e sinto que vou chegar lá!

O centésimo trigésimo quinto dia depois do fora

P arece que um trem me acertou e, na volta, passou por cima de mim de novo. Eu passei meu domingo divulgando o vídeo, assim como as meninas, e, hoje, terça, não passamos de 400 *likes* e 20 compartilhamentos. Dei uma pesquisada pela *hashtag* do edital em outros trabalhos que também concorrem ao fomento, e há vídeos muito bem produzidos que somam 500 compartilhamentos e 8 mil visualizações. É um sonho que se esvai.

Volto para minha casa me perguntando onde errei. Esse sonho não era só meu, ele cresceu e se tornou também das minhas amigas, era para uma comunidade! Era para as pessoas sorrirem, não só com dentes bonitos, mas por terem acesso a bons tratamentos, por se sentirem inseridas socialmente, era para elas estarem felizes por serem cuidadas.

— Tenho certeza do que vi: luz onde havia amor. Então há luz e há amor. Nisso eu acredito. E eu peço que, se houver uma chance, que ela aconteça porque eu já não consigo mais — rezo sozinha, antes de entrar em casa.

Jogo minhas coisas na cama, tomo um banho e vou comer alguma coisa. Na sala estão Emily Evelyna e Esther Elizabeth com suas escovas de dentes se exibindo para mim.

— Olha, Mel. Olha aqui — repete a Esther.

A amargura do meu coração derrete, e eu me abaixo para abraçá-las. Minhas pequenas já sabem a importância da escovação e fazem isso com alegria, como deve ser!

— Papai fez vídeo. A Mel também aparece, né?

— A Mel também aparece em um, que bom que seu pai está me ajudando.

Então, Josué Felipe chega perto de mim e coloca o celular na minha cara.

— Suas fãs te prestigiando.

— Que é isso?

— Eu mostrei seu vídeo a elas hoje à tarde. Elas ficaram loucas com a tia Mel na tela. Aí fiz esse vídeo para te mostrar como elas ficaram.

Dou play.

Na imagem estão as duas sentadas na laje vendo meu vídeo no notebook. Elas ficam eufóricas quando eu apareço e gritam "Mel, olha a Mel". O pai pergunta "o que a tia Mel faz?" Elas respondem algo do tipo "ajuda a escovar os dentes", "o dente tem que ficar limpinho". Para arrematar, Josué pergunta a Emily, a mais velha, "filha, o que você vai fazer quando crescer?" E ela diz "faculdade, igual a tia Mel". Esther, a mais nova, berra depois disso "olha, a Mel tá brilhando". E a farra das duas recomeça.

As lágrimas que caem limpam minha cegueira. Gastei dias redigindo a justificativa do projeto enquanto ela estava bem aqui. Fui movida pelo desejo de que pessoas iguais à minha família tivessem acesso às coisas boas. E na esperança de que minhas priminhas-sobrinhas saibam que elas podem ocupar o espaço que quiserem, que não há limite algum, que não há dificuldade que não possa ser superada.

Agradeço ao Josué, peço o vídeo e o encaminho às meninas pedindo autorização para mudar nossa estratégia: publicar esse vídeo e deixar o link para quem quiser apoiar nosso projeto — e incentivar mais meninas a cuidarem dos dentes e irem à universidade. Todas aceitaram e postamos o vídeo das meninas. No meu coração, eu sabia que era aquilo. Era a veia, era o cerne, era o começo, era a raiz do meu sonho; com ou sem edital, não teria como dar errado. Alguma semente germinaria.

O centésimo trigésimo nono dia depois do fora

Entre citações e normas da ABNT, abaixo a tela do notebook e me jogo na cama. Devem ter se passado umas três horas desde que me sentei para dar a última lida na monografia, antes de protocolá-la na coordenação do curso, já que a data da defesa está marcada, e eu ainda preciso confeccionar os slides da apresentação. Nesta semana, faço a prova do mestrado para saber se sigo para a arguição, última etapa do processo.

Na semana que se passou, um feito inédito aconteceu. Josué Felipe me ligou enquanto eu estava no estágio para avisar que uma televisão queria entrevistar as meninas por causa do vídeo que colocamos na internet. Ele já havia sido muito compartilhado e visualizado, se equiparando aos vídeos dos projetos mais famosos que também tentam o edital, mas não esperava que um programa de entretenimento de uma emissora local quisesse falar com elas. Eu disse a Josué que a decisão era dele e da Marlene, pais das meninas, mas que, caso eles autorizassem, que falassem o máximo que pudessem do projeto *Sorri pra mim*, pois nós precisávamos de mobilização social.

O resultado? As meninas ganharam até roupa nova para receber a equipe de televisão. Elas refizeram as falas do vídeo, escovaram os dentes para a câmera e falaram da tia Mel, que teve que conversar com a reportagem. Eu jamais imaginei aparecer na televisão, mas a produtora foi tão enfática quanto à minha participação que julguei ser mesmo importante para divulgar a minha ideia, então falei como se eu fosse especialista nisso. A equipe achou mais adequado eu falar no local do meu trabalho, então pedi autorização ao Jorge para ser entrevistada lá. Foi bem simples e rápido, mas com direito a fotos feitas pelos colegas de trabalho que, claro, foram para a página do projeto e para meu Instagram. A matéria foi ao ar, também a publicamos nas redes, e nosso vídeo tem cada dia mais alcance. Fizemos a nossa parte na divulgação, mas o apoio das pessoas surgiu de forma natural, sem nos matarmos em campanhas que jamais soubemos como fazer. Para quem estava no zero, isso foi um grande salto! É incrível como aquilo que sai do nosso coração encontra seu lugar no mundo.

Hoje, sábado, aproveito as horas sozinha no quarto para adiantar meus estudos. À noite, vou dar uma volta com João Paulo, Luane, Ramon e outros amigos. Acho providencial o convite para sairmos com mais pessoas hoje; acho que ainda não estamos prontos para ficar a sós e ter outra conversa daquelas. Mas, eu sei, esse dia chegará.

São quase cinco da tarde, e me preparo para encerrar os estudos por hoje. Vou comer alguma coisa, tomar um banho, hidratar os cabelos e me preparar para sair com o pessoal daqui a pouco. Aliás, será que Luane já mandou alguma mensagem? Pego o celular e, como não há nada ainda, envio um recado perguntando. Aproveito para dar uma olhadinha nas redes.

> **Fred_01Guimarães**
> Parabéns, Mel! Bela iniciativa, não esperava outra coisa de você. Que orgulho!

Ele ainda sabe da minha vida. Ele me admira, me deseja coisas boas e não se importou de deixar isso público. "Não esperava outra coisa de você." Por que largar uma pessoa de quem só se esperam coisas boas? Ah, aquele sentimento tenebroso de rejeição me corta outra vez. Como é ruim quando o sentimento acaba, quando a paixão se vai, quando alguém sai de cena e você ainda fica! Se ele fosse uma peste ou se eu descobrisse que ele era o famoso boy lixo depois do término, amenizaria o fora. Mas saber que ele é uma pessoa legal que simplesmente não gosta mais de mim é devastador.

A bad bateu em minha porta e eu abri. Senhoras e senhores, eu estou no chão.

A brincadeira de criança livremente adaptada em dramas reais traduz meu desejo de ficar em posição fetal. Sim, depois de quase cinco meses, mesmo me envolvendo com João Paulo, mesmo com tanta coisa boa acontecendo. Mas ninguém falou que seria fácil e que não haveria recaídas, não é mesmo? Aceito minha dor, sinto a tristeza e a deixo ir.

Minutos depois, com o alívio trazido pelo choro, sigo a programação do dia. Levei um fora, mas a vida continua — e muito bem.

O centésimo quinquagésimo dia depois do fora

De: Coordenação edital
Para: Melissa; Anne; Madalena

Caras responsáveis pelo projeto *Sorri pra mim*,

É com imensa alegria que comunicamos a seleção do projeto para encaminhamento da verba pleiteada na primeira etapa do edital nº 4 do ano corrente. Agradecemos o empenho e a dedicação em cumprir as etapas do processo e, sobretudo, por se importarem em fazer a diferença e por compartilharem de valores que nossa instituição preza.

Para darmos continuidade ao processo, as responsáveis têm 30 dias úteis a partir da presente data para apresentar a documentação exigida em cópias autenticadas para o recebimento da primeira parcela do incentivo. Lembro que o plano de trabalho e suas datas de aplicação devem ser seguidos, portanto, estejam atentas à data da entrega da documentação para receber a verba e se manter em dia com as atividades.

Estamos à disposição para mais informações e para acompanhar o maravilhoso projeto no ano vindouro.

Com minha sincera estima,

Renato Domingues
Diretor Responsabilidade Social

O centésimo quinquagésimo segundo dia depois do fora

— É dessa verba que vai sair o pagamento de vocês, dentistas? — pergunta Luane.

— Também. Não receberemos como numa consulta particular, não vamos cobrar preços altos, já que a ideia é ser acessível. Mas teremos nosso repasse no valor de cada atendimento. Parte da verba que angariamos vai ser destinada à estrutura da clínica e aos instrumentos. Isso vai permitir que os pacientes paguem um valor bem baixo ou tenham um tratamento gratuito quando autorizado pela triagem. E, até nesses casos, os profissionais vão receber. Acredito que vou conseguir ajuda de colegas que têm uma visão humana, que querem dar um retorno social com sua profissão.

— Amiga, tô tão orgulhosa de você! Sério... Você é tipo a Beyoncé.

— Me arruma um collant dourado como o dela, então. — Eu bato o cabelo como a Bey. — Espero que o pessoal da região nos acolha.

— Vamos fazer o maior boca a boca! Nisso você pode contar comigo.

— Obrigada, sei disso! E obrigada por ter vindo. Sei que não vai curtir muito o tema, mas agradeço a companhia.

— Quando vou ver outra defesa de monografia na vida? E da minha dentista favorita?

Respiro fundo para acalmar meus batimentos cardíacos. Luane me acompanhou à universidade, e estamos esperando o horário da minha defesa. Aos poucos, os professores da banca chegam, minha mãe surge com meu pai, que está de roupa social, e Michele.

— O Rubinho não veio?

— Terminamos ontem.

— Sério? Meu Deus, e você está bem?

— Tô ótima! Eu que sugeri. Estava tudo indo muito rápido, ele falou em querer construir lá em casa para morarmos juntos, ter filho logo... Pressão demais na minha cabeça, tô muito nova!

— Mas você parecia gostar dele e vivia falando em casar!

— Eu quero, mas não quer dizer que quero agora, né? Minha cabeça está voltada para criar algo para mim, me descobrir. Acha que quero ficar a vida toda trabalhando para os outros e morando lá em casa? Rubinho mostrou que não me conhecia ao me propor isso.

Essa minha irmã não cansa de me surpreender. Espero que Rubinho esteja bem e que supere logo o rompimento. Quem sabe os dois se acertem mais para a frente, né?

Apresento meus pais aos professores e cumprimento outras pessoas que vieram assistir à defesa, como Anne, Madá e Roberta.

O dia de hoje é duas vezes mais importante. Além de eu apresentar o trabalho que encerra minhas atividades de graduanda, está previsto o resultado da seleção do mestrado. A cada minuto, abro o celular e confiro o site do programa de pós-graduação em odonto. Acredito que redigi um bom projeto e que me saí bem nas provas, mas não consigo avaliar meu desempenho na entrevista. Eram três professores me fazendo perguntas teóricas sobre a metodologia do meu projeto, não sei como mantive a calma. Sei que pessoas de outros estados vieram tentar as vagas do mestrado, mas mantenho a esperança. De qualquer forma, como já tenho muito trabalho previsto para o ano que vem, me consolo dizendo que está tudo ok se não der certo.

Falar em público sempre me deixa um pouco nervosa, mas, assim que abro os slides, me acalmo. Conheço cada palavra escrita, é só controlar a respiração.

♥ ♥ ♥

Noventa e nove está bom, né? Foi a nota que tirei no meu trabalho de conclusão de curso. Queria esse um ponto, mas estou feliz em ter passado! Agora é só esperar o dia da colação e sacudir o canudo.

Os rostos na sala estão felizes. Sabe a força disso, de as pessoas estarem felizes por você? É o antídoto para toda e qualquer solidão.

— A Melissa foi uma grata surpresa que, às vezes, a graduação nos dá. — Meu orientador, o professor Walter, está com a palavra depois de eu ter falado por vinte minutos, escutado os questionamentos da banca e respondido a eles. — Desde o começo do curso, apresentou boas ideias e colaborou com a comunidade odontológica. Tive o privilégio de orientá-la na iniciação científica e agora serei seu orientador no mestrado em odontologia por esta mesma instituição.

A professora Carla puxa as palmas, e toda a sala a segue, me aplaudindo.

— O quê? Eu passei?

— Passou, sim, Melissa. Nós nos veremos muito no ano que vem.

Como os professores da pós-graduação são basicamente os mesmos da graduação, eles já sabiam o resultado da seleção. Não havia momento mais feliz para receber a notícia. Meu pai se emocionou, e minha mãe sorria de orelha a orelha.

A banca é encerrada, e as pessoas vêm me abraçar. Depois de tanta luta para entrar nessa universidade, sou coroada com duas excelentes notícias no mesmo dia. Dou pulos até minha família, e vibramos juntos como nunca! Minhas amigas também se juntaram a nós e pularam com a gente! Que dia, que dia! Nunca estive tão feliz! Acho que ninguém mais viu, mas minúsculas e brilhantes bolinhas cor de rosa caíram sobre a sala.

O centésimo sexagésimo sexto dia depois do fora

Estou com a chave de uma sobreloja que fica perto da QuiVaca, num ponto bem movimentado da rua e perto de várias paradas de ônibus. Pesquisei diversas salas comerciais na região para alugar, e esta foi a que mais nos chamou a atenção pelo espaço, localização e preço. Como sou a única que mora aqui, fui fazendo as visitas e enviando imagens às meninas. Hoje é o dia que a visito pela última vez antes de assinar o contrato com o proprietário.

Mexo no celular e coloco a playlist do Djavan. "Amanhã, outro dia / Lua sai, ventania"... Canto enquanto subo as escadas e abro a porta de um espaço bem amplo. Abro as janelas, e um vento refrescante corta a sala, que se mostra arejada e bem iluminada.

— "Raio se libertou, clareou muito mais..." — continuo a cantar enquanto observo tudo.

— Adoro essa luminosidade da manhã. — Auxiliadora surge bem na minha frente.

Pauso a música.

— Andou sumida, hein?

— O que não quer dizer que eu não estivesse por perto. Achei que você estava seguindo o brilho certo, não precisei aparecer tanto.

— Muita coisa aconteceu, né? — comento, sorrindo.

— Nem me fale! Tivemos dias de muito trabalho, mas que, minha querida Melissa, valeram a pena! Olha só para você! Que sorriso lindo!

— Combina com meu interior — admito. — E aí? Que tal o lugar? Já consigo visualizar a recepção e as cadeiras para atendimentos. E na parte externa, que está bem pintada, pensei em colocar uma placa para nos identificar. Vamos fazer uma identidade visual bem bonita. O que acha?

— Como disse, adoro a luz desse lugar... E a que está saindo de você.

— Sim. Você disse que valeria a pena — falo, com os olhos marejados.

— Sempre soube que nosso trabalho seria promissor. — Ela se aproxima. — E o mais bonito é que você compreendeu que as feridas da vida podem nos ajudar a auxiliar outras pessoas.

— Acha que vai dar certo?

— Vamos colocar o máximo de brilho possível. Mas, Melissa... Geralmente, as pessoas pedem chuva, e, quando finalmente cai, as gotas encontram uma terra sem sementes. Não adianta olhar para o céu querendo chuva e se esquecer do campo onde se trabalha duro.

Eu balanço a cabeça em concordância. Farei minha parte, como se tudo dependesse da força do meu braço, mas sem deixar de esperar um pouquinho de mágica.

— Vou te ver de novo?

— Em breve — responde ela.

— Vou saber mais sobre você? Há algumas questões que eu gostaria de saber...

— Por ora, você já sabe tudo de que precisa.

Nós nos olhamos fixamente e nos compreendemos. Realmente, não preciso perguntar mais nada.

— Deixei algo para você debaixo da janela da direita. Ah, por um momento, imaginei sua cadeira de dentista perto dela. — Ela sorri. O tal lugar era exatamente onde me visualizei vestida de branco e atendendo as pessoas.

Sua luz me ofusca a visão, e logo estou sozinha na sala. Um brilho prateado cai sobre o lugar, me dando a convicção de que muitas pessoas sorrirão aqui.

Caminho até a janela indicada, que dá para uma rua menos movimentada, e encontro uma caixinha dourada com uma fita na cor pérola. Abro com rapidez, me contorcendo de curiosidade. Retiro da caixa uma corrente com um pingente na ponta: uma pequena ampulheta dourada.

— Se eu achava que tudo isso havia sido doideira da minha cabeça, aqui está uma prova material. Sobrevivi ao feitiço do tempo! E a Cici existe de verdade!

Coloco a correntinha no mesmo instante, na certeza de que nenhuma experiência na minha vida superará aquela — e de que ganhei uma amiga fantástica e bem real!

O centésimo septuagésimo quarto dia depois do fora

C hamam o meu nome. Finalmente subo ao palco e recebo meu diploma das mãos do patrono, em seguida cumprimento os professores. Tiro minha foto no canto do palco e aceno para minha família e para meu namorado, Fred, meu delírio queimado de sol.

Era com essa cena que eu sonhava há seis meses: o Fred me receberia no local reservado aos cumprimentos, com um abraço daqueles que nos rodopia no ar. Depois ele me colocaria no chão e nos beijaríamos apaixonadamente.

Era tão fantasiosamente sonhadora que nunca me perguntei como colocaria meus pais e o Fred juntos, visto que nunca os tinha apresentado. Meu mundo imaginário era fundamentado nas ruínas da minha autoestima. Era questão de tempo para que tudo ruísse. Ah, o tempo... Que desfaz as construções ilusórias da areia e colabora para trabalharmos em alicerces de verdade.

Dezenas de mensagens chegam no meu celular. Fecho o aplicativo para conferir como minha *make* está ficando. Estou no salão onde Michele trabalha para fazer aquela produção e surgir maravilhosa na colação. Pelo que sei, a rua da Colônia vai baixar em peso no auditório. E pensar que cheguei a cogitar nem os convidar! Que tipo de pessoa eu era?

— Hora do cílio, gata — anuncia a maquiadora.

Cola daqui, aperta de leve ali e espera secar. Por um segundo achei que fosse ficar com as pálpebras coladas, mas foi abrir os olhos para me esquecer de vez do medo. Estou absurdamente maravilhosa! O cílio complementa o pigmento rosa — não poderia faltar brilho! — na pálpebra, esfumada de preto no cantinho e com o delineador perfeitamente desenhado. Para a boca, escolhemos o nude de acabamento matte Age/Sex/Location da MAC, que ficou muito bem na minha pele.

Michele, que fez as minhas unhas na noite anterior, e eu subimos juntas para nossa casa. Embora eu esteja com um short jeans, uma camiseta de alcinha amarela e de chinelos, me sinto uma diva.

— Mas tá se achando a rainha do lacre — debocha minha irmã. — Está até rebolando!

— É porque agora já posso arrumar a boca de qualquer pessoa, inclusive a sua, ô linguaruda! — Eu me jogo sobre seus ombros e a abraço, pulando em cima dela.

— Tô muito orgulhosa de você, magrela! Cortou um dobrado e tá aí hoje... Formando, sócia de uma clínica social e pronta para fazer um mestrado. E pensar que eu te vi nascer!

— Como a senhora, com seis minutos de vida, me viu nascer, Michele? Tem que parar de se achar tão mais velha!

— Não tô dizendo desse nascimento, tô falando do outro... O de agora. A gente chama isso de despertar espiritual. Não tem a ver com religião, tem a ver com ter consciência de si mesmo... e de que muitas coisas debaixo desse céu não têm explicação.

— Eu acredito. Sei do que está falando. Como o auxílio que recebemos ao longo da vida e que surge de onde menos esperamos, de amigos que nem sabíamos ter. — Eu passo a mão sobre meu cordão e aperto o pingente.

— Eu te chamaria para dar um rolê lá na igreja depois dessa resposta, mas já entendi que não é a sua. — Ela ri. — Na boa. Tô falando sério. Pela maneira como você age, dá pra sentir...

236

— Sentir o quê?

— Ah... É como se tivesse uma luz sobre você.

— Ela também está sobre você, Michele. E, sempre que você volta da igreja, ela brilha mais. Acho que lá te faz muito bem, deve ir sempre.

— Quando volta do trabalho... — ela faz uma pausa para recuperar o fôlego da subida do morro — ... você também brilha.

— Não posso chorar agora! Não depois de ter gasto uma nota no salão. — Tento fazer piada para não cair em lágrimas.

— Tá bom, Melzinha... Eu só quero dizer que estou feliz por ser irmã da dentista mais iluminada que conheço! Nem vai precisar de lâmpada.

— Será uma economia boa. Agora que também sou gestora, tenho que calcular tudo! Ai, espero não suar muito, preciso continuar limpa e cheirosa até a hora da colação.

— Chega em casa e liga o ventilador. E joga um perfume depois. Ah, por falar nisso, você acredita que eu tive um sonho há um tempo, que eu sempre me esquecia de te contar. Sonhei que você acordou reclamando do meu perfume e que tinha pegado meu vidrinho e corrido até a laje para arremessar ele! Doideira, né? Até parece que você iria jogar meu perfume longe!

É.

Há muitas coisas debaixo desse céu que não podemos explicar.

Estou tão feliz, mas tão feliz, que acho que posso ter um piripaque a qualquer minuto. Escutamos alguém dar início à abertura do evento e pedir que a plateia fique de pé para nos receber. Chegou a hora! Endireito o corpo e abro o maior sorriso que consigo. Entramos no auditório e ocupamos nossos assentos. O reitor faz um discurso, e em seguida, Madá, nossa oradora, fala sobre a nossa profissão e a nossa turma, nos emocionando com sua sensibilidade. Não havia colega melhor do que ela para tal função! Seguindo a cerimônia, anunciam a entrega da Láurea Acadêmica. Não acredito: chamaram o meu nome. Palavra por palavra. As pessoas estão aplaudindo, e eu tenho que me levantar e subir ao palco.

Estava tão entretida com a realização de um sonho que mal me lembrava da Láurea Acadêmica. A aproximação com a Anne, o surgimento da *Sorri pra mim* e toda a correria da formatura fizeram com que eu me esquecesse do que achava ser uma competição pela maior nota da turma. Simplesmente dei o meu melhor pela alegria de estudar o que escolhi. Agora estou aqui, subindo ao palco para receber a placa das mãos do reitor. Consigo ver, ao fundo, a professora Carla, meu orientador Walter e os demais professores homenageados que compõem a mesa. Todos de pé e me aplaudindo.

Assim que eu cravo as mãos na placa prateada que ostenta meu nome, me desmancho em lágrimas. Já não me importo se os olhos estarão borrados na foto ou se posso cair do salto.

As pessoas da plateia começam a se levantar e a gritar. Posso ver meus pais, Michele, Josué Felipe e tia Marlene com as meninas no colo. Luane, que segura seu celular enorme, certamente para filmar tudo, Ramon e as meninas do bonde, gritando. Seu Balduíno, seu Tonico, dona Rita e até a Rosário estão lá. Fileiras acima, estão Jorge e meus colegas da clínica social. Em segundos, grande parte do auditório está de pé. Escuto um coro gritando Melissa! Melissa! Melissa!

Então começa a minha parte favorita: jatos de brilho saem das pessoas, inundando o salão daquilo que gosto de chamar de purpurina. Essas partículas brilhantes dançam sobre as pessoas e me alcançam. Sinto-me tão amada e tão feliz, que jorram de mim ondas reluzentes que inundam todo o salão. Não tem nada de alucinação ou mágica nisso. São apenas as conexões de amor se fazendo visíveis.

Aos poucos, o calor do momento passa e me preparo para me retirar do palco, quando a moça do cerimonial me encaminha para o púlpito.

Sério? Quem ganha a Láurea tem que falar algo?

O auditório se cala, e me aproximo do microfone.

— Se eu soubesse que teria que dizer algo hoje, teria estudado menos. Ou feito força para não chorar, pois a essa altura o cílio postiço já caiu.

A minha técnica de dizer algo descontraído no começo não falha. Todos riem, e eu já me sinto mais relaxada.

— Quero pedir uma salva de palmas à minha amiga Anne, que também se destacou ao longo do curso por ser uma aluna brilhante. Por favor, amiga, fique de pé, você também merece a Láurea.

Ela se levanta aos prantos dizendo algo como "ai, amiga, não acredito! É você que merece!", enquanto o auditório aplaude de novo e nossa turma grita como quem está num estádio de futebol.

— Agradeço imensamente aos professores que tive em toda a minha vida acadêmica, especialmente aos que estão hoje na mesa, por compartilharem seu conhecimento e me inspirarem a seguir em frente. Aproveito para parabenizar os demais colegas pela conquista e desejar felicidade na vida profissional. A academia me habilitou a consertar sorrisos, a zelar pela saúde bucal. Mas a vida me ensinou que um sorriso é muito mais que dentes devidamente esmaltados e alinhados. Sorriso é aquilo que sai da alma. Que nessa noite o nosso juramento vá muito além das habilidades de um cirurgião-dentista. Que sejamos bons profissionais, mas, sobretudo, boas pessoas, que se sensibilizam com as lágrimas alheias e com as injustiças. Boa noite e muito obrigada!

Afasto-me do púlpito e lanço um olhar para a plateia, que me aplaude pela última vez.

Essa noite não foi como eu sonhei. Foi melhor. Muito melhor.

A moça do cerimonial me encaminha para o canto do palco, onde passo por uma cortina. La está ela, minha Auxiliadora, me aplaudindo. Percebo que entramos numa frequência só nossa e corro para abraçá-la.

— Quando um sonho é justamente realizado, todo o universo vibra junto.

— Obrigada por estar aqui. Nunca estive tão feliz!

— Use tudo que aprendeu, Melissa.

Seu olhar é amoroso, embora sua voz seja firme. Sim, irei usar tudo que aprendi, claro. Que coisa mais aleatória para ser dita no dia da formatura de alguém...

— Não, hoje, não! Me deixe aproveitar meu dia, eu sonhei muito com isso!

— É a prova final, Melissa. Você a marcou para este dia.

O quê? Eu!

O redemoinho de brilho me envolve e saio dali.

O dia do fora (pela última vez)

Eu já sei que esse lance de looping pode ser drástico, mas não tão extremo! Por tudo o que é mais sagrado, estou na portaria do prédio onde meu pai trabalha, sentada no banco, aguardando o Fred vir me buscar, como fazia meses atrás. E não é um flashback em que sou uma mera espectadora, estou aqui de verdade, em carne, osso e consciência, com a mesma roupa do dia em que terminamos. A temperatura está igual, a cor do meu esmalte é a mesma, e até os meus cabelos estão compridos como antes! Pego o meu celular e confiro. É a mesma data, essa maldita data onde tudo degringolou! Se estou no semestre anterior, tudo o que vivi foi em vão? A reaproximação com minha família, minha autodescoberta, a volta de Luane, minhas novas amizades, minha história com João Paulo, o projeto *Sorri pra mim*, a aprovação no mestrado... onde foi parar isso? Além do mais, qual é a graça de saber que vou tomar um fora novamente?

— Por favor, Auxiliadora, onde está a lição? Eu falo sério, como nunca falei! Vou desmoronar, não posso ter regredido tanto assim! Justo agora que eu estava tão feliz, vou voltar para esse dia horrível?

Meu celular vibra. É ele, avisando que chegou.

Despeço-me do meu pai com um abraço apertado, coisa que nunca fiz antes, e desço as escadas segurando o choro. Fred me recebe em seu carro com um beijo no rosto, e conversamos amenidades. Eu, claro, não desconfiava de absolutamente nada. Será que, agora que sei de sua intenção, devo terminar tudo primeiro? Ou será que devo me entregar ao momento, revivê-lo e pronto, só para ver que não dói mais? Talvez a lição seja essa!

— Ei! — Ele estala os dedos na minha frente. — E o clima aí em Marte, está bom?

— Desculpe, estou com umas coisas na cabeça.

— Percebi. Fiz a mesma pergunta duas vezes, e você nem se moveu. — Ele muda a marcha do carro e rapidamente coloca sua mão direita sobre a minha. — O que está acontecendo? Posso ajudar?

Ai, Frederico! Não ferra os meus dias pós-fora, quando labutei arduamente para esquecê-lo, seguir com a vida e me aperfeiçoar. Você vai terminar comigo daqui a pouco, eu sei, pode ser um pouco estúpido, talvez seja melhor assim.

— Vai passar, não se preocupe. Nesse momento, nem eu tenho como resolver. Mas obrigada por perguntar. — Devolvo o carinho em sua mão. Céus, como é bom sentir sua pele outra vez. — E pode ser pizza, sim. Aquela pizzaria que parece um chalé é ótima.

— Ah, então você estava ouvindo?

Eu apenas abro um sorrio para não ter que responder que já estive aqui, meses atrás, escutando ele perguntar se eu preferia a pizzaria ou o japonês. Resolvi cumprir o destino já vivido e escolhi o mesmo lugar onde ele disse que não queria mais nada comigo.

Chegando lá, escolhemos a mesma mesa e pedimos as mesmas bebidas e o mesmo sabor de pizza. Ele vai terminar comigo quando estivermos acabando de comer, não sei se aguardando o melhor momento ou apenas esperando o fim da refeição para não ficar aquele climão de ex-namorados que ainda têm uma pizza pela frente.

— Animado para a formatura? — Faço uma pergunta que não fiz da outra vez.

— Para a formatura, sim. Para o que virá depois, não.

— Por quê?

— Porque não sei o que fazer. Não sei se serei efetivado no estágio, se vou conseguir emprego rápido, se vai abrir concurso na minha área, se parto logo para uma especialização na área hospitalar...

— Ter várias opções é bom.

— Ou apenas prova que não se tem nenhuma. — Ele suspira. — Mas tudo bem. Um dia de cada vez.

Não havíamos falado desse assunto com profundidade. Eu sabia dos sonhos dele dentro da fisioterapia, mas era tudo muito solto, ele ainda não tinha um plano do tipo "para chegar até ali, preciso fazer uma pós nisso ou tentar um emprego em tal área". Como sempre julguei que as coisas para ele fossem mais fáceis em função de sua família ser mais rica que a minha; achei que ele não fosse ter problemas em se estabelecer. Contudo, depois de muito me conhecer, parece que me tornei mais sensível aos outros, como se eu pudesse me colocar no lugar deles com mais facilidade. O carro do Fred não é dele, é dos pais. Ele sempre teve condições para se dedicar apenas aos estudos e a fazer estágios, mas esses nunca lhe deram bons salários, apenas bolsas que lhe permitiam sair com um pouco mais de folga. Mas e se sua vida não fosse tão simples como eu presumia? E se seus pais não pudessem mais financiá-lo, e se arrumar um emprego na área não fosse tão fácil assim? E mais, e se fisioterapia não fosse o que ele queria realmente?

E durante todo aquele tempo, eu não fui a melhor das companheiras, não por não gostar de verdade dele, mas por apresentar uma pessoa que eu não era. Como ele poderia se abrir com uma namorada que não era honesta?

— Fred, preciso te falar uma coisa. Que não é das melhores.

— Tudo bem, eu também gostaria de conversar com você.

Já que ele vai terminar mesmo, é justo que ele saiba a verdade. Eu o amei de verdade para continuar a mentir para ele; e agora eu me amo demais para mentir sobre mim.

— Eu não moro naquele prédio onde você sempre me buscou. Ali é onde meu pai trabalha como porteiro há 25 anos. Moro longe do centro, da zona sul, na casa que foi da minha vó e onde moram mais parentes meus. Nunca te falei nem te convidei para visitar por pura vergonha da minha origem simples. Mas não tem vergonha maior que essa. Espero que me desculpe.

Sua expressão não esconde um espanto, embora suas palavras sumam. Ele dá mais uma golada no suco de uva, e eu aproveito para chamar o garçom e pedir uma caipirinha, já que eu não estou dirigindo, vou levar um pé na bunda e tenho uma certa quantia na poupança, porque ainda não gastei com minha nova vida social e detalhes da formatura.

— Estranho ter me escondido isso, mas entendo sua razão. Aliás, devia saber que, quando a gente começou a sair, eu estava interessado em você, não no lugar onde mora. Eu não sou um babaca, Mel...

— Não, não é! Por isso mesmo eu quis ser alguém legal, me mostrar mais interessante para você, pena que de um jeito péssimo! Pena que minha baixa autoestima tenha me levado a isso, peço que me desculpe mesmo. E por favor, não torne isso mais embaraçoso do que já é.

— Que loucura! Você sempre me pareceu tão firme, tão segura do que quer! Sabe para onde está indo, tem sempre as respostas prontas, resolve as coisas rápido... Estou surpreso de conhecer esse seu lado, de te ouvir falando em autoestima baixa porque sempre te senti diferente.

— A gente se defende como pode, Frederico. Uns não se envolvendo, outros se mostrando carentes demais, outros fingindo ser fortes, outros, indiferentes.

— Cheguei a te achar desligada do nosso relacionamento. Um pouco fria, centrada demais em você e até um pouco ameaçadora, sabe?

— Eu? — Firmo meu corpo na cadeira e aproveito que a caipirinha já chegou para beber um bom gole.

244

— Às vezes parecia que você queria me mudar, me ensinar o que fazer e como fazer. Eu quero curtir minha formatura e depois resolver minha vida profissional. Pode ser que eu sofra, que seja difícil ou que eu me dê bem de cara. Mas você tem insistido nesse assunto e quer que eu tenha respostas prontas. Melissa, quando a gente não tem as respostas, a gente vai vivendo, até elas se formarem. Na dúvida, a gente não ultrapassa.

Uau! Parece que alguém trouxe um novo ponto de vista ao assunto. E o menino que parecia até meio bobo não é mais.

— Como aquele dia que o Rochinha, meu amigo, quebrou minha cadeira de praia. O cara é meu amigo desde moleque, não quis esquentar por causa disso. Você só falava que eu devia cobrar dele o prejuízo.

— Ele nem te pediu desculpas, se você não liga de ser tão subserviente nas suas relações...

— Eu e os caras somos assim, Mel, de boa. Você é que é ferro e fogo para as coisas! Não aceita o meu jeito.

— Você tem razão, Fred. Vacilei. Talvez eu tenha dificuldade de entender seus privilégios, como a sua falta de urgência em dar um rumo na vida, porque pode contar com sua família, e minha realidade é outra. E também sua letargia diante de um mundo de possibilidades, não ter um propósito, um sonho.

— Você acha que as pessoas já nascem com um mapa na frente do rosto?

Não. Ninguém nasce com um mapa à vista; o mapa de todo mundo está no interior, para alguns, mais escondido, para outros, mais à mostra, dependendo da personalidade, da fé e da criação. Mas o fato é que eu dei duro para escavar o mapa da mina, e nada vai me impedir de caminhar até meu tesouro.

— Fred, me desculpe. Desculpe por me exceder nas palavras. Não quero brigar com você e no fundo tenho que ser grata por me abrir os olhos sobre uma péssima tendência minha. Eu controlo para não ficar entregue... Por isso desde sempre eu colocava empecilho entre mim e o... Ah, obrigada, Fred. Nenhum ex foi tão sincero comigo, digo, ninguém foi tão sincero assim comigo.

— Eu também não quero brigar com você, pelo contrário. Então, como ficamos, Mel?

— Vamos terminar essa pizza? E a caipirinha? Preciso fazer uma coisa assim que sair daqui. Ah, e a gente segue como amigo, acho que era o que você ia me falar, né? — Enfio um pedaço de pizza na boca sem me importar de escorregar ketchup pela boca e de mastigar um pouco de boca aberta, afinal, esse rapaz do meu lado é um grande amigo, que me ensinou muito sobre mim mesma e sobre o homem que eu realmente quero.

♥ ♥ ♥

Fred me deu carona até o terminal onde eu pego o ônibus que vai direto para o meu bairro. Ele se ofereceu para me levar em casa, mas eu quero um tempo sozinha para me preparar para o próximo passo. Fico na estação por poucos minutos até que meu ônibus chega e eu embarco. Então, uma luz iridescente colore o ambiente, e logo me dou conta de que não é um meio de transporte comum.

— De carona, Cici?

— Apenas acompanhando a sua prova.

— A pizza de lá era ótima, que bom que comi duas vezes! — Sorrio. — E agora, seguirei a partir daqui? Não que vá ser ruim, mas bem que poderia me dar os arquivos da monografia, do projeto de mestrado e do projeto *Sorri pra mim*, né? Você viu como me esforcei, acho que não preciso refazer tudo...

— Podemos partir daqui para o exato dia da sua memória mais recente, o tão sonhado dia da sua formatura.

— Ai, que dia! — Eu vibro! — Eu estava saindo do palco, logo receberia meu diploma e os abraços do pessoal da Colônia.

— Sim, o pessoal da Colônia... Era para lá que estava indo agora, ao pegar esse ônibus, certo? Você parecia estar com pressa.

— Técnica, tenho permissão para um *pit stop*? Uma pequena parada em uma noite em que ficou faltando algo, e depois seguimos para o dia da formatura?

— Amada, já era hora de a gente ver essa cena...

Uma chuva de purpurina cai sobre mim, fazendo com que eu feche meus olhos, e, quando consigo abri-los, estou exatamente no dia que pedi em pensamento a Cici.

O centésimo trigésimo terceiro dia depois do fora (também pela última vez)

João Paulo me deixou em casa há pouco tempo e, como moramos perto, recebi agora sua mensagem, avisando que chegou em casa. Deixo o celular sobre a cama e saio de casa apenas com a chave no bolso. A chuva continua insistente, e pouco tempo sob ela é o suficiente para ficar completamente molhada.

Chego ao portão da casa do João Paulo e grito por ele debaixo da janela de seu quarto. Evito tocar a campainha para não chamar a atenção da mãe dele, que certamente vai comentar com todo mundo da rua da Colônia que estive aqui num sábado à noite, debaixo de chuva, para ver o filho dela. Ela e dona Glenda são parecidíssimas nesse quesito.

— Ei, João Paulo! — berro, mas não dá para competir com o barulho da chuva.

Então, como nos filmes, pego uma pedra e mando de leve na janela dele.

Em segundos, um homem sem camisa, com a cara nervosa mais linda de todas, aparece na janela.

— Gente, mas que bravo! — Não resisto.

— Pelo amor de Deus, Melissa, o que você está fazendo no meio da rua e nessa chuva?

— Preciso falar com você.

— Por que não ligou? Vou abrir para você.

— Não, eu não quero entrar, quero só que me escute.

— Quê?

— Me ouça!

— Entra, não dá pra escutar...

— Eu vim do passado e do futuro para ficar com você. — Aproveito que a chuva o impedirá de me ouvir e grito como bêbada.

Ele faz um sinal para eu aguardar, e pouco tempo depois aparece na porta com uma toalha.

— Entra, Mel! Ficou maluca?

— Estou molhada, João Paulo.

— Estou vendo!

— Eu estou encharcada. Olha pra mim. — Eu me aproximo da porta e pego suas mãos. — Não vai adiantar molhar apenas meu pé para ver até onde aguento ir sem correr risco. Estou completamente inundada de você e não quero mais fingir que não estou. Eu tenho medo de me entregar ao que sinto porque você é o único homem que me conhece, que sabe quem eu sou de verdade. Ao mesmo tempo que é libertador, isso me assusta. Porque um fora de qualquer outro cara seria só um fora, um fora da personalidade que criei, mas uma rejeição sua seria a perda de mim mesma e de uma possibilidade de amar. E, com medo de sofrer por amor, eu me afastava dele, tentando ilusões que só geravam mais controle e sofrimento. João Paulo, eu não te dei uma resposta antes porque eu tinha medo, mas não vou mais agir por medo. Eu quero agir por amor. Você me ajuda a ir mais fundo, você quer ser meu namorado?

Ele sai de casa, entra na chuva e me beija como todo namorado beija uma namorada.

♥ ♥ ♥

— Ô gente, entra! Cês vão acabar pegando uma pneumonia debaixo duma chuva dessa. Pode namorar dentro de casa, dois adultos desse tamanho namorando escondido na rua? É perigoso!

— Sua sogra, Melzinha. — Ele interrompe o beijo para as devidas apresentações.

— Bom que já sabe o jeito da sua. Dona Glenda até bordou uma toalhinha com suas iniciais.

— Doido demais, galera lá da oficina vai adorar me zoar.

— Você pode usar em casa. Agora que somos namorados, pode me emprestar uma roupa para eu voltar pra casa? Estou gelada até os ossos.

— Aliás, vamos sair da chuva de uma vez. — Ele me puxa e pega a tolha que havia trazido para mim.

— Toma um banho, Melissa. Vou fazer um leite quente com açúcar queimado para te esquentar por dentro, não vou deixar você ter dor de garganta — diz a mãe do João Paulo, com toda sua sabedoria popular. E eu acho ótimo. Um carinho de sogra me faz muito bem.

— Você pode ficar um pouco, depois te levo lá. Podemos ver um filme, conversar mais um pouco...

— Coisas que casais fazem em um sábado à noite, né? — Acarinho seu rosto.

— Minha mãe dorme cedo...

Cici, leia meus pensamentos: fui uma boa menina, venci muitas provas até aqui. Sei que devo voltar ao momento presente, mas me deixe aproveitar essa noite! Por favor. Ah, e desligue sua *TV full HD* por hoje. Beijos, até mais.

O centésimo septuagésimo quarto dia depois do fora (de volta!)

— A cho que já perdi a maquiagem das bochechas de tanto ser cumprimentada! — confesso, abraçada ao João Paulo.

— Também, gatinha, ninguém mandou ser a melhor! Arrasou no microfone! Até quem não te conhecia veio te dar um abraço.

— Mas o batom vou deixar para meu namorado tirar.

— Mas, o cunhadão tá aí na cola, né? O cara fica só secando.

Isso que dá as pessoas da família terem cargos duplos. Josué Felipe sempre fica na marcação quando estou com João Paulo, pedindo para olharmos as meninas. Mas tudo bem. No fundo, fico feliz em ter um irmão mais velho, que acumula o cargo de tio, se preocupando comigo.

Enquanto as pessoas me cumprimentam, meu pai convida a todos em volta para minha festa de formatura. Sempre que tento me aproximar para ouvir a conversa e saber o que estão combinando, minha irmã ou minha mãe me tiram de perto. Fico um pouco apreensiva com o que eles andam tramando, mesmo que estejam felizes pela formatura e adorem uma festa; nossa grana é curta para extravagâncias. Não tenho a menor dúvida de que meu pai quer me dar uma boa comemoração, mas nosso orçamento é contadinho para as despesas da casa.

Anne fará uma festa na casa dela esta noite. Ela não quis integrar o baile, que será amanhã no salão mais chique da cidade, com buffet caro e banda, porque não tinha ligação com a turma. João Paulo e eu vamos comemorar com ela. Amanhã, todos irão à minha comemoração, é o que ouço. Não sei como a laje lá de casa irá suportar tanta gente, mas minha família deve saber o que está fazendo.

As luzes do saguão onde recebemos os cumprimentos estão diminuindo. É hora de fechar esse ciclo.

O centésimo septuagésimo quinto dia depois do fora

S e tem uma coisa que alemão gosta é de cerveja. Experimentei tanta bebida diferente na noite de ontem, na casa da Anne, que dormi mais do que de costume hoje.

— Ô doutora Melissa... Uma hora da tarde, já. Tá achando que o mundo tá acabando? Levanta aí.

Sob os gritos de Michele, me levanto e vou direto para o banheiro. Tomo um banho daqueles, visto qualquer roupa e me jogo na cama outra vez.

Só mudo de posição quando João Paulo aparece na porta do meu quarto. Ele se deita um pouquinho na minha cama, me faz um carinho, e, quando estou quase dormindo de novo, Michele grita novamente.

— Vamos ver um filminho e cochilar lá em casa... — diz ele baixinho em meu ouvido.

Em pouco tempo, estamos descendo para sua casa. Caminhando de mãos dadas pela ladeira. Sinto que estou no lugar mais bonito do mundo porque estou ao lado dele.

♥ ♥ ♥

Por volta das seis, me lembro de que preciso voltar à minha casa para me arrumar para a festinha que farão para mim. Nos últimos minutos, João Paulo conferiu umas mensagens, evitando que eu olhasse para a tela.

Respiro fundo.

Não tenho razão para neuras.

Ele está ao meu lado porque quer. E todos temos direito a privacidade, a um espaço só nosso.

Ele me abraça e diz que vai subir comigo de uma vez.

O céu se colore aos poucos de laranja com o pôr do sol. Vamos a passos lentos nos aproximando da minha rua quando sou surpreendida por uma enorme faixa onde se lê "Os amigos da Colônia estão felizes pela formatura da Melissa", e, em letras menores, "Odonto — Universidade Federal".

Há uma caixa de som com um microfone bem de frente ao bar do Balduíno. Dezenas de pessoas me esperam, como se eu fosse uma celebridade.

— Você sabia, né? — pergunto ao João Paulo.

— Vai lá e aproveita sua festa!

Eu me aproximo do pessoal, e aumentam o som. Meu pai pega o microfone e faz um pequeno discurso que me mata de vergonha, mas juro que estou adorando. Não trocaria essa festa por nenhuma outra à qual todos têm que ir engravatados ou com vestidos que nunca mais vão usar, e se aprontam de um jeito completamente diferente, onde tudo é frio e impessoal.

— Nunca imaginei ter uma filha doutora. Ainda mais com o diploma de melhor aluna da turma!

O povo aplaude como se eu tivesse conseguido uma façanha. E talvez eu tenha mesmo. Não é uma conquista só minha, é também da minha família e de todos que moram aqui.

Meu pai está aos prantos quando consigo me aproximar para abraçá-lo e dizer meu muito obrigada. Minha mãe, ao ver a gente se abraçando e chorando, cai em lágrimas e se junta a nós. Michele vem em seguida e nos aperta com força. Aos poucos, mais pessoas foram chegando, e eu sabia que, se eu morresse asfixiada por excesso de companhia, eu partiria feliz.

Alguns vizinhos das ruas próximas vieram ver o que estava acontecendo. A essa altura, todo mundo já sabia que uma tal Melissa se formou. Essa publicidade será boa para a clínica, acredito. Há algumas meninas brincando perto da caixa de som. Uma delas se aproxima de mim, me entrega uma flor e sai correndo. As outras meninas riem. Eu chego perto para conversar um pouco, e uma delas diz:

— Ela aqui falou que também quer ser dentista!

— Que coisa boa. Quando eu tinha sua idade também dizia isso. E hoje sou uma.

— Aí vai ter uma festa dessa lá na minha rua! — Ela finalmente fala.

— Claro que vai! Você só tem que estudar bastante! Mas vai conseguir! Aí me convida para a festa!

É como se tudo convergisse para o desejo do meu coração. Estou inspirando mais as meninas. Tenho certeza de que tudo até aqui valeu a pena.

Dou tchau às meninas e sigo em direção ao bar do seu Balduíno. A nossa rua está repleta de cadeiras no estreito passeio, há uma enorme caixa de isopor com as bebidas e uma churrasqueira assando carne. Na mesa ao lado, estão alguns pastéis e coxinhas.

— Como vocês fizeram isso?

— Todo mundo ajudou um pouquinho — responde minha mãe. — A Rita, feliz por causa do Tonico, deu as coxinhas; seu Balduíno, os pastéis. Todo mundo colocou as cadeiras pra fora. O João Paulo comprou uma parte das carnes, o pai trouxe umas bebidas. A Luane arrumou uns óculos, plumas e umas pulseirinhas que brilham. Cada um chegou com uma coisa. Milagre da multiplicação!

Antes que eu pudesse agradecer, encontro Madá com a namorada, que vieram dar uma passadinha antes do baile. Roberta não pôde vir, segundo me falaram, porque está no dia de princesa no salão. Ela foi gentil me oferecendo um par de convites para a festa, mas preferi ficar por aqui. Em outra ocasião vejo a turma. Anne, que nunca imaginei ver tão solta, estava tomando cerveja e batendo papo com as meninas do bonde, que Luane fez questão de apresentar. E por falar nela...

— Amigaaaa! — Luane me abraça ao estilo "pessoas que se reencontram em aeroporto". — Parabéns! Gostou da festinha?

— Festinha, não? Festão! Estou adorando!

— Então... tenho uma lembrancinha para você.

Ela me entrega um embrulho, que abro com rapidez.

— Que jaleco lindo! Que corte maravilhoso, amiga! E de tecido bom!

— Com seu nome bordadinho!

— Isso! Meu nome completinho! Sem abreviar nada!

Eu agradeço e entro na minha casa para guardar o presente.

Assim que abro a porta do quarto, piso num lugar já bem conhecido.

— Veio curtir a festa, Cici?

— Depois do trabalho duro, a recompensa!

— Teria mil coisas para dizer a você... — eu me aproximo dela —, mas vou resumir: muito obrigada.

— Eu também agradeço. A missão foi completada com sucesso por mérito seu. E, sabe, Melissa... os auxiliadores, como você batizou, sempre estão aprendendo com os auxiliados, ou melhor, loppers. É o segredo: crescer junto.

— Se um dia precisar de uma dentista, já sabe onde encontrar!

— Em breve, o consultório da dra. Melissa Melody da Conceição Silva estará cheio de pessoas que precisam de ajuda para sorrir. Vou indicar você a todos. Será muito feliz na sua profissão.

— Mesmo sendo esse nome estampado no jaleco, né? — brinco.

— É só você sorrir, querida, e dará tudo certo.

Nos dias em que eu nem me lembro mais do fora

João Paulo está na sala, conversando com meu pai, enquanto termino de me arrumar. Gosto de deixá-lo esperando, só um pouquinho, para observar sua reação quando ele me vê. Logo que passo na frente da televisão e me aproximo dele, seus olhos se abrem, assim como um sorriso. Numa simples troca de olhares é possível perceber nossa cumplicidade e admiração. A sensação de fazer alguém feliz me deixa plena.

Nós nos despedimos dos meus pais e seguimos para o shopping, onde vamos ao cinema.

Durante a semana, mal temos tempo de nos ver. Segunda, quarta e sexta estou aqui no bairro, no *Sorri pra mim*. Os pacientes não param de chegar, e, como ainda estamos no começo, tudo exige a minha presença. Anne vai à clínica nos mesmos dias que eu, e sua agenda é tão cheia quanto a minha. A gente sempre almoça juntas para falar sobre a vida, as pesquisas e trocar informações sobre pacientes. Além da Madá e da Roberta, temos mais três dentistas que se revezam com a gente, e espero expandir o número de parceiros assim que conseguirmos comprar mais equipamentos.

Às terças, vou à universidade. Aproveito a manhã livre para colocar as leituras em dia e à tarde assisto à aula. O mestrado tem ido
bem, e estou redigindo um artigo que pretendo logo publicar em
alguma revista especializada ou apresentar em congresso. Às quintas,
depois da outra aula do mestrado, atendo na clínica social, onde continuo aprendendo com Jorge sobre gestão e, agora, onde também
ganho como profissional. É provável que eu saia da clínica no próximo semestre, a fim de me dedicar à minha clínica e ao mestrado,
mas ainda tenho tempo para decidir.

Nos fins de semana, além de colocar o sono em dia, passo todo
meu tempo com João Paulo. Ele também quase não tem tempo
durante a semana, já que trabalha o dia todo e à noite frequenta as
aulas do curso de administração. Ele foi aprovado numa boa faculdade particular, conseguiu uma bolsa e tem brilhado nas aulas. Ele
sempre foi inteligente, mas agora tem a oportunidade de aprimorar
seus talentos.

Chegamos ao shopping, que está cheio, e vamos logo comprar o
ingresso da sessão que queremos curtir juntos.

— Vou ao banheiro rapidinho. — Dou um beijo nele.

— Cuidado só para não perder a hora do filme, gatinha.

— Então me solta do seu abraço, senão eu vou continuar aqui...
— Nos beijamos mais uma vez.

Com custo, me separo dele e sigo até o toalete próximo às salas
do cinema.

Coloco a mão na maçaneta e...

Cá estou depois de tanto tempo! Naquela sala brilhante e clara
que, tempos atrás, me gerava pavor. Sentada numa poltrona estam-
pada e com detalhes brilhantes, está minha Auxiliadora, com seu
largo sorriso.

— Quanto tempo, Cici! Veio ver o filme com a gente?

— Ah, adoraria assistir, mas prefiro não ficar de vela! Posso ver
daqui os coraçõezinhos ao redor do casal.

— Uma vez, uma amiga me ensinou que alguns podem ver as
conexões de amor flutuando por aí. Eu costumo ver purpurina, mas
acho que você pode ver corações!

— Essa Melissa está demais. Quase se tornando professora, hein?

— Eu sei que tudo o que digo soa meio brega! Mas é que não consigo ser diferente quando estou apaixonada!

— E por qual razão deve ser diferente? Descobriu o que queria, foi atrás e está vivendo um sonho.

— Vários! O dia a dia não é fácil, mas acordo todos os dias com a maior disposição para lutar! Eu amo a pessoa que sou hoje! E só consigo pensar no quanto sou grata a você...

— Essa é a minha deixa favorita.

Franzo as sobrancelhas. Deixa?

— Imagine deixar outras pessoas tão felizes como está agora!

— Hã?

— Tenho uma proposta para você!

— E qual é?

— Começar um treinamento para ser uma... auxiliadora. Aliás, insisto em dizer que eu e meus amigos deste lado a-do-ra-mos esse nome.

— Eu? Uma auxiliadora como você?

— O treino é longo e costuma durar uma vida inteira, pois, como te disse, sempre somos aprendizes. Mas não estamos com pressa. E eu serei como sua orientadora no mestrado. Você será minha pupila e vai passar as lições que aprendeu. Passar o benefício que recebeu adiante é a melhor maneira de agradecer.

— Uau! Isso é... Incrível! Só de pensar que existem milhares de pessoas que estão perdidas como eu e a quem posso ajudar um pouco, fico toda arrepiada! Olha! — Mostro meu braço a ela. — O que tenho que fazer? Quando começo?

Ela faz um sinal, e uma cadeira surge ao lado dela. Entendo que devo me sentar. Com outro movimento de Cici, surge uma pasta de cor laranja, que ela entrega a mim. Eu a abro e vejo o retrato de uma moça que aparenta ter uns 20 anos. Com a foto, há dezenas de páginas recheadas de informações sobre sua infância, familiares, dados escolares, adolescência e trabalho.

— Essa moça é nosso próximo caso. Mora com a mãe, o pai morreu quando ainda era pequena e não tem irmãos. É muito tímida, trabalha como assistente de marketing e vai levar um fora daqui a pouco. Mais precisamente quando acabar seu filme e voltar a este banheiro, onde vocês irão se conhecer.

— O cara que ela namora parece ser um trouxa... — digo, mexendo nos papéis.

— Não é tão simples. É uma garota com baixa autoestima, que desenvolveu distúrbios alimentares na adolescência. Acha que não merece ser amada por não ter um corpo ideal nem estar no cruel padrão de beleza. Isso a faz se submeter a relações abusivas. Não é um fora qualquer, por isso, minha cara Melissa, entraremos em ação!

— Hum... Tem um plano aqui na última página.

— Sim, você deve ficar atenta às instruções que estão no verso. A partir de agora, esta sala fica livre para você vir refletir sobre o caso. A pasta também está disponível e... — ela estala os dedos e um escaninho surge — ali estão estudos de casos liberados para sua pesquisa.

— Para tudo, Cici! Uma missão que inclui leituras e estudo de caso, só pode ser o céu. Vou ler tudinho!

— É apenas uma parte do nosso extenso acervo. O acesso a ele varia de acordo com o nível do orientando... Mas, de qualquer forma, é gratificante ver seu entusiasmo.

Tento absorver o máximo de informação acerca da paciente, digo, da nova auxiliada, no curto espaço de tempo que tenho. Parece que enxergo a Melissa de meses atrás, presa a enganos, sem voz e estacionada nas ilusões do mundo.

— Imagino que tenha várias perguntas, mas lamento ter que deixá-las para depois.

— Entendo... Tenho que voltar, ver o filme e... encontrar minha nova amiga. — Eu me levanto, pronta para voltar.

— Melissa, a ampulheta...

— O que tem ela? — Pego no meu pingente.

— Não é apenas um acessório. Ele te dá acesso a esta dimensão. Basta mentalizar e segurá-lo. Mesmo que eu não esteja aqui, receberei sua mensagem por meio dele.

Juro: estou num roteiro de filme de ficção científica — que envolve um pouco de comédia, drama e romance, eu sei. Mas isso é absurdamente mágico e envolvente. Mais um pouco e poderei me chamar de 007, fazer coisas extraordinárias, como saltar numa lancha em velocidade máxima em alto-mar. Isso porque ainda não pensei em quantos mortais serei capaz de dar no ar, antes de chegar à lancha, depois que eu pular do avião sem paraquedas.

— Melissaaaa... Tem um namorado te esperando na fila, o horário da sessão, o trabalho...

— Claro, claro, já estava de saída. Bem... Boa sorte para nós! E capricha no brilho, que estou empolgada!

Um redemoinho de purpurina me envolve, tudo rodopia e em segundos estou dentro do banheiro do shopping.

No espelho, vejo uma mulher feliz com quem é, e forte o bastante para crescer e se superar. Espero que, um dia, a nova auxiliada que estou prestes a conhecer se sinta como eu me sinto agora.

Estou pronta para a nova missão!

Muitos, mas muitos e muitos dias depois do fora!

Agradecimentos

Eu realmente acredito que somos auxiliados assim como a Melissa, minha querida protagonista. Quando não acalentados pela literatura e outras artes, nos cabe a fé, a bagagem de vida, as experiências de outras pessoas e, sobretudo, a amizade. Sou grata pelo afeto das minhas leitoras e leitores, melhores amigos do autor, sempre tão carinhosos e presentes. Obrigada, Juliana Marques, Evelyn Cunha e Thaís Feitosa, leitoras amigas que leem minhas histórias antes de todos com suas ponderações preciosas. Todas e todos que leem minhas histórias e param um tempinho para me dizer algo nas redes sociais: gratidão, vocês fazem uma autora muito feliz!

Déborah Maffia, minha eterna amiga rosa, com quem guardo tanta história, obrigada por acreditar desde sempre no meu sonho de ser uma autora publicada e ter me ajudado a construir uma personagem dentista como você. Espero que a sua Elis também seja minha leitora daqui uns anos (e que ela tenha boas histórias como a gente!).

Aos meus familiares, pelo auxílio sem tamanho, incondicional e que não se esgota, mesmo quando sinto não merecer ou aparento não precisar. Gratidão, pai e mãe, gratidão irmãos, Samuel e Luisa. Primos e tios, sou grata pelo incentivo e companhia deliciosa; que maravilha compartilhar a vida com vocês.

Às amigas e aos amigos, que são muitos, graças a Deus, muito muito obrigada pelo amor.

Ao time da editora Bertrand, por embarcar na minha fantasia e fazer dela um livro! Eu só contei a história, a produção é conjunta, solidária e feliz. O livro é nosso! Ana Paula Costa, obrigada pela porta que me abriu.

À agência Riff, pela parceria nos meus sonhos literários e de vida, sou grata por contar com um trabalho tão sólido que ainda vem com um aditivo especial: uma benquerença fluida e genuína.

Ao tempo, sempre exato, pelas lições que permitiram que eu descobrisse o essencial e me libertasse do supérfluo, que me despertou das ilusões e me acordou para a verdade, que ressignificou o passado e me trouxe para o presente. E por, junto com o amor, ser mágico.

Impresso no Brasil pelo
Sistema Cameron da Divisão Gráfica da
DISTRIBUIDORA RECORD DE SERVIÇOS DE IMPRENSA S.A.
Rua Argentina, 171 – Rio de Janeiro, RJ – 20921-380 – Tel.: (21)2585-2000